내 슬픔에
답해 주세요

MOVING BEYOND LOSS
REAL ANSWERS TO REAL QUESTIONS FROM REAL PEOPLE

존 제임스 · 러셀 프리드먼 지음
정미현 옮김 — 선안남 감수

내슬픔에
답해
상실의 흔적을 지워 내고
새로운 나를 만나는 시간
주세요

청아출판사

슬픔에 빠진 사람들에게 부족한 것은 용기나 의지가 아닙니다.

그들에게 부족한 건 올바른 정보입니다. 인생에서 중요한 의미였던 누군가가
세상을 떠난 뒤 감정적으로 완결 짓지 못한 것을 찾아내 마무리하려면
제대로 된 방법을 알고 행동을 취해야 합니다.

우리는 슬픔에 빠진 많은 이들에게 도움을 주기 위해
상실감 치유 방법에 대한 유용하고 올바른 정보를 이 책에 담았습니다.
이 책에서 이야기하는 상실감 치유 방법은 슬픔에 빠진 사람들이
새롭게 삶을 시작할 수 있는 터전을 되찾게 해 줄 것입니다.

상심한 마음을 치유하고자 우리를 찾아 준
수천 명의 용기 있는 분들에게 이 책을 바칩니다.

마음을 담아,
러셀과 존

우리는 상실감 치유 연구소^{The Grief Recovery Institute}* 설립자이자 상실감 치유
방법^{The Grief Recovery Method}* 창안자 존 제임스와 러셀 프리드먼이다. 우리의
목표는 '슬픔에 빠진 수많은 사람들을 최대한 빠른 시간 내에 도와주는
것'이다. 이를 표현하는 데 절박함이 담긴 이유는 슬퍼하는 사람들에게
'지금 당장' 도움이 필요하다는 것을 알고 있기 때문이다. 누군가 우리에
게 이런 질문을 할 때가 종종 있다.

"15년 전 나에게 당신들이 필요했을 때, 그땐 대체 어디 있었습니까?"

슬픔에 빠진 사람들을 기꺼이 돕겠다는 의지와 능력은 우리가 하루아
침에 결정한 진로 선택으로 생긴 것이 아니다. 바로 그것은 우리 각자가
겪은 슬픔에서 비롯되었다. 상실의 고통에서 벗어나는 데 도움이 될 수
있는 것을 찾기 위해 공들여 시험하고, 상실감을 치유할 수 있었던 경험
속에서 터득한 것이었다.

모든 일은 1977년, 존의 아들이 생후 사흘 만에 세상을 떠났을 때 시작
되었다. 존은 억장이 무너지는 아들의 죽음을 겪으며 그 충격 속에서 비
틀대고 있었다. 그는 어떻게 하면 자신을 추스를 수 있는지 몰라 막막했
고, 상심한 마음을 치유할 방법을 찾아야만 했다. 그런 감정 상태로 계속
살아갈 수는 없는 노릇이었다.

그는 시도 때도 없이 서점을 드나들며 기나긴 방랑과 탐색 기간에 돌
입했다. 그가 찾은 책들은 대부분 일인칭 시점으로 서술되는 고통의 기

---

*이 명칭은 저자들의 국내 번역서 《슬픔이 내게 말을 거네》와 《우리 아이가 슬퍼할 때》에 나온 방식을 따
랐다.

록들이었다. 절절한 아픔을 들려주지만 회복이나 치유에 관한 내용을 담고 있지 않는 책들이 수두룩했다. 존은 자신에게 도움이 되는 책을 한 권도 찾지 못하자, 상실감에 대처하는 방법을 잘 알 것 같은 사람들에게 질문을 하기 시작했다.

길잡이가 되어 줄 거라 믿었던 많은 사람들이 삶에 대한 의미와 견해 등을 들려주었다. 하지만 존은 머리가 아니라 마음을 다친 터라 그런 조언은 별 도움이 되지 않았다. 또 다른 사람들은 종교적이고 영적인 철학 분야를 길잡이로 제시했다. 심지어 중독자나 행동장애 문제가 있는 사람들이 하는 12단계 프로그램을 제안한 사람도 있었다. 그 방법 역시 그에게 도움이 되지 않았다. 그 사람들이 제안한 개념들은 마음의 상처를 다루지 않았기 때문이다. 다시 한 번 말하지만 존은 마음을 다친 것이었다.

외부에서 어떤 도움도 찾지 못해 자포자기한 존은 스스로 해결책을 찾기 시작했다. 그가 처음 한 일은 질문 던지기였다.

"내 아들의 죽음은 내 아버지의 죽음 그리고 내 남동생의 죽음과 어떻게 다를까?"

존의 아버지는 비교적 젊은 나이에 돌아가셨고 남동생 또한 스무 살 나이에 비극적인 죽음을 맞았다. 하지만 존은 어린 아들의 죽음이 그들의 죽음과 다르다는 사실을 찾아냈다. 그가 아들에게 품었던 기대 그리고 함께 일궈 갈 부자지간의 삶에 대한 희망과 꿈이 송두리째 끝나 버렸다는 사실이었다.

존은 자신의 상황을 정리하고 나자 중요한 사실을 깨달았다. 아들과 함께 보낸 시간이 아무리 짧았다 하더라도 자신과 아들의 관계에 집중해 생각하는 것이 치유의 열쇠라는 것이었다. 또 그가 품었던 희망과 꿈이

실현될 수 없다는 사실도 알았다. 그때부터 존은 다른 시각으로 상황을 바라보았다. 아내의 임신 기간 동안 몇몇 일들이 다른 방향으로 펼쳐지거나 더 나은 방향으로 진행되었으면 좋았겠다 싶은 부분이 눈에 들어왔다. 그리고 아들이 태어난 후 병원에서 일어났던 일, 일어나지 않았던 일들 중에 다른 방향으로 생각해 볼 수 있는 부분도 보였다.

존은 이 모든 생각들을 정리해 아들과의 관계를 돌이켜보는 데 도움을 받기로 했다. 생각의 조각들을 모으는 것은 물론, 발견한 내용들을 완성시킬 방법을 찾아야 했다. 자신의 본능 말고는 다른 길잡이가 없는 상태에서 수많은 시도와 실험을 거듭했다. 존은 자기 아들과 감정적으로 완전한 교감을 느낀 일련의 행동들을 하나하나 종합해 보았다. 여전히 슬프고 아들이 그리웠지만 점점 고통이 줄어들었고, 그 덕분에 삶이라는 항로에 올라설 수 있는 감각을 되찾았다. 존은 감정적으로 아들과의 관계를 완결 지어 갔고, 마침내 아들을 단순히 기억 속에서 놓아 버리는 것이 아니라 고통 없이 기억할 수 있는 힘을 갖추었다.

비슷한 슬픔을 겪은 사람들이 존이 자력으로 큰 슬픔에 대처하는 특별한 방법을 찾아냈음을 알게 되자, 존에게 도움을 구하기 시작했다. 그 당시 존은 건설업에 몸담고 있어서 제대로 다른 이들을 돕는 훈련을 받은 상태가 아니었다. 하지만 차마 그는 사람들을 돌려보낼 수 없었다. 그 후 존은 사람들을 돕는 데 많은 시간을 쏟아 부었고 그 결과 '상실감 치유 연구소'가 탄생하게 되었다.

존은 상실감으로 슬픔에 잠긴 사람들을 한 명 한 명 도와주면서 때로는 밤까지 시간을 할애하며 애를 썼다. 그리고 슬픔과 맞닥뜨려 무엇을 해야 하는지 모르는 사람들이 셀 수 없이 많다는 사실을 실감했다. 그런 사람들에게 꼭 필요한 책을 직접 써야 겠다고 다짐한 그는 1985년에 책을 집필하기 시작해 이듬해《슬픔이 내게 말을 거네 The Grief Recovery Handbook》 초판을 자비로 출판했다. 그리고 1년 뒤 하퍼스콜린스(당시 하퍼앤로우) 출판사에 판권을 팔았고, 그 당시 프랭크 셰리와 함께 초판을 다듬어 '단계별 상실 극복 프로그램'이라는 부제를 덧붙였다.

1987년, 공저자인 러셀 프리드먼은 두 번째 이혼과 파산에 연타를 맞고 갈 길을 잃은 상태에서 존의 연구소를 찾아왔다. 그즈음 존은 상실감 치유 방법의 기본 원리와 행동 방침을 개발했다. 그리고 존과 러셀은 1998년에 개정판을 내면서 이혼과 여러 가지 상실의 경험을 책 내용에 포함시켰다. 이로써 최대한 빠른 시간 내에 최대한 많은 사람들을 돕는 목표의 범위를 넓힐 수 있었다.

35년이 넘는 시간 동안 연구소의 한 축을 담당한 러셀은 그사이 어머니와 아버지를 여의었고, 자기 인생에 중요한 사람 여럿을 떠나보냈다. 러셀은 자기 삶에 굵직한 영향을 미친 상실의 경험은 물론, 가족과 지인의 죽음을 대처하는 데 도움을 얻고자 상실감 치유의 원리와 행동 방침을 적용했다. 그에게는 스스로를 보살피는 것이야말로 다른 사람들을 도울 능력과 의지가 생기는 원동력과 다름없었다.

35년이 넘는 시간 동안 일궈 온 결실

존이 처음으로 사람들을 돕기 시작했을 때는 편지에 답장을 쓰거나 전화 통화를 하거나 직접 만나서 수많은 질문에 답을 해 주었다. 인터넷이

출현한 이후로는 이메일을 통해서도 상담이 이루어지고 있다. 초반에 존에게 도움을 구했던 대부분의 사람들은 자식을 잃고 힘들어 하는 이들이었다. 얼마 지나지 않아 배우자, 부모님, 다른 중요한 사람들과 사별한 이들도 찾아오기 시작했다. 존은 자신이 정리한 방법이 자녀를 잃은 사람은 물론 사별을 겪은 이들에게도 도움이 된다는 사실을 깨달았다. 나아가 그의 방법은 이혼이나 여러 가지 상실에 대처하는 데도 도움을 줄 수 있다는 것이 확실해졌다.

1988년, 존과 러셀은 '상실감 치유 전화 상담 서비스'라는 전국 무료 서비스를 개설하고 온 힘을 쏟기 시작했다. 최근에 상실을 경험한 사람뿐만 아니라 아주 오래 전에 상실을 겪은 사람들까지 전화 상담을 요청했다. 존과 러셀은 전화 상담 서비스가 진행된 10년이 넘는 기간 동안 5만 건 이상의 상담에 응했고, 이를 통해 얻은 상실감 치유 방법은 이 책에 나오는 답변들에 포함되어 있다.

온라인 커뮤니티와 이룬 협업

2010년, 웹사이트 'Tributes.com' 측에서 상실감 치유 방법 안내를 사이트에 올려 달라는 부탁을 받았다. 이 사이트는 매달 150만 명 이상이 방문하는 곳으로, 지역 및 전국 단위의 부고를 온라인에 제공하고 사별과 애도 기간에 도움을 주는 온라인 커뮤니티이다.

애초에 우리가 이 사이트에 약속한 부분은 상실감 치유를 다룬 글을 제공하고, 상실의 경험으로 슬픔에 빠진 사람들을 위해 '전문가 상담'이라는 공간을 개설하는 것이었다. 그리고 사별의 후유증을 해결하려고 애쓰는 과정에서 특별히 궁금한 게 있는 방문자들이 있다면 우리에게 이메일을 보내 달라고 요청했다.

공개 논의의 장이 생기자 의욕이 불타올랐다. 우리를 믿고 공간을 제공해 준 사이트 측에 감사했다. 우리가 쓴 글이 방문자들에게 큰 도움이 될 거라곤 예상했지만, '전문가 상담'이 이 책으로까지 이어질 줄은 전혀 예상하지 못했다.

처음에는 질문 수가 일주일에 3~4건 정도로 드문드문 올라왔다. 우리는 질문을 하나하나 주의 깊게 읽은 후 개인적으로 답변을 보냈다. 몇 주가 지난 뒤 우리는 '마음을 담아, 러셀과 존'이라는 맺음 문구를 만들었다. 이곳을 찾는 사람들이 금세 늘어나 질문 수가 일주일에 10~20건 때로는 그 이상으로 늘어나 지금까지도 그 수준을 유지하고 있다.

슬픔에 빠진 사람들이나 유족들로부터 질문이 쏟아지는 사이, 그 질문들이 '자주 묻는 질문'의 내용과는 꽤 다르다는 점을 발견했다. 우리에게 묻는 질문에는 정제되지 않은 심경이 고스란히 드러났고, 이제 막 상실을 경험한 이들에게 나타나는 매우 사적인 내용까지도 자세히 담겨 있었다. 가슴 아픈 사연 속에서 깊은 슬픔이 전해졌다. 우리는 한 사람 한 사람을 최선의 길로 안내해야 한다는 의무감을 느꼈다.

'전문가 상담'은 최대한 빠른 시간 내에 최대한 많은 사람들을 돕는 우리의 목표를 지속적으로 수행하기에 완벽한 통로였다. 그리고 상실감에 빠진 사람들이 요청할 경우에 한해 우리가 전면에 서서 그들과 함께할 수 있는 방법이 되기도 했다. 우리는 이방인처럼 개입하지 않고, 그들 스스로가 도움을 요청할 수 있게 문을 열고 기다렸다.

사이트를 찾아오는 사람들이 속속 익명으로 글을 쓰기 시작했다. 우리는 더 많은 사람들이 도움을 받을 수 있게 하고자 그들에게 질문과 답변을 공개해도 된다는 허락을 받았다. 여러 사람에게 유익하게 쓰일 수 있게 허락을 받은 만큼 사연 속 이름과 거주지를 전부 바꿔 신변을 철저히 보호했다. 그리고 많은 사람들과 연관된 문제이거나 가능한 많은 이들이 도움을 받을 수 있다고 확신하는 내용을 선별하여 공개했다. 이 책은 사이트에 공개된 사연뿐만 아니라 수년간 우리가 받은 많은 질문과 그에 대한 답변을 모아 엮은 것이다.

사소하지만 올바른 방법

좋은 의미로든 나쁜 의미로든, 우리에게 중요한 존재였던 누군가가 죽으면 자연스레 그 사람과의 관계를 돌아보게 된다. 그 속에서 과거에 대한 후회와 아쉬움, 미련을 발견하고, 앞으로 실현할 수 없는 미래에 대한 희망과 꿈, 기대를 두고 한탄한다. 자신이 복기하는 과정을 의식적으로 자각할 수도 있고 그렇지 않을 수도 있지만, 그 과정이 이루어지는 건 분명하다.

중요한 사람의 죽음으로 말미암은 충격에서 회복되고 치유될 수 있는 원동력은 사소하지만 올바른 몇 가지 방법을 실행하는 데 있다. 하지만 안타깝게도 많은 사람들은 치유될 수 있다는 사실 자체를 모를 뿐 아니라 그 방법이 무엇인지도 알지 못한다. 상실감으로 슬픔에 빠진 사람들의 마음속에도 용기와 의지는 분명히 존재한다. 하지만 그들은 치유 방법을 정확히 알지 못하고, 그것을 실행할 안전한 환경이 갖춰져 있지 않아 슬픔을 마음속에 묻어 버리곤 한다. 그렇게 할수록 슬픔은 내면에서 점점 악화되기만 할 뿐이다.

이 책의 주목적은 상실감을 치유하는 것이 가능하다는 희망을 주고 그 방법을 소개하는 데 있다. 상실을 직접 경험한 사람이 이 책을 읽든, 자신이 아끼는 누군가가 힘든 일을 겪어 그 사람을 대신해서 읽든, 독자는 상실감과 해소되지 않은 상실감에 대한 많은 부분을 새롭게 인식할 수 있다. 이 책에 실린 실제 질문과 답변은 상실감 치유 방법의 원리와 실천 사항을 적용해서 얻은 결과이다. 뼈아픈 상실감 속에서도 용기를 내 고민을 털어놓은 이들이 남긴 수많은 질문에 우리가 답한 이야기를 여러분과 함께 나누고자 한다.

마음을 담아,
러셀과 존

PART 2
계속되는 논쟁

PART 3

특별한 상황

〈일러두기〉

이 책에서 중요하게 다뤄지는 단어 'Grief'는 사전적 의미로 '(불행이나 재난, 사별, 상실 등에 대한) 슬픔, 비탄, 비통'이다. 정식분석 용어에서는 Grief를 '비탄'으로 옮기고 다음과 같이 설명한다. "대상을 상실한 데 대한 심리 · 생리적 반응으로서, 그 증상으로 외부 세계에 대한 관심의 감소, 추억에의 집착, 슬픔 또는 회한에 젖는 행동 그리고 수면 장애를 보인다."* 그런데 이 책에서는 'Grief'를 일반적으로 이해하기 쉽고 익숙한 용어인 '슬픔'으로 옮겼다. 또한 상담 치유적 접근을 토대로 한 저자들의 정리 내용과 조언에서는 '상실감'이라는 용어로도 사용했다. —옮긴이

*미국정신분석학회, 이재훈 옮김, 《정신분석용어사전》, 한국심리치료연구소, 2002 참조

Russell & John

상실을 마주하며

우리는 35년이 넘는 시간 동안 슬픔에 빠진 사람들을 도우며 슬픔과 관련된 잘못된 통념 여섯 가지를 확인할 수 있었다. 무의식적으로 미신처럼 붙들고 사는 생각들은 어디에나 보편적으로 퍼져 있어서 거의 모든 사람들이 영향을 받는다 해도 과언이 아니다. 세계 곳곳의 다른 문화권에 속해 있는 사람들 역시 상황이 다르지 않다.

몇 년 전, 우리에게 전화를 주었던 스위스 여자분이 기억난다. "어머니가 1년 전에 돌아가셨는데 저는 여태껏 울지 않았어요. 저에게 무슨 문제가 있는 건가요?"라는 질문에 우리의 첫 대답이 "슬픈 일이 생길 때 보통 잘 우는 편이세요?"라는 물음이었다고 하면 의외라고 할 사람이 있을지도 모르겠다. 하지만 그녀가 꽤 단호하게 "아뇨! 스위스에서 자란 여자아이들은 울면 큰일 났죠. 우린 강인해야 한다는 말을 귀에 못이 박히도록 듣고 컸거든요."라고 말하자 우리는 놀랄 이유가 전혀 없었다.

1부의 1장에서는 슬픔과 관련된 잘못된 통념 여섯 가지를 설명한다. 상실, 특히 우리 삶에 중요한 의미를 가지는 누군가의 죽음을 겪은 뒤 나타나는 정상적이고 자연스러운 반응에 부정적인 영향을 끼치는 통념을 살펴볼 것이다. 2~5장에서는 상실감에 빠진 사람들의 잘못된 통념과 관련된 실제 질문과 그에 따른 우리의 답변이 이어진다. 잘못된 통념에 대한 내용은 2부와 3부에 나오는 실제 질문과 답변을 이해하는 데 바탕이 된다.

CHAPTER

우리를 가두는
잘못된 통념
여섯 가지

그동안 우리가 아무렇지 않게 받아들였던 슬픔과 관련된 통념
이 잘못되었다고 말하며 그 통념을 가차 없이 깨뜨린다.

어린 시절에 습득한 수많은 정보와 잘못된 가르침은 평생 우리를 따라다닌다. 특히 유년기에 얻은 슬픔에 대처하는 방법에 대한 정보는 가장 분명하고도 전혀 도움이 되지 않는 방향으로 영향을 미친다. 이 책에서 접하게 될 수많은 질문들이 여섯 가지의 잘못된 통념에 근거하고 있으므로 우리는 일단 많은 사람들에게 그것이 무엇인지 확실하게 알려 주고 싶다.

다음은 우리를 가두는 슬픔과 관련된 잘못된 통념 여섯 가지이다.

- 상심하지 마라.
- 상실감을 다른 것으로 대체하라.
- 혼자 슬퍼하라.
- 시간이 약이다. 또는 시간이 모든 상처를 치유한다.
- 강해져라. 또는 다른 사람들을 위해 강해져라.
- 바쁘게 지내라.

이를 구체적으로 제시하는 순간 대부분의 사람들은 일평생 영향을 받아 온 통념들이 정확히 맞는지, 도움이 되는지 등 비판적인 시각으로 바라본 적이 전혀 없었다는 사실을 깨닫는다. 부모님 세대는 우리에게 슬픔과 그 대처법을 알려 주면서 무의식중에 삶을 제한하는 정보를 전해 주었다. 그러나 부모님들 역시 그저 물려받은 대로 전해 준 것일 뿐 우리에게 해를 끼칠 의도가 전혀 없었음을 안다.

우리가 매년 접하는 수천 건의 질문은 '시간이 모든 상처를 치유한다'라는 잘못된 통념에 집중되어 있다. 이 글을 쓰는 오늘만 해도 이런 질문이 담긴 이메일 한 통이 왔다.

"아빠가 2007년에 돌아가셨어요. 저희 부녀는 사이가 참 각별했고 제 삶은 아빠를 중심으로 돌아갔어요. 다들 그래요. 시간이 약이라고……. 근데 아니에요. 아빠의 죽음이 마치 어제 일어난 일처럼 느껴져요. 아빠를 잃은 그날만큼 오늘도 너무나 마음이 아파요. 이 고통은 대체 언제 끝날까요?"

질문을 보낸 젊은 여성은 우리 모두가 사는 똑같은 세상에서 사회화 과정을 겪었다. 마치 그게 사실인 듯 삶에 부정적인 영향을 미칠 수 있는 잘못된 정보를 연이어 물려준 그런 세상 말이다. '시간이 약이다'라는 생각을 어린 시절에 받아들일 경우 우리는 그것을 진리라고 믿는다. 대체로 이러한 생각은 윗사람들, 즉 부모님, 선생님, 성직자들, 그밖에 권위 있는 위치에 있는 여러 사람들이 우리에게 전해 주기 때문이다.

크나큰 상실의 경험이 삶에 영향을 미치고, 시간이 감정적 상처를 치유하지 못한다는 현실에 직면하면 덫에 빠진 기분에 사로잡힌다. '이쯤이면 충분한 시간이 흘렀다 싶은데 아직도 치유가 안 되고 있으니 혹시 나한테 결함이 있는 건가?'라는 생각이 바로 그런 덫의 일부이다. 다른 한편으로는 시간이 치유해 주리라는 그릇된 믿음 때문에 실제로 우리에게 도움이 될 방식을 찾지 못하는 것 역시 덫이라고 볼 수 있다. 사실상 우리는 시간이 약이라는 믿음 때문에 아무런 행동을 취하지 못하며 무력한 상태가 되고 만다. 우리가 조사한 바에 따르면 아무런 노력 없이 시간에만 기댈 경우 시간이 갈수록 상황은 더욱 악화될 뿐이다.

혹시나 싶어 일러두지만, 우리가 슬픔에 관해 온통 잘못된 정보를 전달 받았다고 말할 때 부모님이나 학교, 종교, 그 밖의 어떤 대상을 공격하는 의도로 얘기하는 것이 아니다. 부모님 세대 역시 그들의 부모님에게 전해 들었고, 부모님의 부모님 세대 역시 마찬가지였다. 슬픔을 다루는 것에 대한 잘못된 정보는 세대를 거쳐 계속 전해 내려오고 있다. 누구 하나 "이게 진짜야?", "이거 타당한 말이야?"라고 묻지 않은 채.

이 글을 읽는 당신도 어릴 적에 위와 같은 의문을 가졌을 것 같진 않다. 그러니 이제라도 잘못된 통념을 살펴보면서 의문을 품고 자문해 봤으면 한다.

상심하지 마라

슬픔과 관련된 모든 감정은 정상적이고 자연스러운 본능이다. 하지만 아이들이 누구이 듣는 말은, 느껴지는 감정 그대로 느끼면 안 된다는 것이다. 이런 당부 때문에 아이들은 자기도 모르는 사이 진실과 모순되고 본성과 어긋나는 상황에 놓이고 만다. 심지어 그들을 도와줘야 하는 부모나 보호자와 부딪히는 일도 생긴다.

한 여자아이의 이야기를 예로 들어 보자. 어느 날 아이가 눈물 바람으로 유치원에서 돌아오자 아이의 부모가 묻는다. "무슨 일 있었니?" 아이는 솔직하게 대답한다. "딴 여자애들이 나한테 못되게 굴었어." 그러면 부모는 이렇게 다독인다. "속상해 하지 마. 자, 여기 과자 좀 먹어. 그럼 기분이 나아질 거야." 실제로는 과자를 먹는다고 아이 기분이 나아지진 않는다. 그저 다른 기분을 느끼게 된다. 아이는 상처받은 감정에서 딴 데로 주의를 돌렸을 뿐이다. 사실은 속상하지만 자기가 신뢰하는 부모에게 속상해하지 말라는 말을 들었다. 게다가 이럴 때면 어떤 물질을 약 삼아 마음을 치료해야 한다고 배웠다. 이 경우에는 달달한 과자가 약이 된다는 가르침을 받은 셈이다.

그것도 모자라 아이는 크든 작든 상실감을 느낄 때 정상적인 감정적 반응을 보이는 것보다 속상해 하거나 슬퍼하는 감정이 더 나쁘다는 생각을 머릿속에 주입하게 되었다. 그 순간부터 앞으로 쭉 이 소녀는 자기 부모와 다른 사람들에게 솔직한 마음을 털어놓지 않고 자신의 슬픔이나 고통스러운 감정을 가슴에 묻고 지낼 가능성이 크다.

만약 그 아이가 어느 날 더없이 기분 좋게 하루를 보냈다며 행복한 얼굴로 집에 온다면 어느 부모가 "기분 좋아 하지 마!"라고 말하겠는가? 절대 그럴 리 없다. 이런 유치한 예를 드는 이유가 있다. 우리에게 느끼지 말라고 단속하는 감정이 오직 슬프고 고통스럽고 부정적인 것뿐이며 그런 감정들을 다른 물질로 덮어 버려야 한다는 생각이 곳곳에 배어 있는 현실을 강조하기 위해서다. 인생 초반에 이런 가르침을 받으면 우리는 결국 남은 생애에 자신의 감정을 느끼는 방법을 익히지 못할 뿐더러 솔직히 표현하지도 못하고 살게 된다.

이 같은 사례를 찬찬히 생각해 보길 바란다. 이는 슬픔의 고통을 마음 한편에 지녔고 또다시 그 고통을 느낄지도 모를 한 인간으로서 숙고해 볼 내용이다. 혹시 사랑하는 누군가가 슬픔과 마주해 힘든 시간을 겪고 있어서 염려되는 마음에 이 책을 읽고 있을 경우, "상심하지 마세요."라는 말은 빼고 어떤 식으로든 도움을 줄 수 있길 바란다. 그들에게 중요한 존재가 세상을 떠났다면 상심하거나 슬퍼할 이유가 충분하다.

어떤 종류의 상실이든 슬픔과 두려움은 상실과 결부된 가장 대표적인 감정 반응이다. 말하자면 인간됨의 본질과 다름없다. 이런 감정은 행복한 감정과 마찬가지로 마땅히 겉으로 표출되어야 한다. 이 같은 감정 표현은 유년기에 시작해 일평생 지속할 필요가 있다.

잘못된통념2 상실감을 다른 것으로 대체하라

"다른 거 사 줄게." 아이들이 듣는 이 말은 앞서 언급한 말 뒤에 2절처럼 따라붙는 말이다. 가령 "속상해 하지 마. 토요일에 새 강아지 사 줄게." 이런 식이다. 물론 얼마든지 다른 개를 살 수 있긴 하나 죽은 개와의 관계는 대체 불가능하다.

무언가를 잃고 다른 것으로 대체한다는 개념이 죽음 이외의 다른 영역에서도 엄연히 지속된다는 사실이 안타까울 따름이다. 어느 아이가 인생에서 처음으로 사랑의 아픔을 겪었을 때 주변 사람에게 "속상해 하지 마. 세상에 널리고 널린 게 여자^(남자)잖아."라는 말을 들을 확률이 크다. 이런 상황을 아우르는 '상실감을 다른 것으로 대체하라'라는 말을 편하게 바꿔 말하자면 "가서 다른 여자 친구^(남자 친구)나 구해."와 마찬가지다.

어머니나 아버지가 돌아가셨다고 해서 "상심하지 마세요. 다른 어머니 한 분 구해오면 되잖아요." 같은 말을 들을 리 만무하다. 하지만 친구들이 배우자와 사별한 이들에게 좋은 뜻에서 하는 말이랍시고, "너무 상심하지 마. 넌 젊잖아. 다시 결혼하면 되지." 하며 위로 아닌 위로를 건네는 경우가 적지 않다.

아들을 잃은 지 고작 20분밖에 안 된 존에게 누군가가 이렇게 말했다고 한다. "너무 슬퍼하지 말게. 감사해야 돼. 자네랑 자네 부인은 앞으로 자식을 더 가질 수 있잖나." 그야말로 사람 속을 찢고도 남을 말 아닌가. 이런 발언은 '상심하지 마라'와 '상실감을 다른 것으로 대체하라'라는 잘못된 통념 두 가지가 뒤섞여 정서적으로 치명적인 결합물을 낳고 말았다. 그런 말을 한 사람은 슬퍼하는 이들을 도와주고 위로하겠다는 의도였겠지만, 사실은 전혀 그렇지 않았다.

사람과 사람 사이에 맺은 관계가 대체 불가능하다는 사실은 변하지 않는다. 그렇기 때문에 혹여 재혼하길 바라든, 다른 아이를 갖길 바라든, 새로운 사람들과 만나 관계를 넓히길 바라든 상관없이 무엇보다도 가슴 깊이 슬퍼하고, 세상을 떠난 이와의 관계를 온전히 마무리하는 것부터 해야 한다.

잘못된 통념 3 혼자 슬퍼하라

모든 것을 포괄하는 이 통념은 어른과 아이 모두를 속박하는 족쇄나 다름없다. 거의 모든 사람들이 "웃어라, 그러면 이 세상도 함께 웃을 것이요. 울어라, 그러면 너 혼자 울게 되리라."라는 위험한 경구에 노출되어 있다.

이외에도 우리가 어린 시절에 듣고 자란 여러 말 중에는 혼자 슬퍼하라는 것에 힘을 실어 주는 말들이 많다. "울 거면 네 방에 가."란 말은 다른 목적으로 하는 말이지만 이 역시 슬픈 감정은 공개적으로 내보이는 게 아니라는 생각을 확립시키는 결과를 낳는다.

"슬픔에 빠진 사람들이 홀로 떨어지는 경향이 있다."라는 말을 들은 적이 있을 것이다. 이는 수많은 잘못된 생각에 근거하고 있다. 또 "다른 사람들에게 당신 감정을 무거운 짐으로 지우고 싶지 않을 것이다."라는 말도 있다. 여기서 가장 근본적인 진실은 우리에게 좋은 소식이 있을 때 주변의 사람들과 함께 나누고 싶다는 것이다. 그러니 우리에게 나쁜 소식이 있을 때도 똑같지 않겠는가. 우선 본능적으로 누군가에게 전화를 한다. 우리가 느끼는 감정 그대로를 다른 이와 나누는 것은 자기 자신을 위해 선택하는 가장 건강한 방법 중 하나다.

우리 가족과 친구들이 털어놓는 감정, 특히 그들에게 중요한 누군가의 죽음을 겪고 나타나는 반응을 판단하거나 비판하지 않고 마음과 귀를 열어 더 잘 들어줄 수 있는 사람이 되어야 한다.

잘못된 통념4 시간이 약이다 또는 시간이 모든 상처를 치유한다

우리는 이따금 '슬픔에는 그저 시간이 필요할 뿐' 또는 '시간이 모든 상처를 치유한다'와 같은 말을 듣는다. 이러한 통념은 흔히 듣는 말일 것이다. 이 주제가 전혀 웃긴 게 아니지만 좀 우스운 예를 들어 설명해 보겠다.

타이어에 바람이 빠진 걸 알게 됐다면 의자 하나를 갖다 놓고 앉아서 타이어에 공기가 다시 채워지길 마냥 기다릴 텐가? 당연히 아니다. 타이어를 교체하거나 정비소에 전화를 걸어 도움을 요청하는 등 조치를 취할 것이다.

상심한 마음은 마치 바람 빠진 타이어처럼 느껴질 수 있다. 생기 없고

맥 빠진 심장이랄까. 바람 빠진 타이어에 공기가 저절로 주입되지 않듯 시간이 흐른다고 상심한 마음이 고쳐지진 않는다. 바람 빠진 타이어를 수리하기 위해 조치를 취해야 하듯 상심한 마음을 치유하는 데 도움이 될 방법을 강구해야 한다.

어떤 시간 이내에 상실의 슬픔이 완전히 사그라지고 회복된다 하더라도 이는 시간이 작용한 결과가 아니다. 시간 내에 올바른 상실감 치유 방법을 취해 이룬 결과이다. 여기서 우리는 그 방법이 무엇인지 터득하는 것이 중요하다.

잘못된 통념 5 강해져라
또는 다른 사람들을 위해 강해져라

'강해져라'라는 말은 제대로 따져보고 바꿔서 생각해 봐야 할 통념이다. 아이들은 부모님이나 다른 어른들의 행동을 보고 그대로 따라한다. 부모들 중에는 배우자나 자기 부모, 또는 중요한 누군가를 잃고 난 후 '자식을 위해 강해지리라'라는 다짐을 하며 아무런 감정을 드러내지 않는 이들이 있다. 너무나 흔하게 접하는 예 아닌가. 그들은 자기감정을 드러내는 대신 입을 닫고 마음을 진정한다.

이와는 반대로 자식에게는 그 죽음에 대해 어떤 감정을 품고 있는지 얘기하기를 기대하며, 심지어 솔직히 털어놓으라고 채근하기까지 한다. 그런 부모는 정작 자신이 자기 자식에게 '강해져라'나 '다른 사람들을 위해 강해져라'와 같은 잘못된 통념을 무의식중에 물려주고 있음을 깨닫지 못한다. 사실 다른 누군가를 위해 어떤 상태가 '된다'는 건 불가능하다. 우리 자신에게 솔직해지는 수밖에 없다. 솔직하게 자기감정을 털어놓는 것이야말로 가장 도움이 되는 방법이다.

잘못된통념6 바쁘게 지내라

'바쁘게 지내라'라는 말은 중요한 누군가를 잃은 후 슬픔에 빠진 사람에게 주변의 가족이나 친구들이 선의로 건네는 조언 중 하나다. 이 말은 사실 '시간이 모든 상처를 치유한다'라는 그릇된 생각에 바탕을 둔 통념이다. 그래서 바쁘게 지낸다는 생각은 결국 "정신없이 이 일 저 일 하며 주의를 딴 데로 돌리면 상실을 겪은 후의 삶이 하루하루 지나갈 것이다. 시간이 그 역할을 해낼 수 있다."와 같은 의미가 된다.

오랜 기간 여러 사례를 접하며 볼 수 있었다시피 신체적으로 정신적으로 고갈 상태에 이를 때까지 바쁘게 지내는 방법을 택하는 사람들이 있다. 하지만 그들이 마음을 딴 데 쏟으려고 애쓸수록, 꾹꾹 누르고 있던 슬픔을 망각하게 된다.

지금까지 정리한 잘못된 통념을 생각해 보면 우리가 자라면서 들었던 다른 애기들이 떠오른다. 앞서 약술한 잘못된 통념들과 우리가 어릴 적에 들었던 내용을 곱씹어 보길 바란다. 그 가운데 가치 있는 내용이 있는지, 아니면 유용한 생각과 방식으로 대체해야 할 게 있는지 판단하자.

우리가 아주 어릴 적부터 줄곧 어떤 정보를 알고 있었다고 해서 그 정보가 정확하다는 뜻은 아니다. 슬픔에 빠진 이들은 자신이 옳다고 생각하는 영역 안에 있다.

지금까지 슬픔에 관련한 잘못된 통념을 간략히 설명해 보았다. 이 내용을 길잡이 삼아 자신에게 도움이 되는 정확한 정보를 찾기 바란다. 여섯 가지 잘못된 통념을 조금이라도 알아 둔 상태라면 앞으로 나올 질문과 대답이 전하는 가르침을 받아들일 준비가 제법 잘 돼 있는 것이다. '상심하지 마라'와 '상실감을 다른 것으로 대체하라'라는 두 가지의 잘못된 통념은 이 책에서 전반적으로 적용된 주제이므로 따로 장을 나눠서 다루진 않는다. 이제 가장 보편적으로 퍼져 있는 통념인 '혼자 슬퍼하라'와 관련한 사연부터 살펴보겠다.

사연의 답변에서 자주 언급되는 '상실감 치유 방법'은 이 책의 258~266쪽에 걸쳐 상세히 정리해 놓았다.

'해야 한다'라는 통념 때문에
느끼는 것을 억누르지 말 것

상실은 강렬한 감정적 경험이다. 모든 것이 무너져 내리고 산산조각 나고 예리한 아픔이 가슴을 친다. 우리는 그 무엇으로도 메울 길이 없는 커다란 구멍을 마주하며 부정적인 감정의 폭격에 시달리게 된다. 이때 감정 조절은 중요한 문제로 떠오른다. 하지만 우리는 감정을 통제하고 관리하라는 이야기에 익숙할 뿐, 어떤 방식으로 우리의 감정을 바라보고 받아들여야 하는지에 대해서는 배운 적이 없다. 감정에 대한 두려움이 크기에 감정을 피하고 억누르기 위한 다양한 관념들에 우리 마음을 맡기게 된다. 더군다나 상식과 통념에 따른 오해, 선입견, 판단은 감정에 솔직해지기 어렵게 만든다.

감정은 아무리 극단적이고 부정적인 것이라 할지라도 우리 마음을 알려 주는 메신저 역할을 한다. 그렇기에 통제하고 억누르기보다는 느끼고 살펴야 한다. 그 감정의 의미를 이해하고 나서야 폭풍 후 잠잠해진 바다처럼 다시 평온을 찾을 수 있기 때문이다. 다른 사람들이 감당해 줄 수 없는 감정이니 혼자 안고 가야 하는 것도 아니고, 강해져야만 이 시간을 견딜 수 있는 것도 아니다. 약함 속에 강인함이 있고 솔직함 속에 모든 고통의 의미가 담겨 있다.

상실에 딸려 오는 모든 감정은 다 의미 있고 우리를 인간답게 하며 더 단단하게 만든다. 이런 감정의 메시지를 이해하고 상실을 잘 건너가기 위해 일단 '해야 한다'로 시작하는 통념을 뒤집어 볼 필요가 있다. 우리가 느끼는 모든 상처는 '해야 하는 것'이 아닌 '지금 느끼는 것'이 중요하다는 것을 보여 주는 중요한 단서이기 때문이다.

CHAPTER

잘못된 통념

혼자 슬퍼하라

Q&A

좋은 소식이 있을 때 주변 사람들과 함께 나누는 것처럼 나쁜 소
식이 있을 때도 함께 나누어야 한다. 우리가 느끼는 감정 그대
로를 솔직하게 표현하는 것은 자신을 위해 건강한 방법이다.

남편이 침실에서
나오지 않아요

Q **메릴랜드에서 샌디** 스무 살 된 우리 아들이 작년에 죽었어요. 정말 억장이 무너지는 힘든 시간을 보내고 있는데, 남편 때문에 더 힘드네요. 남편이 우리에게 아예 마음을 닫아걸고 자기를 격리시켰어요. 침실에서 한 발자국도 나오지 않는 그이는 마치 모든 것에 너무 화가 난 사람 같아서 같이 사는 것조차 힘들다는 생각이 들 정도예요. 이게 정상인가요?

우리 부부에게는 다른 아이들도 있고 그 애들 역시 자기들 인생의 한 부분에서는 아버지가 필요합니다. 그이가 이 상태에서 벗어나 기운을 차릴 날이 오긴 올까요?

A 샌디에게,

샌디 씨와 자녀들이 남편분 주변에서 늘 마음 졸이며 눈치를 봐야 하는 게 얼마나 힘든 일인지, 그의 분노와 고립이 가족들에게 어떤 어려움을 주는지 감히 헤아려 볼 수밖에요.

남편의 행동이 정상이냐고 물으셨죠. 너무나 흔히 볼 수 있는 사례입니다. 끔찍한 상황에 맞닥뜨려 나타나는 정상적인 반응의 범주에 포함되는 모습이죠. 누군가의 죽음, 특히 자식의 죽음을 겪으면 어떤 사람들은 스스로를 가두어 버립니다. 계속 분노에 차 있는 상태로 모든 사람과 거리를 두고 다시는 바깥으로 나오지 않을 것처럼 보입니다. 그런 이들을 돕기란 정말 힘든 일입니다. 도움을 구하지도 않을 뿐더러 다른 사람이 도와주겠다고 손을 내밀거나 제안하더라도 별 반응을 보이지 않기 때문이죠. 남편분이 도움을 원치 않는다면 당신이 할 수 있는 일이 많지 않습니다.

우리가 제안해 드릴 제일 좋은 방법은 당신과 당신 자녀들이 스스로를 돌보며 서로를 챙겨 주라는 겁니다. 부디 당신과 아이들이 세상을 떠난 당신의 아들이자 아이들의 오빠, 형과 감정적으로 마무리를 잘 할 수 있게 도움이 되는 과정을 밟았으면 합니다.

샌디 씨가 상실감 치유 방법(258~266쪽 참조)을 따른다면 남편과의 관계가 더 나아지는 것을 스스로 느낄 것입니다. 부디 당신의 변화를 보면서 남편도 용기를 내 자기 껍질을 깨고 나오기 시작했으면 합니다.

마음을 담아,
러셀과 존

내가 왜
혼자 있어야 하는지
모르겠어요

Q 버몬트에서 실비아 3년 전, 할머니가 돌아가시고 나서 제 인생이 완전히 바뀌어 버렸어요. 저는 열다섯 살 때 할머니를 잃은 뒤 다른 가족들 그 누구하고도 잘 지내지 못하고 있어요. 제가 엄마하고 싸우면 할머니 는 분명 제 편을 들어주실 거예요. 할머니는 정말 갑자기 세상을 떠나셨 고 저는 아직도 슬픔에 빠져 있어요. 미래고 뭐고 아무 소용없다는 생각 이 들어요. 저의 앞날은 전부 할머니를 중심으로 계획을 세워 놓았었으 니까요.

내가 왜 혼자 있어야만 하는지 궁금해지는 순간이 많아요. 할아버지가 아직 살아 계시지만 저는 할아버지와 다른 가족 전부한테서 스스로 멀어 지고 있어요. 전 그냥 궁금해요. '앞으로 내 인생이 잘 흘러갈까?', '할머 니가 안 계시지만 혼자라는 게 괜찮다는 기분이 드는 순간이 오긴 올까?'

A 실비아에게,
할머니가 돌아가셨을 때 하늘이 무너지는 느낌이었겠구나 하고 짐작해 봅니다. 실비아의 인생에서 가장 안전한 사람이자 언제나 믿을 수 있는 존재였던 분일 테니까요. 당신이 그린 미래에는 늘 할머니가 중 심이었다는 말, 적어도 몇 년은 더 함께할 미래를 꿈꾸었다는 말이 무슨 뜻인지 분명 이해합니다. 슬픔에 빠진 사람들이 가족과 친구들에게서 스스로를 격리시키는 건 지극히 정상적이고 자연스러운 반응입니다. 만약 가족이나 친구가 죽음을 앞둔 경우 더 이상 상처 받지 않기 위해 스스로를 보호하려는 마음에서 비롯되는 태도입니다.

여기서 문제는 스스로를 격리시킨 상태에서 사람을 떠나보내면 더 큰 상처가 생기고, 혹여 그들이 죽기라도 한다면 자신이 그들과 거리를 두고 멀어져 있었다는 사실을 자각하면서 갑절의 고통을 느끼게 됩니다.

상실감 치유 방법을 따른다면 할머니의 물리적 부재를 감정적으로 마무리할 수 있는 힘을 얻을 수 있습니다. 미래를 위해 새로운 꿈을 세우고, 할아버지와 다른 식구들에게서 멀어지는 대신 앞으로 나아가기로 마음먹을 수 있는 도움을 얻겠지요.

감정적으로 정리하는 과정을 거치면 할머니와 함께한 애정 어린 추억이 더 이상 아픔없는 기억으로 남을 겁니다. 그리고 이제는 당신 옆에 있는 사람들과 함께 마음속에 계시는 할머니에 대한 추억을 나눌 수 있을 겁니다.

마음을 다해,
러셀과 존

아무도 나와
함께인 것 같지 않아요

Q 뉴멕시코에서 플로라 5년 전만 해도 가까운 사람이 죽는다는 건 그저 남의 집 이야기였어요. 그런데 전남편이 약물 과다 복용으로 세상을 떠났고, 그 이듬해에는 더 가슴 아픈 일이 일어났어요. 어머니에게 손녀딸을 보여 드리려고 비행기를 타고 가기로 한 날 제 어머니가 돌아가셨어요. 그리고 뒤이어 저의 절친한 친구가 자살을 하고, 학교 동기가 암으로 죽고, 아버지가 수개월간 병상에 계시다 작년에 돌아가셨습니다.

저는 감각을 잃은 사람처럼 멍한 기분이 들고 사람들과 거리를 두게 돼요. 비사교적인 사람이 되었다고 표현하면 그나마 점잖은 설명이겠네요. 자주 친구들의 묘지에 가서 앉아 있곤 해요. 매일 신문에서 사망 기사를 접하지만 내가 이러는 걸 누구에게든 말하고 싶지 않아요. 그냥 다른 사람들이 '나와 함께' 있다는 생각이 들지 않아요. 결국 언니와 여동생하고도 사이가 멀어지고 말았어요.

이제는 내가 나를 구제할 수도 없을뿐더러 다른 식구들을 도와줄 힘도 없어요. 내세가 없다고 믿는 종교적 가르침을 받으며 자란 터라 더더구나 기댈 곳이 없어요. 정말 길을 잃은 기분이에요.

A 플로라에게,

　세상에나, 짊어져야 할 감정의 무게가 천근만근이네요. 무감각해지는 건 누군가의 죽음으로 비탄에 빠진 사람에게 나타나는 가장 전형적인 반응이라는 얘기부터 드리고 싶군요. 거리를 두고 비사교적으로 지내는 것 같다고 말씀하셨는데, 슬픔에 빠진 사람들은 여러 가지 이유로 고립되는 경향이 있다고 말씀드릴게요. 다시 한 번 말씀드리지만 플로라가 겪고 있는 것들은 정상적이고 자연스러운 범위 내에 있는 모습입니다.

　아무도 당신과 '함께'인 것 같지 않다고 하신 부분도 충분히 이해합니다. 대부분의 사람들은 슬퍼하는 사람들에게 어떻게 말해야 할지, 그 사람들 얘기를 어떻게 들어줘야 할지 잘 모릅니다. 그게 사실이긴 하지만 그렇다고 당신이 그 사람들 입장까지 헤아릴 여력은 없죠. 실제로 거리를 두고 비사교적인 기분을 느끼게 된 원인이 거기에 있을 겁니다. 상실감에 빠진 사람에게 어떻게 말을 하고 어떻게 얘기를 들어주어야 하는지 방법을 가르쳐 주는 건 당신이 할 일이 아닙니다.

　당신이 언니나 여동생을 도와줄 수는 없습니다. 스스로 앞가림하기도 버겁기 때문이죠. 우리가 여기서 전해 드리는 조언을 따르신다면 플로라의 언니와 여동생도 당신이 긍정적으로 변한 모습을 보게 될 겁니다. 그리고 당신이 어떻게 그런 변화를 얻게 되었는지 알고 싶어 하겠죠.

　플로라가 내세를 어떻게 생각하는지 이해합니다. 무엇보다도 지금은 당신의 삶에서 중요한 사람들이 세상을 떠났고, 그 사람들과 감정적으로 잘 마무리할 수 있는 방법이 필요합니다. 그래야 현실을 살고 있는 당신 스스로를 잘 건사할 수 있겠죠. 그리고 지금 이 시점에서 다른 영역을 살피며 미래를 염려할 필요가 없습니다.

관점을 바꾸기 시작하면 사고방식과 감정상의 긍정적인 변화를 감지하게 될 겁니다. 죽음으로 수많은 상실을 겪었고, 죽음과 관련되지 않은 다른 상실감도 느끼고 있기 때문에 시간과 공을 들여 관점을 변화시켜야 합니다. 물론 아직 해결되지 않은 슬픔이 심신의 에너지를 고갈시키고 있으므로 힘을 내기가 어려울 때가 있겠지요. 하지만 일단 행동을 취하면 작은 변화가 나타나기 시작하는 것을 분명 느끼게 될 겁니다.

마음을 담아,
러셀과 존

무엇을 놓아주고
어디로 나아가야 하나요?

Q 버지니아에서 브라이언 저는 베트남전에 참전한 군인이었습니다. 절친한 친구들 몇 명이 임무 수행 중에 목숨을 잃었습니다. 기껏해야 열아홉에서 스무 살 정도였지요. 이 젊은 병사들은 정말 훌륭한 친구들이었습니다. 그곳에 같이 있던 친구들은 어느 순간 사라지고 저만 남았습니다. 이 사실이 아직도 제 마음을 무겁게 짓누르고 있습니다. 도무지 놓아줄 수 없을 것 같네요. 어떻게 해야 합니까?

A 브라이언에게,
'놓아주다'와 관련한 브라이언 씨의 질문에 대해 전반적인 지침이 될 만한 내용을 전해드립니다. 더불어 저희 연구소 설립자이자, 브라이언 씨처럼 베트남전에 참전했던 존 제임스의 답변을 함께 나누고자 합니다. 그의 경험은 상당 부분 브라이언 씨와 유사합니다.

우리 의식에 스며든 흔한 말 중에 '놓아 버리고 이제 앞으로 나아가야지'가 있습니다. 그런 말을 들으면 우리는 "뭘 놓아 버립니까?", "어디로 나아가요?", "그건 어떻게 하는 겁니까?"라고 묻습니다. 슬픔에 빠진 사람들이 조언이랍시고 희한한 말을 들은 경우가 많더군요. 우리는 그 사람들에게 똑같은 질문을 받곤 합니다. 사람들은 예전의 좋은 추억을 놓아 버리고 싶지 않을 수도 있습니다. 아마 그 기억을 간직하고 싶겠죠. 브라이언 씨도 고통스러운 기억에만 매여 있고 싶을 리 없지만, 어떻게 해야 할지 모를 수 있습니다. 만약 어떻게 할지 방법을 안다면 마음을 무겁게 짓누르는 고통에서 벗어나 나아가는 것이 핵심이겠죠.

당신의 훌륭한 친구이자 전우들과의 관계에서 감정적으로 마무리 짓지 못한 부분이 무엇인지 찾아내 해결하는 게 필요합니다. 죽은 사람을 말하거나 생각하고 싶지 않다면, 혹은 즐거웠던 기억이 큰 아픔으로 받아들여진다면 이는 아직 슬픔이 풀리지 않았다는 뜻입니다. 정리되지 못한 부분이 있음을 파악하고 정확하게 기억한 다음 그런 감정을 해소할 방법을 찾아야 합니다. 제대로 소통하기 위해서는 행동에 돌입하고 여태껏 풀지 못했던 고통과 감정의 잔재와 작별해야 합니다.

그렇다고 감정을 정리하는 것이 모든 것을 깡그리 잊는다는 의미는 아닙니다. 상실감 치유 방법을 따르다 보면 마음의 무거운 짐이 줄어들 것입니다. 더불어 떠나보낸 사람들을 잊지 않고 앞으로의 삶을 나아갈 수 있게 하는 새로운 힘을 얻게 될 겁니다.

✚ 존이 덧붙이는 말

상실감에 시달리는 사람들은 어린 시절에 받은 훈육과 사회 분위기의 영향으로 종종 고립감을 느낍니다. 인구수를 감안하면 극소수의 선택된 그룹에 속하는 참전 군인들이 더더욱 그러하겠죠. 러셀과 제가 오랫동안 진행해 온 프로그램에 수많은 참전 군인들이 함께했습니다. 대부분 미처 정리하지 못한 감정의 문제가 가장 큰 자리를 차지하고 있습니다. 그들의 경험에서 찾아낸 공통점은 특수한 환경을 바탕으로 끈끈한 관계가 구축된다는 것입니다.

아마도 브라이언 씨는 가족들보다도 전우들을 더 신뢰했을 겁니다. 당신이 잠을 자면 그 전우들이 당신을 보호해 주리라 믿었고, 당신 역시 그들을 보호해 주면서 신뢰를 쌓았을 거예요. 그토록 신뢰했던 사람이 죽으면 우리는 그들에게 진심을 털어놓을 기회를 빼앗겼다는 기분을 느낍니다. 그들에 대한 감정이 정확히 어떠했는지 그들에게 말할 수 있는 방식이 필요합니다. 그러고 나면 당신이 미처 말할 기회를 잡지 못했던 "잘 가시게."라는 작별 인사를 할 수 있겠지요.

마음을 담아,
러셀과 존

그이가 떠난 지 다섯 달,
아무것도 할 수가 없어요

Q 캘리포니아에서 익명 저와 20년 동안 함께 살았던 남자가 지난 가을에 갑자기 세상을 떠나 버렸어요. 처음 만나 함께 지낸 긴 시간 동안 우린 고작 2주간 떨어져 있었을 뿐이에요. 지금 느끼는 이런 고통과 깊은 상실감을 어떻게 해야 할지 감당이 안 돼요.

사실 그이는 매사에 상황을 통제하려는 강박이 있는 사람이었어요. 장보기나 빨래도 자기가 하고, 저에겐 우편물을 가져오거나 고지서를 보는 일조차 하지 못하게 했죠. 그이가 떠난 지 다섯 달이 되었고 아무것도 할 수가 없어요. 친구들에게는 공과금을 다 냈다고 거짓말을 해요. 전 게으른 사람이 아니에요. 분명 노력하는데도 보이지 않는 뭔가가 나를 자꾸 붙잡고 있어요. 이게 언젠가 사라지긴 할까요?

A 안녕하세요?
당신은 의아하게 느낄 수도 있지만, 우리에겐 당신의 애끓는 한탄이 그리 낯설지 않습니다. 비슷한 사연을 수도 없이 들어 왔어요.

우리는 상실감을 '익숙한 행동 양식이 종료되거나 변화가 생겨 유발되는 모순된 감정'이라고 정의합니다. 당신은 20년 동안 모든 일을 도맡아 한 파트너에게 익숙해져 있었지요. 이제 그가 떠나 버리자 당신은 마치 무력한 존재가 된 듯 아무것도 할 수 없다고 느낍니다. 우리는 당신의 발목을 잡고 있는 것이 바로 지난 20년의 습관과 기억이라고 생각합니다. 당신은 습관과 기억 때문에 그 사람에 대한 생각을 떨치기가 힘들고, 그를 얼마나 그리워하는지 계속 일깨우게 됩니다. 그러다 보니 계속 자신을 억누르겠지요. 그가 당신 삶에서 물리적으로 부재하다는 감정이 뼈아프게 느껴지더라도, 그러한 감정이 당신의 일상생활을 망칠 수 없음을 인정하는 것이 곧 해결책입니다.

자력으로 할 수 있는 걸 알려 드릴게요. 마음을 다잡고 우편함으로 가서 스스로에게 되뇌는 겁니다.

"나는 마음이 너무 아파. 그 사람이 정말 그리워. 그래도 나는 우편함으로 가서 내 삶의 중요한 것들에 신경을 써야 해. 두렵고 하고 싶지 않기도 하지만, 어쨌든 할 거야."

이런 식의 행동이 당신에게 두려움과 여러 가지 감정을 느끼게 하겠지만, 그래도 해야 할 일은 일단 행동에 옮길 필요가 있습니다. 우편물을 가지고 온 다음에는 탁자 앞에 앉아 이렇게 말해 보세요.

"마음이 아파. 그 사람이 너무너무 그리워. 그래도 나는 이 고지서들을 처리하고 내 생활을 돌봐야 해. 두렵고 하고 싶지 않기도 하지만, 어쨌든 난 할 거야."

이런 마음가짐으로 한 번에 하나씩 실천해 보세요. 당신의 슬픔과 외로움의 감정들을 여전히 존중하면서 스스로를 건사할 수 있을 겁니다.

마음을 담아,
러셀과 존

가짜 독립성

"왜 이렇게 엉겨 붙어? 너는 바라는 게 너무 많아."

이렇게 서둘러 독립하기를 권유하는 말을 내면화하며 우리는 삶에 대해 이런 전제를 품게 된다.

"다른 사람에게 너무 기대면 안 되는 구나."

'너무'의 범위는 조금씩 달랐지만 우리는 각자의 마음에 한계점을 세웠다. 이런 마음은 상실의 아픔을 건널 때에도 마음을 짓누른다. 그러다보니 정말 어쩔 수 없을 때가 아니면 '힘들다'라고 고백하기도 어려워졌으며 누군가에게 기대고 싶어지는 마음은 죄책감마저 느끼게 한다. 그러는 한편 '독립'은 박수 받고 장려되었다.

"혼자서도 잘 하네. 넌 어쩜 이렇게 의젓하니.", "인내심이 많고 성실한 사람이구나."

어른스러웠던 아이는 결국 혼자가 편하고, 혼자 잘 해낼 수 있고, 어떤 상황에서도 잘 자라는 독립적인 어른이 되었다. 하지만 정말 소중한 대상을 상실할 위기에 직면해서야 그는 자신의 독립성이 모래성처럼 어느 순간 허망하게 무너질 수도 있는 연약한 가짜 독립성임을 알게 되었다.

이렇게 마음이 흔들리는 경험을 통해서야 우리는 곁에 있는 누군가를 얼마나 사랑했고 얼마나 소중하게 생각했으며 의존하고 있었는지 그리고 의존이 반드시 나쁜 것이 아니라 우리 모두에게 필요한 것인지를 깨닫는다.

흔들릴 때에는 기대야 한다. 넘어졌을 때에는 아프다고 말해야 한다. 모든 것이 무너져 내려도 우리를 붙잡아 줄 따스하고 강력한 뭔가가 있다는 것을 우리는 오로지 누군가에게 기대어 붙잡는 경험을 통해서만 알 수 있다. 상처받은 마음은 그 마음을 이야기할 수 있는 동반자가 필요하다.

CHAPTER

잘못된 통념

시간이 약이다

Q&A

시간은 상심한 마음을 치유하는 데 도움이 되지 않는다. 시간이
해결해 주는 일은 아무것도 없다. 시간에 기대지 않고 스스로 감
정의 응어리를 해결하려고 노력해야 비로소 치유될 수 있다.

시간이 갈수록
고통이 더 심해집니다

Q 뉴햄프셔에서 레슬리 작년에 아빠가 돌아가셨어요. 그때 이후로 매일 슬프기만 해요. 아빠가 돌아가시고 몇 주 뒤에 삼촌 두 분도 세상을 떠나셨어요. 저는 늘 부모님과 아주 가까운 사이였기 때문에 아빠가 돌아가셨을 때 내 일부를 잃어버린 느낌이 들었어요. 한편으로 엄마가 밥은 잘 드시는지, 얘기할 사람은 있는지 걱정돼요. 하지만 저 역시 슬픔을 겪고 있는 터라 엄마와 대화를 나누려고 애쓰기가 힘에 부칩니다.

내 자신이 이기적이라는 생각도 들고 정작 내 기분이 어떤지, 무슨 말을 해야 할지 잘 모르겠어요. 솔직히 더 이상 살기도 싫고 뭘 하고 싶지도 않아요. 감당하기 버거울 정도로 압박받는 기분이에요. 이게 정상인가요? 사람들 말로는 시간이 지나면 고통이 줄어든다고 하는데 지금까지 더 심해지기만 하네요.

A 레슬리에게,
슬픔에 빠진 사람들이 시간이 지나면 고통이 줄어든다는 얘기를 자주 듣는다는 현실이 마음 아픕니다. 시간은 감정의 상처를 치유하지 않을 뿐더러, 오히려 시간이 갈수록 고통이 더 심하게 느껴지는 경우가 많습니다.

저희는 책과 여러 강연을 통해서 슬픔에 관한 잘못된 통념 여섯 가지를 계속 이야기합니다. 그중 한 가지가 바로 '시간이 약이다'라는 말이죠. 우리는 시간이 아무것도 치유해 주지 않는다는 것을 보여 주기 위해 바람 빠진 타이어의 예를 들곤 합니다. 의자를 끌어다 놓고 앉아서 바람 빠진 타이어를 쳐다보기만 한다면, 당신이 그 자리에 백 년이고 천 년이고 앉아 있다 한들 타이어는 바람 빠진 채 그대로 있겠죠.

이때는 타이어에 바람을 채워 넣는 행동을 취해야 합니다. 그렇지 않으면 차는 다시 도로 위로 돌아가지 못할 겁니다. 한 가지 방법은 얼른 공구와 스페어타이어를 꺼내 스스로 타이어를 교체하는 겁니다. 다른 방법도 있습니다. 휴대전화를 들고 정비소에 전화한 다음 타이어를 교체해 달라고 요청하는 겁니다. 두 가지 방법 중 무엇이든 실행에 옮긴다면 당신은 다시 차를 몰 수 있습니다.

이런 비유에서처럼 상심한 마음은 바람 빠진 타이어와 아주 비슷합니다. 삶에 필요한 에너지는 한정돼 있지요. 레슬리 씨는 "솔직히 더 이상 살기도 싫고 뭘 하고 싶지도 않아요. 감당하기 버거울 정도로 압박받는 기분이에요."라고 말씀하셨습니다. 저희는 충분히 공감합니다. 그리고 이 말은 당신의 감정 타이어에 얼마나 바람이 빠져 있는지 알려 주는 말이기도 합니다.

"이게 정상인가요?"라고 물으셨죠? 그 대답은 "네!"입니다. 당신만의 슬픔을 품은 상태에서 다른 누군가를 도우려고 애쓰는 건 아무리 좋게 보려 해도 어색하고 어려운 일입니다. 당신 스스로가 이기적인 것 같다고 생각하는 사실은 존중하지만 그것이 정확한 판단은 아닙니다. 당신은 지금 상심한 마음을 추스르느라 안간힘을 쓰고 있습니다. 레슬리 씨가 엄마를 사랑하고 엄마에게 마음을 쓴다는 건 분명한 사실입니다.

"나는 늘 부모님과 아주 가까운 사이였기 때문에 아빠가 돌아가셨을 때 내 일부를 잃어버린 느낌이 들었어요."라는 가슴 찡한 말씀에 한마디 보태고 싶습니다. 이런 말 역시 우리가 늘 듣는 얘기입니다. 그리고 우리에게 아주 중요한 누군가가 죽을 경우, 자신의 일부를 잃은 것처럼 느낀다고 표현하는 것은 매우 정상적인 감정입니다.

상실감 치유 방법을 따른다면 삶에 대한 에너지와 희망을 되찾을 수 있습니다. 그리고 엄마와 함께 현재를 살아가고 함께할 여력이 생길 겁니다.

마음을 담아,
러셀과 존

정말
치유되긴 하나요?

Q 하와이에서 샐리 정말 '치유'되긴 하나요? 남편을 간질환으로 잃은 지 거의 4년이 다 되었어요. 명절이나 기념일은 여전히 견디기 힘든 시간이네요. 지금쯤 남편이 한 살 더 먹었을 시점인데, 저는 별로 안녕하지 않은 하루를 보냈습니다. 더 괴로운 건 그이가 제 생일에 세상을 떠났다는 사실이에요. 저는 더 이상 생일을 즐길 수 없어요. 이 상황에서 치유되기보다는 그저 대처라도 할 수는 없을까요?

A 샐리에게,
좋은 질문입니다. 수많은 사람들이 묻습니다. 죽은 사람을 절대 잊지 못하는데 상실감이 치유된다는 게 가능하냐고요. 알츠하이머를 앓지 않는 이상 당신에게 중요한 의미였던 누군가를 잊어버리지는 못합니다. 그리고 가장 중요한 건 당신이 남편을 절대 잊고 싶지 않을 테고, 삶을 함께했던 아름다운 추억을 놓치고 싶을 리 없다는 점입니다.

치유의 비결은 사랑하는 사람의 죽음을 겪고 감정적으로 마무리되지 못한 채 남아 있는 부분을 찾아내 정리하는 겁니다. 열에 아홉이 그렇듯 중요한 누군가가 죽으면 우리는 그가 살아 있을 때 달랐으면 어땠을까, 더 잘했으면 어땠을까 싶은 것들을 찾아냅니다. 그리고 앞날의 기대와 실현되지 못한 꿈과 소망이 남아 있는 현실을 자각하게 됩니다.

남편이 세상을 떠난 지 거의 4년이 다 되었다고 하셨지요. 우리 주변에서 듣는 잘못된 통념 중 하나가 바로 '시간이 모든 상처를 치유한다'입니다. 그러나 시간은 상처를 치유하지 않습니다. 본인 생일과 남편 생일뿐만 아니라 명절, 결혼기념일 등은 더 이상 그 사람이 없다는 사실을 떠올리게 해 두렵고 슬프고 고통스러운 날이 될 수 있습니다. 그런 날에 그저 대처라도 할 수 없냐고 말씀하셨죠. 그저 대처하려고 시도하는 많은 이들은 고통을 우회하고 묻어 버리려 노력하지만 별 소용이 없습니다. 샐리 씨의 이야기도 그와 비슷한 상황 같군요.

짧은 글만 보고 많이 알 수는 없지만 이렇게 말씀드리고 싶습니다. 용감하게 맞서세요. 짐작건대 남편과 샐리 씨의 관계는 삶을 긍정적으로 그려 나가는 관계였을 겁니다. 그러니 지금 남편의 부재가 엄청나게 힘들게 다가오겠죠. 당신은 과연 그저 대처하기만 할 수 있을까요? 그러기 힘들 겁니다.

감정적으로 마무리가 될 수 있게 샐리 씨의 상실감을 해결하는 행동을 취해야 합니다. 그래야 소중한 추억을 간직할 수 있으며, 특별한 날 고인이 떠오르더라도 그 기억을 고통 없이 맞이할 수 있습니다. 비록 그런 날이면 다른 날들과 마찬가지로 슬픔을 느끼며 남편을 그리워하겠죠. 단, 고통은 사라질 겁니다.

마음을 담아,
러셀과 존

왜 나에게만
이런 일이 벌어질까요?

Q 미주리에서 캐이틀린 '왜 나에게 이런 일이?'라고 계속 자문하게 됩니다. 11월에 아들을 잃고 이듬해 1월에 아버지 그리고 이젠 맏딸까지 잃었습니다. 다들 왜 제가 그렇게 눈물 젖은 하루하루를 보내는지 알고 싶어 하네요. 이제 딸아이 하나와 손주 셋만 남았습니다. 하루에 한두 번 이라도 딸한테 연락을 못 받으면 행여 무슨 일이 있나 싶어 더럭 겁이 납니다. 제게는 평안이 필요합니다. 다른 사람들 눈에는 분명 제가 독한 약을 먹여 잠재워야 할 짐승 같아 보일 거예요. 하지만 저는 약에 기대지 않을 겁니다. 얘기 들어주셔서 고맙습니다.

A 캐이틀린에게,
당신처럼 연이어 사별을 겪은 이들의 사연을 읽을 때 늘 우리 머릿속에는 바다에 빠져 죽어가는 사람의 이미지가 떠오릅니다. 처음에는 머리가 수면 위로 오르내리다가 파도가 다시 치고 또다시 치고 하면서 그 사람은 그만 수면 아래로 빠져들어갑니다.

당신이 처한 상황에서 터져 나오는 "왜 나에게 이런 일이?"라는 말은 지극히 당연한 질문입니다. 물론 그에 대한 제대로 된 답은 없지만요. 캐이틀린 씨는 마음의 상처가 커서 계속 눈물짓는 거겠죠. 당신 주변 사람들이 이해하지 못한다는 게 놀랍고 슬플 따름입니다.

하지만 기억하세요. 우리가 사는 세상은 중요한 사람을 떠나보냈더라도 사나흘 정도 지나면 곧장 일터로 돌아가 자기 책상 앞에 앉기를 바라는 곳입니다. 그리고 괜찮아 보였으면 좋겠다고, 기분 좋게 지냈으면 좋겠다고, 생산적인 사람이 되면 좋겠다고 말하는 곳입니다. 다른 사람들 입장에서 보면 당신이 슬퍼하고 있을 때 우는 건 괜찮지만 사람들의 주목을 끄는 건 딱히 원하는 그림이 아닐 겁니다. 그래서 그들은 약이라도 먹여 잠재우고 싶은 심정일 수 있지요.

당신이 약에 기대지 않는다고 하셔서 저희는 참 다행이라고 생각합니다. 대개 그럴 때 먹는 약은 고통을 잠시 덮어버릴 뿐 영영 사라지게 하지는 못합니다. 시간이 지날수록 당신 안에서 고통은 점점 심해지겠지요. 어디까지나 우리는 당신 편입니다. 캐이틀린 씨도 아마 느끼셨다시피 시간이 저절로 상심한 마음을 치유하지는 못합니다. 상실감 치유 방법을 따르면 도움이 될 겁니다.

마음을 담아,
러셀과 존

다 털고 넘어간다면
놓아 버리는 건가요?

Q 오클라호마에서 벤 작년에 저의 가장 절친한 친구와 다른 친구 한 명이 불의의 사고로 죽었습니다. 차 한 대가 반대편 차선으로 넘어왔는데, 그 둘이 걷고 있던 갓길에까지 돌진해 버렸어요. 그 당시 친구들은 열여섯, 열여덟 살이었어요. 운전자도 열여덟 살이었고요. 그때 이후로 예전의 제가 아니에요. 저는 이제 고작 열여섯 살인데 삶에 대한 열망이나 꿈을 잃어버리다시피 했어요. 행복은 저와 아무 상관없는 일 같아요. 제일 친한 그 친구가 늘 제 마음속에 있어요. 그렇다고 자살 충동을 느끼진 않아요. 예전만큼 집 밖에 나오지 않고, 친구들과 어울리는 데 흥미를 잃었을 뿐이에요.

이렇게 끊임없이 이어지는 우울한 기분을 어떻게 없앨 수 있는지, 아니면 적어도 고통이라도 줄일 수 있는지 궁금해요. 친구는 우리가 같이 있을 때처럼 제가 즐겁게 살기를 원한다는 걸 알아요. 하지만 그게 너무 어렵고, 그럴 수 없기 때문에 정말 끔찍한 기분이 들어요. 저는 여전히 친구의 가족들과 아주 가깝게 지내고, 다른 한 친구의 가족들과도 예전보다 훨씬 가까워졌어요.

친구들이 나란히 묻힌 묘지에 가서 한참 시간을 보내곤 해요. 자주 찾아가는 게 좋은 건가요? 저는 그곳에 있을 때 기분이 좀 나아지는 느낌이에요. 다 털고 넘어간다는 것이 마치 그 친구들을 놓아 버리는 기분이라고 느껴져요. 흔히 있는 일인가요? 이런 기분을 바꿀 수 있는 방법이 있나요? 운전한 그 사람을 용서하는 건요? 아직 그러지 않았어요. 앞으로도 그럴 일 없을 거라고 생각해요. 제 질문에 무슨 답이라도 해 주신다면 정말 도움이 될 거예요. 학교에 가면 사람들이 저에게 물어요. 슬퍼 보이는데 괜찮으냐고. 심지어 괜찮은 척하려고 애쓰는데도 티가 나는지 자꾸 물어요. 전 그저 친구들과 가족들이 제가 행복하길 바란다는 걸 아니까 더 행복해지고 싶을 뿐이에요.

A 벤에게,
사연을 읽고 있자니 너무 마음이 아프네요. 벤이 얘기한 몇 가지가 우리 마음을 크게 흔들었어요. 솔직히 말해서 벤이 그런 상실감을 안고 산다는 게 어떤 기분일지 감히 가늠하기가 힘드네요. 그래도 열정이나 꿈이 사라지고 행복감이 줄었다는 벤의 경험이 정상적이고 자연스러운 반응이며 슬픔에 빠진 사람들의 전형적인 모습이라는 건 압니다. 벤의 기분이 쉽게 바뀌진 않겠지만 그런 기분을 느끼는 게 전혀 잘못된 것이 아님을 본인도 알았으면 해요.

"친구들과 어울리는 데 흥미를 잃었어요."라는 말에 이렇게 얘기해 주고 싶어요. 네, 당연히 그럴 수 있죠. 벤은 친구들의 죽음을 겪은 후 또다시 친구를 잃을까 두려워서 무의식적으로 다른 친구들한테서 멀어졌을 거예요. 우리에게 중요한 누군가를 잃고 나서 생긴 고통을 어떻게 해결해야 할지 모를 때 충분히 그럴 수 있어요. 다른 사람들마저 잃을까 하는 두려움이 보태지는 법이죠. 그래서 다른 사람들에게 다가가기보다는 멀

찍이 거리를 두게 됩니다. 결코 도움이 되지 않는 방법인데도 필연적으로 그렇게 되겠죠. 벤이 다른 친구의 가족들과 가까워졌다고 했죠? 그건 친구들의 사고와 관련된 모든 사람들에게 참 다행스러운 일이라고 생각합니다.

묘지에 너무 자주 가는 건 어떠냐고 물었죠? 친구들이 묻힌 묘지에 벤이 얼마나 자주 가야 하는지 말해 줄 사람은 아무도 없습니다. 벤이 그곳에 다니면서 기분이 나아진다는 사실 자체가 소중한 시간이라는 뜻이 됩니다.

"다 털고 넘어간다는 것이 마치 그 친구들을 놓아 버리는 기분이라고 느껴져요. 흔히 있는 일인가요? 이런 기분을 바꿀 수 있는 방법이 있나요?"

이 질문에 답하기 위해 우리는 조금 다른 방식으로 말해 보려 합니다. 놓는다는 건 잊는다는 의미를 내포합니다. 그런데 벤은 친구들을 절대 잊지 못하겠죠. 놓아주고 싶지 않은 겁니다. 세상을 떠난 친구들과 벤의 관계에서 미처 감정적으로 정리되지 못한 채 남아 있는 부분을 찾아내 마무리하는 것을 벤이 원하고 있습니다. 벤에게는 애초에 그런 비극이 벌어지지 않기를 바라는 마음뿐만 아니라 심적으로 정리하지 못한 묵직한 응어리가 있습니다. 앞으로 그들과 함께할 거라 생각했지만 이젠 그럴 수 없는 미래에 대한 희망과 기대가 그것이겠죠.

벤에게 도움이 될 만한 다른 이야기를 들려 드릴게요. 벤이 친구들을 놓아 버린다는 뜻으로 생각할 수도 있는 '넘어간다'라는 표현 대신 벤의 인생이 '앞으로 나아갈 수 있다'라고 얘기하는 겁니다. '넘어간다'와 '자기 인생에서 앞으로 나아간다' 사이에는 미묘한 차이가 있지만 이 둘은

함축적으로 다른 의미를 띠고 있어요. 앞으로 나아간다는 표현이 벤에게 와 닿을 겁니다.

단지 죽음 속에서만 그들을 기억하지 않고, 지금까지 함께 추억을 나눈 친구로 기억할 수 있는 상실감 치유 방법을 따를 필요가 있어요. 친구들과의 추억이 괴로운 기억으로 바뀌지 않도록, 비록 친구들은 떠났지만 벤이 의미 있고 가치 있는 삶을 살 수 있도록 말이죠.

"운전한 그 사람을 용서하는 건요?"라는 질문에 대해서도 생각해 보죠. 용서라는 주제는 슬픔에 빠진 수많은 사람들이 힘겨워하는 부분입니다. 벤이 그를 용서하지 않는다면 친구들의 죽음과 연관된 고통에 붙들려 있게 됩니다. 소중한 사람을 잃은 사건 때문에 생긴 원한을 해결하지 않고 계속 품고 있다면 현재의 삶을 꾸려가는 데 방해를 받을 뿐입니다. 용서의 목적은 그 고통스러운 감정들을 꾸역꾸역 쥐고 나아가지 않도록 스스로를 자유롭게 하는 겁니다. 이는 다른 사람들이 저지른 일을 눈감아 주는 게 아닙니다.

죄를 지은 사람에게 더 이상 원한을 느끼지 않는 '용서'와 잘못이 드러났지만 문제시하지 않고 넘어가는 '묵과'는 다릅니다. 말하자면 용서는 그 대상에 대한 원한을 내려놓는 것입니다. 감정이 아닌 행동으로 용서해야 합니다. 다시 말해 용서는 실제로 말로 표현하며 실행했을 때 용서라는 감정이 생깁니다. 우선 행동을 해야 감정이 뒤따라오는 법이죠. 계속 원망과 분노를 품은 채 자신의 몸과 마음, 감정까지 가두고 살 수는 없습니다.

마지막으로, 벤이 한 말 중에 두 가지가 마음에 걸립니다. "심지어 괜찮은 척하려고 애쓰는데도…….", "전 그저 제 친구들과 가족들이 제가 행복하길 바란다는 걸 아니까 더 행복해지고 싶을 뿐이에요."라는 말입니다. 상실감 치유 방법을 따르면 앞으로는 괜찮은 척 해야 할 필요도 없고, 다른 사람들을 기쁘게 하려고 행복해질 필요도 없습니다. 벤 자신을 위해 행복해질 수 있게 되겠죠.

마음을 담아,
러셀과 존

다시 누군가를
사귀어도 될까요?

Q 코네티컷에서 베레니스 배우자와 사별한 뒤 언제쯤이면 다시 누군가를 사귀어도 될까요?

A 베레니스에게,

사람마다 다양한 예상치를 내놓을 수는 있겠지만 정확한 시점을 제시할 수는 없습니다. 누군가는 베레니스 씨가 결혼 생활을 한 햇수를 따져 그만큼 기다려야 한다는 말을 하며 터무니없는 수치를 내놓을 수도 있겠네요.

배우자와 사별한 후 데이트 시작 시점을 가늠할 때 한 가지 전제할 게 있습니다. 이것은 저희의 개인적 경험에서 비롯된 것이기도 합니다. 시간은 중요한 요소가 아닙니다. 시간이 감정적 상처를 치유하지는 않기 때문이죠. 수많은 사례를 통해 사람들이 배우자가 죽은 후 1~2년, 또는 5~10년, 심지어 20년 동안 기다리다 다른 누군가를 만나 관계를 시작해도 실패하는 경우를 봤습니다.

그런 관계가 실패한 주요인은 두 사람이 연인으로서 서로 마음이 맞지 않아서가 아닙니다. 배우자와 사별한 사람이 세상을 떠난 배우자와 감정적으로 정리를 하지 못했기 때문입니다. 감정의 정리가 전제되지 않는다면 새로운 관계는 십중팔구 실패할 수밖에 없습니다.

또 하나 주의해야 할 것은 배우자가 죽은 후 비교적 빠른 시간 안에 새로운 관계를 시작하거나 데이트 할 준비가 되었다고 느낄 수 있다는 점입니다. 그러나 그 느낌은 세상을 떠난 배우자와 감정적으로 정리가 되어서가 아니라 외로움이나 다른 요인에서 비롯된 것일 수 있습니다.

새로운 관계를 시작하는 시점은 이전 관계에서 감정적으로 정리되지 않았던 부분을 찾아내 완결 지은 이후입니다. 정확한 시점을 명확히 짚어서 설명할 수는 없습니다. 그렇다고 배우자가 죽고 일주일은 지나야 데이트를 시작해도 된다고 말할 수도 없습니다. 비로소 감정적 완결 과정을 거쳐야 언제쯤 새로운 관계를 시작할 준비가 되었는지 알 수 있고, 예전 관계가 새로운 관계에 영향을 미치거나 방해가 되지 않습니다.

상실감 치유 방법을 따르면 본인이 준비가 되었는지 아닌지 확실하게 알 수 있습니다.

마음을 담아,
러셀과 존

하나뿐인 외아들을
잃었어요

Q
네브래스카에서 익명 12년 전에 림프종으로 아들을 잃었어요. 그 뒤로 저는 억울한 마음에 세상과 등진 사람이 되었네요. 내 시간을 쏟아 부어야 할 것도, 관심이 가는 대상도 아무것도 찾을 수 없어요. 우리 부부에게 아들은 하나밖에 없는 자식이었어요. 저는 아들을 금이야 옥이야 정말 사랑했어요. 그 애는 제게 더없이 소중한 존재였죠.

아들이 죽었을 때 교구 목사님이 우리 부부를 저버린 것 같은 생각에 영성 상담도 받지 않았어요. 지금 와서 생각하면 그때 다른 데서라도 상담을 받으려고 애쓰지 않은 것을 후회해요. 만약 상담을 받았다면 이렇게 억울하진 않을 것 같아요. 지금 와서 상담할 곳을 찾기에는 너무 늦은 걸까요? 아니면 오래 전 겪은 일이지만 지금이라도 상담을 받으면 도움이 되긴 할까요?

A
네브래스카에 계신 분께,

말씀하신 내용 중에 두 가지 부분이 눈에 띕니다. 저희가 보기에 두 가지 문제는 아들의 죽음으로 상심한 당신의 마음 상태를 악화시키고 있습니다. 바로 '영성 상담'과 '시간이 감정적 상처를 치유하느냐 않느냐'와 관련된 것입니다.

자신에게 중요한 누군가가 죽으면 우리는 가슴이 찢어집니다. 여기서 가슴은 우리 모두 감정을 나타낼 때 사용하는 상징적인 단어죠. 정신적인 요소가 영향을 받을 수는 있지만 슬픔의 핵심은 아닙니다. 드리고 싶은 말씀은 영성 상담이 상심한 마음을 치료하지 않는다는 겁니다. 만약 목사님에게 영성 상담을 받았을 경우 일어났을 좋은 변화를 폄하하지 않겠지만, 상담을 받았다 한들 세상을 떠난 아들과의 관계를 감정적으로 마무리 짓는 데 도움이 되진 않았을 겁니다.

상심한 마음에 도움이 되는 것은 사별을 겪고 정리되지 못한 채 남아 있는 감정을 처리할 방법을 찾고 그 원리를 터득하는 것입니다. 시간은 상심한 마음을 치유할 수 없습니다. 당신이 이미 지켜봤다시피 꼬박 10년이 넘는 시간은 당신의 마음을 치유하지 못했습니다. 그리고 또다시 10년을 보낸다 한들 마음을 회복하지 못하고 지낸다면 상황이 더 악화될 가능성이 큽니다.

상실감 치유 방법을 따르면 다시 삶을 새롭게 시작하고 싶은 마음이 들 겁니다. 그리고 목사님에게 상담을 받았으면 어땠을까에 대한 고통스러운 감정을 해결하는 데 도움을 받겠지요. 단순히 죽음과 관련해 아들을 떠올리는 게 아니라 살아 있을 때의 아들을 기억하는 힘을 얻게 됩니다. 물론 아들이 죽지 않았더라면 당신의 삶이 전혀 달라졌겠지만, 그런 가정에 매이지 않고 현재에 의미와 가치를 지닌 삶을 다시금 구축할 수 있는 동력을 얻을 수 있습니다.

마음을 담아,
러셀과 존

모든 것이 끝이 아님을 알자

상실은 시간의 흐름으로 일어나는 일이다. 누군가는 먼저 떠나고 또 누군가는 떠난 그 자리에 남겨지게 된다. 그렇게 시간은 잔인한 얼굴로 우리 마음을 할퀴기도 하지만 또 다정한 얼굴로 단단한 위로를 건네기도 한다.

하지만 상실이 나의 본질적인 감정을 무너뜨렸기에 마냥 시간이 흐르면 괜찮아질 거라는 생각은 위험할 수 있다.

그토록 소중했던 사람과 함께 할 수 있는 시간을 우리에게 허락해 준 것이 시간이었음을 기억하자. 깊은 슬픔을 딛고 일어서 더 사랑할 시간이 우리 앞에 있다. 상실이 모든 것의 끝이 아님을, 우리에게는 여전히 더 사랑할 시간이 주어졌음을 기억하자.

CHAPTER

잘못된 통념

다른 사람들을 위해 강해져라 Q&A

다른 누군가를 위해 어떤 상태가 '된다'는 건 불가능하다. 그보다는 솔직하게 자기감정을 털어놓는 것이 상실감 치유에 도움이 된다.

엄마를 잃고
무너진 우리 가정,
아버지가 걱정됩니다

Q 웨스트버지니아에서 카렌 한 달 전쯤 엄마가 돌아가셨습니다. 저의 단짝 친구였던 엄마가 보고 싶어 죽겠어요. 그래도 이 그리움을 그럭저럭 이겨내고 있는 것 같아요. 가끔 한밤중에 울음이 터지기도 하지만 제 일상을 계속 이어나갈 수 있어요. 하지만 아버지가 걱정입니다. 두 분은 50년을 한 이불 덮고 사신 부부예요. 엄마가 없는 아버지는 지금 뭘 어떻게 해야 할지 모르고 계세요.

아버지도 저처럼 일상생활을 계속 이어가는 것처럼 보이지만 자기 안에 갇혀 버린 듯 저와 제 아이들한테서 거리를 두기 시작해요. 저희 집에 오시면 오래 있지 않으시고, 아버지 댁에 가면 우리를 서둘러 보내려는 눈치예요. 아버지께 비애요법*을 받으러 다니시라고 했지만 안 하시겠대요. 아버지 말씀으론 그런 건 혼자 이겨내야 한대요.

아버지가 자꾸 자기 안으로 파고들기만 하고 아무에게도 곁을 내주지 않을까 걱정입니다. 어떻게 도와 드려야 할까요?

*Grief therapy, 배우자나 자식을 잃은 사람들에게 정신적 도움을 주는 지지 요법 —옮긴이

A 카렌에게,

솔직한 마음속 이야기를 글로 남겨 주셔서 감사합니다. 카렌 씨의 글에는 짚어 봐야 할 부분이 참 많습니다. 가장 중요한 건 어머니에 대한 그리움입니다. 당신의 인생에서 무엇보다 중요한 존재였던 어머니가 돌아가셨군요. 짐작건대 당신에게 속상한 일이 있을 때면 찾곤 하던 분이 바로 어머니였겠지요. 그런 어머니의 부재 때문에 지금 당신은 고통을 느낄 수밖에 없고요.

아버지를 염려하고 아버지의 안녕을 살피는 마음도 잘 알겠습니다. 아버지가 당신과 아이들에게서 거리를 두는 모습이 카렌의 가족에게 얼마나 고통스럽고 좌절감을 줄지 가늠이 됩니다. 카렌의 아이들이 몇 살인지 모르지만 그 아이들이 할아버지의 태도에 혼란스러워 하고 상처를 받았을 거라 짐작합니다.

문제는 아버지가 자기 방식을 꽤 확고하게 고수하시는 듯합니다. 혼자 힘으로 해결하시겠다는 거죠. 유감스럽게도 카렌이 직접 아버지를 도우려고 하는 시도나 다른 곳에서 도움을 받으라는 제안은 아버지의 마음을 더 멀어지게 할지도 모릅니다.

이상하게 들릴 수도 있지만 카렌 씨가 아버지를 도울 수 있는 최선의 방법은 카렌 씨 본인이 상실감 치유 방법을 통해 스스로를 돌보는 것입니다. 그렇게 하면 우선 본인 안에서 뭔가 변화가 일기 시작해 감정을 말하는 방식이 바뀔 테고, 카렌의 아버지도 변화를 감지하실 거예요. 그런 후에는 마음을 열고 자신의 감정을 이야기하실지도 모릅니다.

무엇보다 중요한 사실은 아버지를 바꾸려고 하지 않고 당신이 먼저 나아가는 겁니다. 그리고 당신이 자녀들을 대할 때도 똑같은 말씀을 드리

고 싶습니다. 아이들의 나이와 상관없이 카렌 씨 스스로 먼저 시작해야
합니다.

마음을 담아,
러셀과 존

살해당한 오빠의 죽음을
엄마에게 어떻게
말씀드려야 하나요?

Q 아이다호에서 셸리 여든다섯이신 어머니는 치매를 비롯해 몇몇 심각한 질환을 앓고 계십니다. 5년 전에 아버지가 갑자기 세상을 떠나셨고, 작년에는 오빠가 살해를 당했어요. 아직도 조사가 진행 중입니다. 오빠는 20년 동안 어머니와 연락을 끊고 살았고요. 이제 어머니는 주저앉아 울면서 "걔가 내 아들이었는데……."라며 한탄하세요.

다른 가족들이 어머니를 위로해 드리려고 애쓰고 있습니다. 하지만 어머니가 치매를 앓는 탓에 우리가 하는 말을 제대로 이해하시는 건지 모르는 상태에서 절망감만 느낄 뿐이에요. 어머니는 오빠가 어떻게 죽었는지 알려 달라고 하시는데 우리 역시 지금까지도 모르고 있습니다. 어떻게 어머니를 도와 드릴 수 있을까요?

A 셸리에게,

참으로 좋지 않은 일은 업친 데 겹친 격으로 찾아오나 봅니다. 셸리 씨와 어머니 모두 상실의 고통이 크겠군요. 치매는 삶에서 중요한 사람들과 연결되어 있는 감각을 잃게 합니다. 치매를 앓고 있는 사람들이 과거에 갇혀 행동하고 말한다는 사실은 무척이나 혼란스럽게 다가옵니다. 그들을 예전 모습으로 되돌리려고 노력하는 건 더욱 힘든 일이고요.

사실 노력한다고 해서 될 일도 아니고요.

셸리 씨는 지난 몇 년 사이에 적어도 세 차례 큰 상실감을 경험했습니다. 아버지의 죽음, 계속 상태가 나빠지는 어머니 그리고 오빠의 죽음까지요. 무엇보다도 셸리 씨가 이 모든 것과 감정적으로 정리하려면 상실감 치유 방법을 따르는 게 좋습니다. 그리고 어머니가 살아 계시는 동안 어머니와의 관계에 집중할 필요가 있습니다. 치매가 찾아오기 전의 어머니와 감정적인 부분을 마무리 짓고, 현재의 어머니와 새로운 관계를 만들어 가야 합니다.

현재의 어머니와의 관계에서는 어머니를 위로하려고 애쓰기보다는 셸리 씨의 속내를 솔직히 털어놓으세요. 오빠에 대한 솔직한 심정이 무엇인지, 오빠의 죽음에서 아직 밝혀지지 않은 부분 때문에 어떤 기분이 드는지 이렇게 이야기할 수 있겠지요.

"엄마, 나 역시 대체 무슨 일이 있었는지 모르니 너무 힘들어. 이런저런 추측을 하느라 별의별 미친 상상을 다 하다 보면 밤새 잠을 못 이룰 때도 가끔 있고. 엄마랑 오빠가 오랫동안 소식 한 번 나누지 않고 지냈다는 생각을 하면 나 역시 너무 슬퍼."

어머니를 위로하려고 애쓰지 말라는 말이, 어머니가 당신을 위로해야 한다는 뜻은 아닙니다. 저희는 셸리 씨와 어머니가 감정을 솔직히 나눌 수 있기를 바랍니다. 오빠의 죽음에서 비롯된 두 분의 감정이 뭐가 되었든 최대한 허심탄회하게 속내를 터놓고 이야기할 수 있었으면 합니다. 그리고 어머니가 "걔가 내 아들이었는데……."라고 말씀하시면 이렇게 얘기하세요.

"그래, 엄마. 엄마 아들한테 무슨 일이 있었는지 모른다는 게 엄마한테 얼마나 가슴 찢어지는 일인지 나로선 상상이 안 돼."

저희 생각으로는 이런 식으로 말씀을 나누는 편이 어머니를 위로하려고 애쓰시는 것보다 훨씬 좋은 방법이라고 생각합니다. 설령 어머니가 치매로 고통받지 않으신다 해도 위로는 별 도움이 안 됩니다. 다른 누군가의 감정적 고통을 덜어 주기 위해 우리가 해 줄 수 있는 말은 없기 때문입니다.

마음을 담아,
러셀과 존

먼저 간 언니들의
아이들까지 돌봐야 해요

Q 뉴저지에서 진저 20년 전에 어머니가 돌아가셨습니다. 큰언니는 저와 나머지 육남매의 엄마 노릇을 해야 하는 책임을 짊어졌어요. 3년 전에는 저희 남매 중 한 명이 세상을 떠났고요. 저는 큰언니의 도움을 받아 근근이 지내고 있었는데 언니도 그만 작년에 세상을 떠나고 말았어요. 저에게는 자매가 한 명 더 있는데 생전에 언니와 저의 사이만큼 그렇게 가깝진 않아요.

이제 정말 더 이상 살고 싶지 않지만 저 역시 자식이 있고, 먼저 간 언니들의 아이들까지 무려 여덟 명의 아이들을 돌봐야 해요. 심란해 미칠 것 같고 이것저것 다 포기하고 싶어도 이 아이들에게는 제가 필요해요. 제가 어떻게 해야 강해질까요?

A 진저에게,
자신이 감당하고 있는 책임과 홀로 그 일을 해내야 한다는 부담으로 얼마나 막막하고 힘든지 가감 없이 솔직하게 이야기해 주신 점 감사합니다.

삶에서 누구보다도 중요한 사람들이 잇따라 세상을 떠나면 우리는 세상에 홀로 남겨진 심정을 느낍니다. 진저 씨 역시 그런 기분을 느끼며 지금 곁에서 도와줄 언니가 없어서 삶이 전혀 기쁘지 않은 게 당연합니다.

아마 많은 사람들이 진저 씨에게 그런 식으로 생각하지 말라고 당부하거나 충고를 할 겁니다. 하지만 저희는 그런 말씀을 드리지 않겠습니다. 저희는 진저 씨와 비슷한 아픔을 토로하는 분들의 이야기를 오랫동안 들어왔고, 슬픔에 시달리는 수많은 사람들과 교류해 왔습니다. 그렇게 때문에 저희가 진저 씨의 자매와 어머니를 다시 데려올 수는 없어도 긍정적인 방식으로 자기 나름의 삶을 회복하는 힘을 얻게 안내를 해 드릴 수는 있습니다. 현재 진저 씨의 감정 상태로 비추어 보면 불가능해 보일지도 모르지만 저희가 제안해 드리는 대로 시도해 본다면 아마 결과에 깜짝 놀라실 겁니다.

우선 "제가 어떻게 해야 강해질까요?"라는 진저 씨의 질문에서 표현을 좀 바꾸는 것부터 시작합시다. 사람들이 강해져야 한다거나 아이들을 위해 강해져야 한다고 말할 때 저희는 새로운 선택지를 제시합니다.

"강해지든 인간다워지든 둘 중 하나는 될 수 있습니다. 자, 하나 고르십시오!"

사람들이 다른 이들을 위해 강해지려고 애쓸 때는 자기감정을 숨기기 마련입니다. 진저 씨가 아이들 앞에서 그렇게 할 때 아이들은 당신의 행동이 그들이 느끼는 바와 일치하지 않아서 혼란스러워 합니다.

강해지려고 안간힘을 쓰는 것보다 좋은 것은 감정적으로 솔직해지는 것입니다. 당신 자신에 대해서 솔직하게 이야기하세요. 특히 슬플 때면 더욱 그렇게 하셔야 합니다. 이 방법은 당신에게 도움이 될 뿐 아니라 솔직해지는 방법이 무엇인지 아이들에게 가르쳐 주는 길이 되기도 합니다. 당신의 감정을 진실하게 드러내지 못하는 상태에서 강한 모습만을 아이들에게 보여 준다면 당신은 아이들에게 거짓말하는 법을 가르쳐 주는 셈입니다. 물론 그건 진저 씨도 바라는 바가 아니겠죠.

마지막으로 드릴 말씀이 있습니다. 지금 진저 씨가 많은 아이들을 보살피고 계시죠? 그 아이들 역시 슬픈 일을 겪었습니다. 이 책에 실린 아이의 상실감 치유 방법(267~272쪽 참조)을 따라 함께 치유 과정을 진행해 보는 건 어떨까요? 아이들이 앞으로 살아가면서 필연적으로 겪을 수밖에 없는 상실의 경험에 중요한 길잡이가 될 겁니다.

마음을 담아,
러셀과 존

부친상을 당한 며느리를
위로해 주고 싶습니다

Q **미시간에서 익명** 며느리가 갑작스럽게 친정아버지의 죽음을 겪고 몹시 슬퍼합니다. 제가 며느리를 도와줄 좋은 방법은 무엇일까요?

A 미시간에 계신 분께,
관심이 가는 질문을 해 주셨습니다. 슬픔에 빠진 친구나 가족들을 도와주려고 좋은 마음으로 애를 쓰는 많은 사람들이 오히려 역효과를 낳는 말을 하거나 행동을 하곤 합니다. 이를테면 부탁하지도 않은 조언을 하는 경우가 그것 입니다. 이런 경우 슬픔에 빠진 사람은 차라리 도망가서 숨고 싶은 심정이겠죠.

가장 큰 문제는 도와주고 싶은 마음에 비탄에 잠긴 사람에게 '상심하지 말라'라고 계속 이야기하는 것입니다. 상심하고 슬퍼하는 감정은 누군가 자기에게 중요한 사람이 죽었을 때 나타나는 정상적이고 건강하기까지 한 반응입니다.

부디 "상심하지 말거라. 아버지는 더 좋은 데 계시잖니."라는 말을 하고 싶은 마음을 꾹 누르셔야 합니다. 또는 갑작스러운 사별을 겪은 상황에서 "상심하지 말거라. 적어도 아버지가 오랫동안 병고에 시달리진 않으셨잖니." 같은 말도 삼가셔야 합니다. 그리고 "네 심정이 어떨지 안다."

같은 말씀도 건네지 마세요. 그런 말이야말로 슬퍼하는 사람의 존엄을 앗아가는 것입니다.

도움이 될 만한 또 다른 방법도 있습니다. 며느리가 당신에게 자기 아버지와 모녀지간을 이야기할 수 있게 다독여 주세요. 며느리는 지금 아버지의 갑작스러운 죽음 때문에 아버지의 마지막 장면에만 매몰되어 있을 테니, 시선을 옮겨 아버지의 삶을 이야기할 수 있게 하는 것이 큰 도움이 될 겁니다.

저희가 알려 드릴 가장 좋은 방법은 간단합니다. 진심으로 귀 기울여 들어주세요. 분석하지도 말고 비판하지도 말고 판단하지도 마세요. 그리고 분명히 말씀드리지만 부탁하지 않은 의견이나 조언은 절대 건네지 마세요.

마음을 담아,
러셀과 존

여동생이
부모님의 유품을
놓지 못합니다

Q 오리건에서 에드 어머니가 3년 전에 돌아가시고 아버지는 작년에 돌아가셨습니다. 제 여동생은 부모님의 추억이 담긴 모든 물건들을 거의 강탈해 가다시피 했어요. 가령 낡은 텔레비전, 부모님의 베개와 옷 등을 죄다 싹쓸이해 갔습니다.

우리 형제들이 부모님 집을 파는 게 좋겠다고 동의했지만, 여동생은 매 결정마다 어떻게든 방해할 방법만 찾아내 어깃장을 놓습니다. 부모님과 연관된 모든 것을 절대로 놓고 싶어 하지 않네요. 모든 대화가 결국 부모님이 너무나 그립다는 이야기로 끝나곤 합니다. 여동생을 이해하려고 노력하지만 몇몇 행동들을 보면 급기야 이 세상 모든 물건이나 동물을 모아 두려고 혈안인 사람처럼 굴기 시작했어요. 길 잃은 동물들이 보이면 족족 붙들어 둡니다. 마치 자기만이 그 동물을 돌볼 수 있는 사람인 것처럼요.

여동생에게 상담을 받아보라고 권했지만 노발대발하며 우리를 힐난했고, 우리야말로 슬픔에 제대로 대처하지 못하는 사람들이라고 쏘아붙였습니다. 여동생 곁에 있으면 부모님이 제일 좋아하는 색깔, 제일 좋아하는 음식 등을 끊임없이 늘어놓는 통에 불편함을 느끼는 지경에 이르렀어요. 여동생에겐 모든 게 부모님을 떠올리게 하나 봐요. 쉴 새 없이 얘기하고 또 하네요. 자신에게 도움이 필요하다는 걸 인정하지 않는 여동생을 대체 어떻게 도와야 할까요?

A 에드에게,
글 올려 주셔서 감사합니다. 저희가 이런 이야기를 들을 때면 몹시 좌절감을 느낀다는 말씀을 드릴 수밖에 없습니다. 자주 접하는 내용인데도 저희가 도울 수 있는 부분이 많지 않기 때문입니다.

"자신에게 도움이 필요하다는 걸 인정하지 않는 여동생을 대체 어떻게 도와야 할까요?"라는 에드 씨의 질문에 문제가 있습니다. 상실감 치유에 있어 개입은 전혀 약이 되지 않습니다. 당사자가 하겠다는 마음이 없다면 상실감 치유의 원리나 방법, 또는 그 사안에 관한 무엇이든 효과가 없을 겁니다.

저희는 에드 씨 본인의 상실감 치유에 힘쓰시라는 말씀을 드릴 뿐입니다. 돌아가신 아버지, 어머니와 에드 씨의 관계 그리고 에드 씨에게 또 다른 종류의 슬픔을 끊임없이 안겨 주고 있는 여동생과의 관계에서 치유할 부분이 있습니다.

여동생의 행동을 바꿀 가능성은 높지 않지만, 동생을 대하는 에드 씨의 마음가짐은 바꿀 수 있습니다. 그리고 동생이 하는 행동이나 하는 말에 반응하면서 체념할 일을 더는 만들지 않을 수 있죠. 여성 사회운동가 엘리너 루스벨트가 한 유명한 말이 있습니다.

"열등감이란 본인이 동의하지 않는 한 절대 생기지 않는다."

저희가 당신의 이야기를 분명히 듣고 있고, 당신이 마주한 상황이 참으로 끔찍하다는 사실을 인식하고 있다는 점을 부디 알아주세요. 에드 씨 가족의 과거와 당신을 연결해 주는 기억의 흔적들을 잃는 게 얼마나 고통스러운지, 동시에 그런 흔적들이 어떤 식으로 줄기차게 죽음을 상기시키는지 잘 알고 있습니다.

에드 씨 자신을 잘 돌보시는 게 최선입니다. 지금 당신이 처한 상황에서는 이 방법이 아마 유일한 해결책이 될 것입니다.

마음을 담아,
러셀과 존

다른 사람들을 챙기는 데
지쳤습니다

Q 매사추세츠에서 익명 제가 슬퍼하는 모습을 비판적으로 바라보는 가족들에게 어떻게 반응해야 합니까? 가족들은 저한테 "털고 넘어가.", "넌 너무 자기 생각에 빠져 있어.", "자기 파괴적이야." 같은 말로 상처를 줍니다.

이번 일은 아내의 추도 예배일에 일어났습니다. 제가 추도 카드를 읽은 후 울었다는 이유로 "남부끄럽다.", "혼자서 잘도 슬퍼할 줄 아네."라는 말을 들었습니다. 가족들은 제가 이런 감정을 느끼고 싶어 안달인 사람처럼 취급하면서 넌더리를 냅니다. 그리고 제가 죄책감을 느끼길 바라는 것 같습니다. 정말로 가족들은 제가 자기들을 위해 행복한 척하길 기대하는 걸까요? 저도 애는 씁니다만, 사실 다른 모든 가족들을 챙기고 맞춰 주는 데 지쳤어요. 가족들은 저를 위로해 줄 그 어떤 말과 행동도 하지 않았습니다. 그저 제 아내가 아예 존재하지 않았다는 듯 행동하고 있어요. 그 자체가 저에게 엄청난 상처가 됩니다.

A 매사추세츠에 계신 분께,

올려 주신 글을 보면서 참 마음이 아팠습니다. 슬픔에 빠진 사람들에게 아주 흔히 벌어지는 상황이라 안타까울 따름입니다. 슬픔에 겨운 사람이 도리어 다른 사람들을 돌보려고 애써야 한다는 사실이 너무 마음 아픕니다. 주변 사람들이야말로 좀 더 의식적으로 당사자에게 도움을 줘야 마땅한 이들인데 말입니다. 이 상황에서 가장 중요한 건 당신이 진정 믿을 수 있는 누군가를 찾는 것입니다. 그런 사람을 최소한 몇 명이라도 찾아야 당신이 겪고 있는 상황을 털어놓고, 판단을 받거나 비난을 받는다는 기분을 느끼지 않고 속내를 이야기하게 되겠지요.

별로 도움이 되지 않고 정중하지도 않은 누군가가 당신에게 상처 주는 말을 할 때 발끈해서 되받아치지는 마십시오. 괜히 주의를 빼앗겨 에너지를 낭비하는 격입니다. 당신과 죽은 아내의 감정적 관계를 나타내는 슬픔의 감정에 집중하는 에너지를 딴 데 쏟을 이유는 없습니다.

저희가 비슷한 상황에서 취했던 방법은, 별로 맞지 않은 말을 하는 사람에게 그저 "고마워요. 염려해 주셔서 정말 감사합니다."라고 얘기한 다음 그 사람한테서 벗어나는 것이었습니다. 비록 저희가 상실감 치유 교육을 업으로 삼고 있다 해도 중요한 누군가가 세상을 떠날 경우 선생의 입장이 아니라 똑같이 슬퍼하는 사람임을 잊지 않으려고 합니다.

저희가 가진 최고의 재능은 "당신의 이야기를 확실하고 분명하게 듣고 있습니다."라고 말씀해 드리는 겁니다. 가끔 이메일을 보내고 싶으면 언제든 보내 주세요. 최선을 다해 답을 찾아보겠습니다. 그리고 무엇보다도 당신이 표현하는 감정을 귀 기울여 듣겠습니다.

마음을 담아,
러셀과 존

외동딸을 잃고
마음에 분노가 가득한 언니

Q 아칸소에서 리타 저에겐 쌍둥이 언니가 있습니다. 언니는 4년 전에 외동딸을 잃었어요. 언니의 남자 친구가 하나뿐인 언니의 딸을 총으로 쏜 거예요. 우리 모두에게 너무나 힘든 사건이었고, 저는 아직도 그 일을 감당하기가 힘들어요. 지금 언니는 분노에 사로잡힌 상태라 아무것도 언니의 마음을 움직일 수가 없습니다. 상실감에 깊이 빠져 있는 언니는 옆에서 누가 무슨 말을 해도 아무것도 들리지 않나 봐요. 이성적인 사고 따위는 이미 전부 옆으로 제쳐 둔 상황이에요.

언니는 아무도 자기를 이해하지 못한다고 얘기해요. 자기 딸에게 벌어진 사건이고, 자신이 무슨 일을 겪고 있는지 모르기 때문이래요. 그리고 다른 사람들의 감정에 몹시 부정적으로 반응합니다. 최근에 엄마가 암 진단을 받고 나서 언니의 분노도 더 격해졌어요. 제발 도와주세요. 저는 지금도 매일 울어요. 이제는 제 조카 때문이 아니라 언니 때문에도 자꾸 눈물이 나요.

A 리타에게,
　조카의 죽음도 모자라 언니 일까지 겹쳐 리타 양의 상실감이 이만저만 아니겠습니다. 일란성이든 이란성이든 쌍둥이는 특별히 더 가깝다고 하는데 리타 양이 지금 참으로 감당하기 힘든 고통을 겪고 있을 것 같습니다. 거기다 어머니가 암 진단까지 받으셨으니까요.

간단하게 들려 드릴 답이 없네요. 저희가 당신에게 도움이 될 만한 무슨 말을 하든 언니한테는 말할 수가 없겠지요. 아시다시피 언니는 저희 말을 듣지 않을 테니까요. 어쨌든 지금 시점에서는 누가 뭐라고 해도 귀에 들어오지 않겠지요. 현재 언니는 분노에 휩싸여 그 어떤 도움도 마다하고 가족이나 친구들의 위로도 밀어냅니다. 당연히 전문가들의 지원도 멀리하고 있고요.

지금으로선 리타 양이 본인 스스로를 돌보는 수밖에 없습니다. 조카와의 관계, 언니와의 관계를 감정적으로 해결할 수 있도록 조치를 취할 필요가 있습니다. 저희가 바라는 바는 언젠가 언니가 당신에게 일어난 변화를 감지하고 그것을 물어보는 것입니다. 언니는 당신 혹은 그 누구의 도움을 원하지 않으므로 지금 당장은 언니에게 혼자 있을 시간을 주어야 합니다.

언니가 아무도 자신의 기분을 이해하지 못한다고 한 말을 들으셨죠? 다른 여성이 딸이 살해당하는 똑같은 일을 겪었다 해도 그녀 역시 언니의 마음을 이해하지 못할 겁니다. 왜냐하면 모든 관계는 특별한 법이니까요.

리타 양이 상실감 치유 방법을 잘 따른다면 힘을 얻을 거예요. 어머니를 돌보는 책임을 맡을 경우 더 힘을 내셔야 합니다.

마음을 담아,
러셀과 존

억지로 강해질 필요는 없다

상담을 하다보면 마음이 아프고 슬픈 사람들일수록 자신을 더욱 세차게 채찍질 하는 소리를 듣게 된다.

"저는 왜 모질지 못할까요. 마음이 너무 여려서 문제에요. 남들은 더한 일도 잘 견디던데 말이에요."

그들은 자신의 마음에 대해 '물러터짐, 연약함, 예민함, 까다로움, 유별남, 미성숙함'과 같은 온갖 부정적인 평가를 덕지덕지 붙인다. 자신의 연약함을 거부하기 위해 애쓰는 것이다. 이런 마음은 강인함을 오해하는 것에 기반을 두고 있다.

강인함은 대체 어떤 것을 말하는 것일까. 상실에 흔들리지 않는 것? 남들만큼만 우는 것? 힘들어도 내색하지 않는 것? 모든 사람이 무너질 때 무너진 그 자리를 메우는 것? 이 모든 것은 강인한 '척'을 의미할 뿐 진정한 강인함을 보여 주지 않는다.

진정한 강인함은 상실에 흔들리지 않는 것이 아니라 소중한 만큼 흔들리는 것이고, 울음을 참는 것이 아니라 울고 싶은 만큼 우는 것이다. 또 힘들지 않은 척하는 것이 아니라 힘들다고 고백하는 것이고, 몸은 이곳에 있으면서도 마음은 상실한 그 사람을 향해 달리고 있다는 사실을 인정하는 것이다.

일부러 강한 척 하려고 애쓰지 말자. 상실 역시 그 사람과 맺은 관계의 한 부분임을 받아들이며 마음껏 약해지고 한없이 흔들려 보자. 스스로의 연약함을 허락한 덕분에 어느 순간 상실을 딛고 더 강하고 단단해진 우리 자신을 만나게 될 것이다.

CHAPTER

잘못된 통념

바쁘게 지내라
Q&A

상실감에 빠진 사람들은 고통을 잊기 위해 신체와 정신이 고갈 상태에 이를 때까지 바쁘게 지낸다. 하지만 이러한 행동은 꾹꾹 누르고 있던 슬픔을 잠시 망각하게 할 뿐 상실감 치유에는 도움이 되지 않는다.

단기적 에너지 해소 행동이란?

수많은 사람들이 자기 자신에게 깜짝 놀랄 때가 있다. 자신에게 중요한 누군가가 죽고 난 후 상당 기간이 지났는데도 엄청난 감정 에너지가 쌓여 있다는 사실을 깨닫고 난 후이다. 슬픔이 에너지를 고갈시키는 것처럼 보일 수 있지만, 그와 동시에 에너지를 만들어 내기도 한다. 사람들은 인생에서 중요한 존재의 죽음을 겪고 생겨난 감정 에너지를 인식하기도 하고, 못하고 지내기도 한다.

슬픔에 관한 여섯 가지 잘못된 통념의 영향력은 이 문제를 복잡하게 만든다. 우리는 잘못된 통념 때문에 자신이 감정을 느끼는 방식대로 느끼면 안 되고, 그런 감정을 타인에게 짐을 지워서도 안 되며, 인간적인 수준 이상으로 강해져야 한다는 암시에 사로잡힌다. 그 결과 우리는 인생에서 중요한 존재가 죽은 후 몇 날, 몇 주, 몇 달간 우리 안에 쌓인 엄청난 감정 에너지를 표출할 효과적인 방법을 찾지 못하고 지낸다. 그리고 쌓여 있는 에너지를 감지하든 못 하든 다양한 행동을 하기 시작한다. 이른바 단기적 에너지 해소 행동STERB, Short-Term Energy-Relieving Behaviors이라고 불리는 여러 활동에 발을 들여놓는 것이다.

가장 대표적인 단기적 에너지 해소 행동은 음식과 관련돼 있으며, 술이나 약물과 관련된 행동도 많이 나타난다. 그밖에도 현실에서 벗어나 공상에 빠지게 하는 것(영화, 텔레비전, 책, 인터넷), 운동, 섹스, 고립, 분노, 쇼핑, 일, 도박 등이 있다.

단기적 에너지 해소 행동은 자신의 감정을 해결하고자 애쓸 때 취하는 간접적인 대처 방식이다. 하지만 이런 방식은 감정에 정면으로 대응해

해결하지 않기 때문에 효과가 없다. 예를 들어 배우자와 다툰 후 화가 난다고 아이스크림 한 통을 해치운다 한들 상처 입은 감정을 해결하기 위해 한 것은 아무것도 없다. 설상가상으로 아이스크림을 폭식한 후유증까지 해결해야 할 처지가 된다.

단기적 에너지 해소 행동을 하면 사별을 겪고 생겨난 감정을 해결하고 있다는 착각을 하게 된다. 그러나 이는 효과도 없을뿐더러 그 결과로 파생되는 다른 문제까지 떠안을 수 있다. 심각한 문제는 음식과 술, 그 어떤 단기적 에너지 해소 행동 수십 가지로도 고인과 연관된 감정 정리에 도움이 안 된다는 사실이다. 사람들은 고통을 잊으려고 더 많이 먹고, 더 많이 마시고, 더 오랫동안 컴퓨터나 텔레비전 앞에 앉아 신경을 딴 데로 돌리지만 사별로 인한 감정을 해결하지 못한다. 직접적인 행동 방침 없이는 그런 감정이 점점 더 악화될 뿐이다.

단기적 에너지 해소 행동은 '바쁘게 지내라'라는 잘못된 통념의 부산물이다. 우리는 상실감을 효과적으로 해결하는 방법을 항상 알고 있는 것이 아니기에 지금껏 배운 잘못된 통념에 의지할 때가 있다. 무의식적으로 그런 행동을 하기도 하지만 '바쁘게 지내라'라는 통념에 영향을 받는 수많은 행동들이 단기적 에너지 해소 행동으로 분류될 수 있다.

이번 장에서 다루는 수많은 질문과 대답은 단기적 에너지 해소 행동을 잘못 사용한 사례를 중심으로 진행된다. 사람들에게 단기적 에너지 해소 행동을 따르는 게 얼마나 위험하고 무익한지 깨닫게 하고, 상실감 치유 방법을 따를 수 있게 격려하고자 한다.

삶의 기둥이었던
형부를 잃은 언니를
돕고 싶어요

Q 사우스캐롤라이나에서 말로리 형부가 얼마 전 세상을 떠났어요. 그때부터 저는 매주 주말마다 언니와 같이 지내요. 언니는 홀로 반려견과 살고 있는데 밤낮으로 청소를 하거나 개들만 돌보고 있습니다. 편안히 쉬는 법이 없어요. 늘 바쁘게 지내고 잠도 별로 안 자요. 제가 어떻게 해야 언니를 좀 쉬게 할까요? 언니는 형부가 없어서 갈피를 못 잡는 것 같아요. 형부가 생전에 언니를 위해 모든 걸 다 했거든요. 요리, 청소, 공과금 납부 등 정말 모든 일을 다요.

제가 어떻게 해야 하죠? 언니가 쉴 수 있게 미리 언니네 집에 가서 청소를 해놓기도 했지만 그래도 언니는 도통 가만있지를 않아요. 언니한테 아직 시간이 더 필요할까요? 고작 네 달밖에 안 됐으니 시간이 더 필요하다는 건 알지만 언니가 너무 걱정돼요. 언니의 심적 상태도요. 언니를 도와주려면 뭐라고 얘기해야 할까요?

A 말로리에게,

슬픔 자체 그리고 해소되지 못한 슬픔은 엄청난 양의 감정 에너지를 낳습니다. 그와 동시에 슬픔에 빠진 사람을 기진맥진하게 만듭니다. 단기적 에너지 해소 행동이 있습니다. 말로리 씨의 이야기를 들어보니 언니가 끝없이 일을 하며 에너지를 배출하고 있네요. 이것이 바로 단기적 에너지 해소 행동입니다. 이는 슬픔을 유발한 사건을 두고 일어나는 매우 정상적이고 자연스러운 반응입니다.

언니 입장에서는 남편과의 사별이 인생에서 제일 충격적인 사건이었을 테고, 남편의 부재로 어마어마한 감정 에너지가 생겨났을 겁니다. 대체 그 에너지를 어떻게 해야 할지 전혀 모르는 상태로 떨쳐 버리려고 애를 쓰고 있겠죠. 시간이 흐른다고 바람 빠진 타이어에 공기가 들어가지 않듯 시간은 언니의 상심한 마음을 저절로 치유해 주지 않습니다. 남편이 없는 상황에서도 언니의 마음이 다시 삶의 중심으로 자리를 잡기 위해서는 적절한 조치가 필요합니다.

언니에게 무슨 말을 하기보다는 도움이 되는 책 한 권을 권하는 건 어떨까요? "이 책이 나한테 참 도움이 되더라. 언니가 읽으면 도움이 되겠다는 생각이 들었어."라고 말한다면 당신이 언니한테 뭔가 문제가 있어서 얘기한다고 오해는 받지 않겠죠.

말로리 씨가 '고작' 네 달밖에 안 됐다고 표현했는데 아주 정확한 말씀을 하셨다는 얘기를 하고 싶네요. 언니의 슬픔은 아직 많이 낯선 상태입니다. 소중한 사람과의 사별이 낳은 낯설고 고통스러운 현실에 적응하기까지는 일정 시간이 필요합니다. 그리고 대개 그 시간 동안 단기적 에너지 해소 행동들을 하면서 심신의 상태가 저하되곤 합니다. 지금까지 들려드린 이야기가 말로리 씨에게 도움이 되었으면 합니다.

마음을 담아,
러셀과 존

내가 느끼는 이 분노를
어떻게 해야 하죠?

Q 워싱턴에서 익명 3년 전, 남편이 갑자기 세상을 떠난 후로 저는 아직도 깊은 슬픔에 빠져 있습니다. 속수무책으로 아무 일도 못하는 날도 있고, 어떤 날은 그럭저럭 보내기도 해요. 갑자기 곁을 떠난 남편과 그렇게 만든 신을 향한 분노에서 절대 헤어나지 못할 것 같아요. 친구들과 얘기도 해 보고 상담도 받았지만 어느 것도 별 도움이 안 됩니다. 이게 정상인가요? 이 지독한 우울감과 슬픔을 해결하려면 어떻게 해야 하나요? 지금 유일하게 할 수 있는 건 잠을 자거나 텔레비전을 보며 아무 생각을 하지 않는 방법뿐이에요.

A 워싱턴에 계신 분께,
이야기를 들려주셔서 감사합니다. 보내 주신 글 중에 저희가 다뤄 보고 싶은 주요 사안 몇 가지가 있습니다. 단기적 에너지 해소 행동은 사별을 겪고 슬픔에 빠진 사람들이 자기 안에 감당 못할 만큼 쌓인 감정 에너지를 조금이라도 해소하거나 떨쳐 버리려고 택하는 방법입니다. 단기적 에너지 해소 행동의 문제는 '단기적'이라는 데 있습니다. 고통에서 벗어나기 위해 에너지를 다 써 버린다고 해서 장기적으로 해소되는 게 아닙니다. 슬픔의 본질은 완전히 없어지지 않습니다.

단기적으로 에너지를 해소하는 수단 중에 가장 흔하게 쓰이는 것이 바로 분노 표출입니다. 분노의 문제는 절대 끝나거나 마무리될 수 없다는 것입니다. 분노는 마치 다람쥐 쳇바퀴 돌 듯 반복될 뿐입니다. 분노를 표출하는 데 에너지를 쓰면 쓸수록 갑작스러운 남편의 죽음을 겪고 감정적으로 마무리하지 못한 부분을 찾아 해결할 수 있는 시간이 줄어들게 됩니다.

저희에게 말씀하신 다른 문제들 역시 전형적인 단기적 에너지 해소 행동입니다. 잠자기, 텔레비전을 보거나 소설을 읽으면서 멍하니 시간 보내기가 그것입니다. 움직이지 않는 활동 역시 감정적 응어리를 찾아내 해결하는 데 아무런 도움이 되지 않습니다.

상실감 치유 방법을 따른다면 당신이 느끼는 고통과 분노를 해결하는 기회를 얻게 될 겁니다. 저희가 당신의 남편을 다시 데려올 수는 없지만, 그가 없더라도 당신의 심장이 다시 예전처럼 뛰고, 의미 있고 가치 있는 삶을 살 수 있도록 도와 드리겠습니다.

마음을 담아,
러셀과 존

상실감으로
자해까지 하게 되었어요

Q 플로리다에서 켈시 1년 전에 남동생이 죽었어요. 우린 사이가 좋은 남매였어요. 동생이 떠난 후 저는 도저히 괜찮아질 것 같지 않아요. 저는 깊은 우울감 속을 계속 들락거리며 지내고 있습니다. 동생은 죽기 전에 여러 가지 병을 앓았어요. 계속 자책만 하게 되네요. 동생이 나오는 꿈을 많이 꿔요. 동생을 얼마나 사랑하는지 말하기 바로 직전에 잠에서 깨버려요.

어느새 저는 자해까지 하게 되었어요. 제 안에 느껴지는 고통을 해결할 유일한 방법이니까요. 그리고 필요 이상으로 많이 울거나 동생을 생각할 때마다 술을 마시기 시작했어요. 저한테는 동생의 유골 가루를 담은 목걸이가 있어요. 그걸 갖고 있으면 기분이 나아질 거라 생각했지만 갖고 있기 전보다 더 괴로워지기만 하네요.

A 켈시에게,

수많은 사람들이 자신에게 중요한 누군가가 죽은 후 상당 기간이 지났는데도 어마어마한 감정 에너지가 남아 있다는 사실에 깜짝 놀랍니다. 동생의 죽음으로 감정의 격랑을 계속 겪고 있기에 1년이 그리 긴 시간은 아닙니다만, 지금 켈시 양이 감정을 해결하려고 시도하는 몇몇 행

잘못 — 텍스트만 존재

PART 1 상실을 마주하며 · 93

동이 많이 걱정스럽습니다.

　저희가 여러 사람들에게 들려주는 단기적 에너지 해소 행동에 관한 이야기가 있습니다. 가장 전형적으로 나타나는 행동이 바로 음식과 관련된 것이고, 그 뒤로는 술과 약물을 남용하는 것입니다. 그리 흔하지 않은 방법이 자해이고요. 저희는 이러한 행동을 병리학적으로 인식하지 않습니다. 다소 무서운 결과가 따를 수는 있지만 음식이나 술을 수단으로 삼는 것과 크게 다르지 않다고 봅니다. 켈시 양이 자기감정을 해결하기 위해 자해를 하고 술을 마신다고 하셨는데, 말씀하신 내용이나 분위기로 보건대 그중 어느 방법도 당신의 슬픔을 장기적으로 해소해 주지 못한다고 확신합니다. 이러한 행동 패턴을 '단기적 에너지 해소제'라고 부릅니다.

　"동생은 죽기 전에 여러 가지 병을 앓았어요. 계속 저는 자책만 하게 되네요."라고 말씀하셨죠. 동생이 여러 가지 병을 앓은 것이 당신에게 책임이 있다고 생각하는 건지 조금 헷갈렸습니다. 켈시 양이 동생의 질병에 원인을 제공한 게 아니라면 저 말은 정확하지 않은 겁니다. 아마 당신이 하지 않은 뭔가에 대해 스스로 크나큰 감정을 품고 있는 것 같군요. 동생에게 고통을 안겨 준 질병 때문에 슬퍼하지 말라는 뜻이 아닙니다. 그 질병의 원인이 당신에게 있지 않다면 이미 당신이 엄청나게 짊어지고 있는 고통스러운 감정을 더 이상 스스로에게 떠넘기지 말아야 합니다.

　"필요 이상으로 많이 울어요."라고 하셨죠. 상실감에 빠진 사람들은 한 명 한 명 고유한 사연을 가지고 각기 다른 슬픔을 겪고 있기 때문에 울음의 적정량이 얼마 만큼인지는 저희도 모릅니다. 사이좋은 남매지간이라고 했으니 동생의 죽음과 연관된 정상적이고 자연스러운 감정을 품고 있다고 스스로를 못마땅해 할 이유는 없을 것 같습니다.

남동생의 유골이 담긴 목걸이를 이야기해 보죠. 고인을 기념하기 위한 장신구에는 굉장히 감정적인 가치가 담겨 있습니다만, 당신도 느꼈다시피 그것이 마음까지 치유해 주지는 않습니다. 자해나 음주가 마음을 치유해 주지 못했듯이 말이죠.

단기적 에너지 해소 행동은 감정을 묻어 버리거나 잊게 해서 그 감정을 극복했다는 환상을 줄 뿐입니다. 지속적이지 않기 때문에 궁극적인 해결책도 아닙니다. 켈시 양이 본인의 행동을 자각했다는 사실만으로도 스스로를 괴롭히던 습관을 바꿀 여지가 생긴 겁니다.

마음을 담아,
러셀과 존

더 이상
뭘 어떻게 해야 할지
모르겠어요

Q 미네소타에서 돌로레스 저는 기독교인이지만 믿음을 많이 잃어버린 것 같습니다. 더 이상 뭘 어떻게 해야 할지 모르겠어요. 14년 동안 결혼 생활을 했는데 남편이 이혼 후에 자살을 했습니다. 그게 10년 전 일이고 저는 그 뒤로 재혼하지 않았어요. 어머니가 3년 전에 돌아가시고 아버지에 이어 절친한 친구도 몇 주 전에 세상을 떠났어요.

제게는 누구보다 멋진 두 딸이 있어요. 하지만 이제 마흔여덟이 된 저는 도무지 마음을 다잡지 못하고 혼란스럽기만 합니다. 열심히 일을 하고 계속 바쁘게 지내려고 애쓰는데 하루가 끝나갈 즈음이면 거의 매번 울다가 잠이 듭니다. 상처받은 마음으로 사는 데 지쳤지만, 시시때때로 기도하는 것 말고는 도대체 어떻게 해야 다시 행복해질 수 있을지 모르겠습니다.

A 돌로레스에게,
글 보내 주셔서 감사합니다. 비교적 짧은 기간 내에 그렇게나 많은 분들을 잃으셨으니 하늘이 무너지는 심정이셨겠네요. 당시에는 말할 것도 없고 지금도 여전히 전남편이 자기 손으로 생을 마감한 사실에 대해 어떤 감정이 남아 있겠지요.

슬픔에 찬 사람들에게 영향을 끼치는 잘못된 통념 여섯 가지가 있습니다. 그중 하나가 사별로 인해 생긴 어마어마한 감정을 해결하는 차원에서 바쁘게 지내는 것이 도움이 된다는 생각입니다.

바쁘게 지내는 것은 사별을 겪으며 정리되지 못한 감정들을 해결하는 것과 미래를 계획했으나 끝내 이루지 못한 희망, 꿈, 기대를 완성하는 데 아무런 효과가 없습니다. 더군다나 바쁘게 지내는 것은 그저 우리를 진빠지게 할 뿐입니다. 아무리 바쁘게 지내도 상심한 마음이 치유되지 않을 때 우리는 비로소 자신에게 뭔가 문제가 있다고 생각하기 시작합니다.

기도는 좋은 것입니다만, 이 또한 '바쁘게 지내기'와 마찬가지로 문제를 해결하지도 상심한 마음을 고쳐 주지도 않습니다. 저희가 단기적 에너지 해소 행동이라고 부르는 일련의 행동처럼 기도는 일시적으로 감정을 해소시킬 뿐이므로 다른 방법도 생각해 보셔야 합니다. 부디 감정에 변화를 일으킬 수 있도록 상실감 치유 방법을 시도할 힘을 찾았으면 합니다.

마음을 담아,
러셀과 존

내 안에서
벗어나고 싶어요

Q 조지아에서 프랜시스 두 달 전, 제 남편이 쉰아홉 나이에 석 달 동안의 투병 끝에 세상을 떠났습니다. 내 안에서 좀 벗어나고 싶은데 어떻게 해야 할지 모르겠습니다. 비슷한 처지에 있는 다른 사람들을 도와야 하나요? 계속 안으로 침잠하는 데다 슬픈 감정 때문에 참 피곤하고 우울합니다. 저는 예술가이고 경제적으로 누구에게 손 벌릴 일은 없습니다. 제게 도움이 될 한마디만 해 주세요.

A 프랜시스에게,
배우자와 사별하신 지 겨우 두 달밖에 안 되었으니 프랜시스 씨의 슬픈 감정이 자기 함몰의 심각한 수준은 아닐 것 같습니다. 사실 지금 겪고 있는 일이 대체로 정상적이고 자연스러운 범위에 포함된 반응이라고 말씀드릴 수 있겠네요. 원치 않는 낯설고 고통스러운 현실에 적응하는 것은 참으로 힘겹고 진 빠지는 경험일 겁니다. 그런 감정에 맞서 소모적으로 전투를 벌이고 자신의 감정에 이름을 붙이기보다는 감정들과 똑바로 대면하는 게 좋습니다. 진부한 표현으로 들릴 수 있지만, 당신의 감정을 위로 넘나들거나 아래로 지나가거나 멀리 돌아서 갈 수는 없습니다. 오직 뚫고 지나가야 합니다.

자기 인생에서 중요한 사람, 특히 배우자의 죽음에 맞닥뜨렸을 때 가장 크게 나타나는 반응은 두려움입니다. 그 두려움은 "나한테 무슨 일이 벌어질까?"라는 질문에서 분명히 드러납니다. 이는 자기중심적인 물음인 동시에 생존에 대해 참으로 솔직한 질문이기도 합니다. 바라건대 프랜시스 씨가 남편의 죽음으로 나타난 자신의 정상적인 반응에 좀 더 여지를 두고 본인의 상태를 잘 받아들였으면 합니다.

슬픔에 빠진 사람들이 자신의 감정에서 벗어나려는 돌파구를 찾기 위해 비슷한 상황의 사람들을 도우려고 노력합니다. 이것은 저희가 권하지 않는 방법입니다. 단기적인 에너지 해소 행동은 사람들이 슬픔과 연관된 주체 못할 감정을 해결하고자 하는 행동을 말합니다. 하지만 그런 행동들은 세상을 떠난 사람들과 우리의 관계에서 아직 마무리 짓지 못한 감정적 문제를 해결하지 못합니다. 상실감 치유 방법을 따른다면 감정적으로 차츰 정리가 되고, 슬픔이 잦아들고 과도한 감정 에너지가 줄어들 것입니다.

마음을 담아,
러셀과 존

직면하는 용기가 필요하다

상실을 견디기 어려울 때 우리는 상실감에 따라잡히지 않기 위해 바쁘게 지내며 자신의 온 에너지를 쏟는다. 누군가는 여행을 떠나고, 누군가는 새로운 여자 친구를 바로 사귀기도 하며 일중독에 빠지거나 먹을 것에 집착하기 시작한다. 너무 힘겨울 때 차라리 다른 일에 에너지를 쏟아 부어 진짜 감정을 느낄 새가 없이 만들려는 시도다.

하지만 깊은 상실감에는 이런 처방이 효과적이지 않다. 우리는 언제까지 우리 마음과 술래잡기를 하며 본질로부터 도망칠 수 없기 때문이다.

상실은 내면의 깊고 본질적인 감정을 건드리기에 언제, 어떤 방식으로든 그 마음과 마주할 수밖에 없다. 게다가 이런 회피는 또 다른 중독의 문제를 불러일으키는 경우가 있기 때문에 마음을 단단히 먹고 본질을 마주하는 용기가 필요하다.

어쩌면 지금 당장은 감당하기 어렵기에 마주치는 것을 미루고 싶을 것이다. 또는 상실감의 파급을 약화시켜야 한다고 생각할 수도 있다. 그렇다고 해도 이것 하나만은 기억하자. 술에 젖어 마음을 지우려 해도, 온갖 약속들과 할 일들에 나를 묻어버리려고 해도, 그의 자리를 대신할 누군가를 찾아 헤맨다고 해도, 우리 마음속 한 구석에는 상실감에 울고 있는 내가 있다는 것을. 차라리 그 속울음을 밖으로 꺼내어 그립다고 말하는 것이 무작정 피하는 것보다 나을 수도 있다는 것을.

PART 2

Russell & John

계속되는 논쟁

사람들은 '슬픔의 단계'라는 표현에 익숙하다. 하지만 그 말의 본래 개념과 표현 자체가 '죽음의 단계'였다는 것은 잘 모르고 있다. 1960년대 중반, 엘리자베스 퀴블러 로스Elisabeth Kübler-Ross의 《죽음과 죽어감On Death and Dying》에 이 표현이 등장한다. 박사의 한평생 업적과도 같은 이 책은 죽어가는 사람들을 어떻게 대해야 하는지 인도적으로 다룬 것으로, 그당시 첫 발을 내디딘 호스피스 운동의 기본 토대 역할을 했다.

물론 퀴블러 로스 박사가 이룬 업적은 마땅히 존중받고 높이 평가받아야 한다. 그러나 유감스럽게도 퀴블러 로스 박사의 연구 결과는 뜻밖의 결과를 내놓았다. '죽음의 단계'가 '슬픔의 단계'로 바뀌어 잘못 이해된 것이다. 우리는 이런 변화가 수많은 사람들에게 도움이 되기보다는안 좋은 쪽으로 작용했다고 생각한다. 그 이유는 슬픔과 연관된 단계 이론이 애도하는 사람들의 현실과 모순되는 면이 있기 때문이다.

2부의 1장에서는 사별의 슬픔을 겪는 사람들이 슬픔의 단계가 존재한다는 믿음 때문에 정상적이고 자연스러우며 건강하기까지 한 반응에서 어떻게 멀어지는지 자세하게 설명한다. 2~5장에서는 슬픔에 빠진 사람들에게 영향을 주는 울음, 작별 인사, 다양한 걱정에 바탕을 둔 사연들이 나온다.

CHAPTER

실제로
슬픔의 단계가
있을까?

슬픔은 예정된 순서대로 일어나지 않는다. 슬픔을 겪고 있는 사
람들은 슬픔의 단계가 존재한다는 믿음 때문에 정상적이고 자
연스러우며 건강하기까지 한 반응에서 멀어진다.

슬픔이나 애도에 실질적 단계가 있느냐는 질문을 종종 받는다. 대답은 "아니오!"다. 슬픔이나 애도에 단계는 없다. 많은 사람들은 슬픔의 단계가 있다는 말을 듣거나 글을 읽은 적은 있을 것이다. 그러나 어느 누구도 감정이나 사고가 예측 가능한 방향으로 진행되지 않는다. 하물며 여러 사람들에게 적용되는 원리라는 게 있겠는가.

모든 관계는 고유하며, 당신에게 중요한 누군가가 죽었을 때 당신이 갖게 되는 감정 역시 고유하다. 사별에 대한 당신의 감정 반응을 정량화하려는 시도는 당신이 그 사람의 죽음을 받아들이는 고유한 반응을 대면하는 데 방해가 되기도 한다.

사람들은 왜 슬픔의 단계가 있다고 생각할까? 앞서 언급한 엘리자베스 퀴블러 로스 박사의 《죽음과 죽어감》이라는 책을 보면, '죽어가는 사람'이 자기가 불치병을 앓는다는 말을 들은 후 겪게 되는 다섯 가지 단계가 나온다. 그 단계는 부정, 분노, 타협, 우울, 수용이다. 좋은 의도였겠지만 여러 사람들이 정확한 정보가 없는 상태에서 오랫동안 이 이론을 슬픔에 잘못 적용시켰다. 사람들이 사별을 겪을 때 느끼는 '슬픔'에 '죽음'과 관련된 단계를 대입한 것이다.

사별을 겪은 사람들이 슬픔을 느끼고, 자신이 처한 상황이나 죽음의 원인, 또는 고인과의 관계에서 했던 일이나 하지 못했던 일과 관련해 얼마간 분노를 느낄 수 있다. 그런 현상은 죽음에 대한 정상적이고 자연스러운 감정의 반응들이며 이러한 반응은 예정된 순서대로 일어나지 않는다. 만약 잘못된 전제에서 출발한다면 우리는 점점 진실에서 멀어질 것이다. 분명히 말하지만 슬픔의 단계가 존재한다는 생각은 위험하다.

슬픔에 빠진 사람은 무엇이든 영향을 받기 쉬운 상태일 경우가 많다.

멍하고 무감각한 채로 감정적으로 헤어나기 힘든 상황에서 지내곤 한다. 슬퍼하는 사람들의 상당수가 '현실을 받아들이지 못하는 심리 상태'에 있다는 말을 듣는다. 하지만 우리가 상실감으로 슬픔에 빠진 수천수만의 사람들을 대상으로 오랫동안 조사한 결과, 현실을 부정하는 사람은 아무도 없었다. 이를테면 그들은 "엄마가 돌아가셔서 너무 힘들어요."라고 말한다. 여기에는 부정이 담겨 있지 않다. 죽음이 있고 감정적 충격이 있음을 분명히 인정하는 발언이다.

그렇다면 분노는 어떤가? 누군가가 죽었을 때 분노가 전혀 생기지 않는 경우도 많다. 다음 이야기는 이에 해당한다.

"저와 우리 할머니는 정말 사이가 좋았어요. 그런데 할머니가 아흔둘 되셨을 때 편찮으시다가 그해에 돌아가셨어요. 투병 기간도 길지 않았고, 많이 고통스러워하지 않고 돌아가신 건 다행이라고 생각해요. 할머니가 편찮으실 때도 저와 할머니는 추억을 함께 나누고 우리가 서로를 얼마나 아끼는지 이야기하면서 시간을 보냈어요. 장례식에서는 할머니에 대한 기억이 하나하나 세세하게 그려졌어요. 사람들이 와서 할머니에 대해 많은 이야기를 했고요. 참 좋았어요. 친구가 저에게 할머니한테 마지막으로 무엇이든 이야기하고 작별 인사를 하라더군요. 그래서 그렇게 했더니 기분이 좋네요. 애틋한 마음으로 할머니를 떠올리곤 해요. 가끔은 눈물이 나기도 하지만 그런 감정 자체가 소중해요. 멋진 여인이었던 할머니와 함께한 추억을 늘 간직하고 있어요. 할머니가 그리울 뿐 분노 같은 건 없어요."

해소되지 못한 슬픔은
감정적 소통과 관련 있다

해소되지 못한 슬픔은 감정이 제대로 전달되지 못하고 남아 있는 것이다. 그것은 고인이 살아 있을 때 그렇게 하지 말 걸, 더 잘 할 걸, 더 많이 얘기할 걸 등등 행동하지 못한 것에 대한 안타까움이자 실현되지 못하는 미래의 희망과 꿈과 기대이다. 또한 세상을 떠난 그 사람이 했으면 좋았을 말이나 행동, 하지 말았어야 할 말이나 행동에 관한 것이기도 하다.

미처 하지 못한 말과 연관된 수많은 감정들이 존재한다. 행복, 슬픔, 사랑, 두려움, 분노, 안도, 연민은 애도하는 사람들이 경험하는 감정의 일부일 뿐이다. 갖가지 감정들을 분류하거나 분석하거나 설명할 필요는 없다. 그저 그런 감정들을 소통하게 만드는 방법을 배우고 죽음으로 인해 끝이 난 물리적 관계에 작별 인사를 해야 한다.

절대적인 것은 없다는 점을 이해하는 게 가장 중요하다. 슬픔에는 규정된 단계나 표준 시간대가 없다. 슬픔은 상실에 대한 정상적이고 자연스러운 반응이며, 지적인 것이 아니라 감정적인 것이다. 우리는 애도하는 사람들이 쉽게 혼동에 빠질 수 있는 슬픔의 단계를 규정하기보다는 각자의 생각과 감정을 솔직하게 표현할 수 있고, 삶의 중심에 서지 못하게 가로막았던 응어리를 표출할 수 있게 도와주는 쪽을 택했다. 우리 모두는 삶에서 벌어지는 상실에 대해 자기 나름대로 다양한 믿음을 갖고 있으므로 상실을 대하는 자세도 각자 다르다. 어느 누구도 당신의 감정을 단계별로 규정할 수 없게 하길 바란다.

CHAPTER

슬픔의
단계는 없다
Q&A

누구든 슬픔을 겪고 있다면 애도하는 데 필요한 정상적인 기간
도, 미리 정해진 슬픔의 단계도 없다는 사실을 알아야 한다.

가족의 죽음을
인정할 수 없어요

Q 코네티컷에서 익명 1년 전에 사촌이 자살했어요. 저는 아직도 그 사실을 부정하고 이 현실을 받아들일 수가 없습니다. 1년이나 지났는데 이런 제 상태가 정상인가요?

A 코네티컷에 계신 분께,
언어는 우리의 감정에 중요한 영향을 미칩니다. 사촌이 1년 전에 자살했다고 말씀하셨죠? 당신은 지금 사촌이 죽었다고 분명히 표현하고 있습니다. 그 안에는 부정하는 의미가 없습니다. 당신이 사촌을 잃은 상황에 잘 적응할 수 있도록 감정적 진실이라는 측면에서 이야기하는 게 더 좋습니다. 예를 들어 이렇게요.

"사촌이 죽은 후로 난 정말 힘든 시간을 보내고 있다. 도무지 집중이 안 되고 생의 마지막 순간에 보인 사촌의 모습이 머릿속을 떠나질 않는다."

보시다시피 당신이 느낄 법한 감정과 생각을 저희가 만들어 봤습니다. 짐작건대 정확히 들어맞는 부분이 있을 겁니다. 저희는 당신이 생각하는 방향을 부정하는 것에서 치유하는 쪽으로 옮겨갈 수 있도록 더 나은 언어적 표현을 제시한 것입니다.

상실감 치유 방법을 따른다면 사촌의 죽음을 겪고 감정적으로 마무리 짓지 못하고 남아 있던 것을 찾아내 정리하는 일에 도움을 받을 수 있을 겁니다.

마음을 담아,
러셀과 존

사랑하는 사람의 죽음을
실감할 날이 오긴 올까요?

Q ^{캘리포니아에서 마고} 그가 떠난 현실을 실감할 날이 올까요?

 마고에게,

슬프고 애틋한 질문이네요. 사실상 당신은 이미 그가 떠났음을 실감하고 있습니다. 이는 마고 씨의 질문 첫머리에서 드러납니다. 물론 당신에게 소중한 사람이 죽은 고통스러운 현실에 적응하기란 무척이나 힘든 일입니다. 저희가 '수용'이 아니라 '적응'이라고 말한 점에 주목해 주세요.

이렇게 하는 건 어떨까요? 마고 씨한테 생기는 감정을 다른 사람들에게, 혹은 스스로에게 세세하게 표현해 보세요. 이렇게요.

"지금 이 순간 너무 슬프고 외로워. 그이가 사무치게 보고 싶어."

'지금 이 순간'이라고 솔직하게 말한다면 그 감정이 필요 이상으로 오래 지속되지 않을 거예요. "오늘 기분이 우울해."라고 말하면 우울함을 느꼈던 순간보다 필요 이상으로 고통이나 슬픔을 연장시키는 셈입니다.

마음을 담아,
러셀과 존

사별이라는 현실이
아직 실감나지 않아요

Q 워싱턴에서 인디라 일주일 전에 엄마가 돌아가셨어요. 저는 엄마의 아파트와 자동차, 살림살이 등 엄마가 살아 계셨을 때의 흔적을 정리하고 집으로 돌아왔어요. 엄마는 이제 겨우 마흔다섯이셨고, 저는 스물두 살이에요. 제게 닥친 사별이라는 현실이 아직 별로 실감나지 않아 걱정이에요. 수면 패턴은 엉망이 되어 버렸고 식욕도 없어졌어요. 게다가 몸에서 통증이 느껴져요. 생전 처음 경험하는 이상한 근육통 때문에 온몸이 욱신거리네요. 술을 퍼마신다거나 약을 하진 않아요. 저는 여태껏 우리 집에서 늘 강한 사람이었고 모든 식구를 보살피던 사람이었어요.

제가 궁금한 건 이거예요. 그냥 멍한 상태라면 아직도 슬퍼하고 있는 건가요? 엄마가 돌아가시고 난 후 며칠 동안은 화가 나기만 했는데 지금은 그저 슬플 뿐이에요. 아니, 슬픈 것 이상이죠. 정신적으로 큰 충격을 받아서 그렇다는 건 이해하는데, 언젠가 고통이 한꺼번에 덮쳐서 제대로 삶을 살지 못할까 봐 걱정돼요. 이게 이성적인 걱정이라고 생각하세요?

A 인디라에게,
사연을 보내 주셔서 감사합니다. 저희는 당신이 쓴 글 중에 특히 한 부분을 집중적으로 다루고 싶네요. "제게 닥친 사별이라는 현실이 아직 별로 실감나지 않아 걱정이에요."라고 말씀하셨죠. 아주 정확히 자신의 상황을 보신 것 같습니다. 저희는 '감정 노보카인(치과에서 쓰는 국부용 마취제)'이란 말을 만들었습니다. 이는 갑작스럽거나 예상치 못한 중요한 사람의 죽음으로 극심한 고통을 느끼지 못하게 몸과 마음이 기능을 정지하고 자신을 보호할 때 쓰는 말입니다.

어머니가 갑작스럽게 돌아가셨는지, 혹은 오랫동안 투병하다 돌아가셨는지 인디라 씨가 상세하게 언급하진 않았지만, 예상치 못한 죽음 앞에서는 당연히 비현실적이라는 느낌을 받겠지요. 사별을 겪은 사람들이 일주일에서 열흘 정도는 그럭저럭 지낼 수 있는 것처럼 보이지만, 시간이 지나 현실이 고스란히 닥치면 자신에게 벌어지는 일에 깜짝 놀라고 맙니다. 현실이 와 닿지 않는 초반의 반응은 '부정'이 아닙니다. 죽음을 앞둔 사람들이 겪는다고 추정하는 죽음의 단계에서 언급되는 그 '부정'이 아니라는 말입니다. 단지 죽음이라는 고통스러운 현실에 적응할 시간과 능력을 갖추게 하는 생존 반응인 것입니다.

무감각은 정상적이고 전형적인 반응이지만, 그걸 알지 못하면 자기한테 문제가 있는 건가, 혹은 머리가 어떻게 된 건가 하는 생각을 할 때도 있습니다. 하지만 절대 비정상적인 것이 아닙니다.

아직 현실감이 없다는 사실을 인지하고, 지금 자신이 정상적이고 자연스러운 상태임을 이해하는 게 중요합니다. 그리고 현실감이 표면으로 드러날 때쯤 인디라 씨가 믿고 이야기할 수 있는 사람들을 주변에 두어야 한다는 말씀도 드리고 싶습니다. 당신이 무엇을 겪고 있는지 사람들에게 이야기하면 할수록 심리적으로나 신체적으로 부정적인 일이 벌어질 가능성이 줄어들고, 몸과 마음을 제대로 기능하지 못하는 상태가 될 가능성도 점점 줄어들 것입니다.

　이 책의 〈더 읽어 보기〉에 나와 있는 '죽음에 대하는 정상적이고 자연스러운 반응'(285쪽)을 읽어 보시면 도움이 될 겁니다.

마음을 담아,

러셀과 존

언제쯤
제자리로 돌아갈까요?

Q 켄터키에서 제니스 작년에 남편이 세상을 떠났습니다. 우린 고등학생때 만나 연인이 되었어요. 부부 인연은 두 해를 채 넘기지 못했죠. 제 첫 번째 질문은 이거예요. 저는 언제쯤 그이의 부재를 느끼지 않고 제자리로 돌아갈 수 있을까요? 장례식도 다 치렀는데 남편이 떠났다는 기분이 여전히 남아 있어요. 이게 과연 사라지긴 할까요?

그리고 제 아이들은 제가 다른 사람을 만날 건지 진지하게 묻기 시작했어요. 애도 기간이라든가 다른 단계 같은 건 잘 모르겠어요. 제가 감정적으로 정신적으로 완전히 준비가 되었다는 확신이 들 때까지는 새로운 사람을 만나고 싶지 않아요. 미망인이 애도하는 정상적인 기간은 얼마나 되나요?

A 제니스에게,

질문해 주셔서 감사합니다. 두 가지 질문 모두 누구도 확실한 답변을 할 수 없는 '시간'과 관련돼 있군요. 심각한 문제는 대부분의 사람들이 시간이 모든 상처를 치유한다고 믿는다는 점입니다. 하지만 시간은 상처를 치유할 수 없습니다. 그저 흐를 뿐이지요. 시간이 치유하지 않으니 갈수록 상황이 악화되는 듯합니다. 제니스 씨의 첫 번째 질문을 듣고 곧바로 느낀 게 있습니다. 당신은 어느 정도 시간이 지나면 남편에 대한 감정과 생각이 제자리를 찾게 되고 삶이 변화할 거라는 생각에 사로잡혀 있는 듯합니다. 그렇지만 질문 말미에 "이게 과연 사라지긴 할까요?"라는 서글픈 물음을 보면 그 감정이 나아지기는커녕 점점 악화되고 있는 것 같습니다.

엄밀히 말하자면 저희는 그런 감정이 당신의 상심한 마음이 하는 말이라고 생각하며 남편을 몹시 그리워하는 상태라고 생각합니다. 사랑하는 누군가를 그리워하고 슬퍼하는 것은 정상적이고 건강한 반응입니다.

남편의 죽음으로 인해 감정적으로 매듭짓지 못하고 남은 것을 해결하고자 노력하지 않으면 그 어떤 것도 변화하기 힘듭니다. 다행인 것은 그런 감정적 응어리를 찾아내 마무리할 방법이 있다는 사실입니다.

상실감 치유 방법을 따른다면 남편이 그저 한동안 부재 상태일 뿐이라는 감정에서 벗어나 제니스 씨의 새로운 삶을 찾을 수 있을 것입니다. 그리고 여전히 남편을 사랑하고 그리워하면서도 앞으로 나아갈 수 있고, 당신이 원한다면 새로운 관계를 맺을 수 있는 감정적, 정신적 준비 상태를 갖출 수 있습니다. 더 이상 과거의 해결되지 않은 일들로 관계를 망칠 일은 없겠지요. 미망인이든 그 누구든 슬픔과 관련해 정상적인 기간도, 미리 정해진 단계도 없습니다.

마음을 담아,
러셀과 존

누군가에게
마음을 터놓기가 어려워요

Q 미네소타에서 캐시 저는 이제 겨우 열여섯 살이에요. 이런 글을 쓴다고 뭐가 달라질지, 정말로 관심이 있는 누군가가 이 글을 읽기나 할지 모르겠네요. 슬픔의 단계가 있다고 들었어요. 만약 진짜로 슬픔의 단계가 있다면, 솔직히 제가 지금 어떤 '단계'에 있는지 잘 모르겠어요. 제가 마음을 잘 여는 사람도 아니고, 친구들 대부분이 작년에 저희 아빠가 돌아가신 것도 잘 몰라요.

누군가에게 이야기를 해야 할 것 같다는 생각이 들어요. 제 삶을 좋은 쪽으로 되돌리는 데 도움이 되지 않을까 싶어서요. 다시 정상적인 감정을 느낄 수 있다는 생각이 안 들어요. 아빠가 돌아가시는 순간을 지켜봤고 제가 거의 마지막 순간까지 아빠와 대화를 나누었어요. 아빠는 이제 제가 졸업하는 것도, 결혼하는 것도, 아이 엄마가 되는 것도 못 보시겠죠. 이런 기분을 그 누구에게도 말하고 싶지 않기 때문에 어딘가에 갇혀 있는 기분이 들어요.

A 캐시에게,
관심이 있는 누군가가 이렇게 캐시의 글을 읽고 있답니다. 정말로 마음을 쓰는 누군가에 대해 언급하는 걸 보니 사람들이 캐시 양의 말을 더 이상 안 듣고 있구나 하고 짐작할 수 있네요. 아마도 캐시의 아버지가 돌아가신 후 처음 몇 주, 몇 달은 얘기를 좀 들어줬겠죠. 우리한테 중요한 누군가가 죽으면 슬프다는 말로는 부족한 감정을 느끼게 마련입니다. 이럴 때일수록 사람들이 자기 말을 들어줄 사람을 찾아 가족이나 사회 범위 밖으로 나갈 경우 상황은 더욱 심각해집니다.

"아버지는 이제 제가 졸업하는 것도, 결혼하는 것도, 아이 엄마가 되는 것도 못 보시겠죠."라는 캐시의 말에 마음이 아픕니다. 미처 풀지 못한 엄청난 슬픔이 이제는 실현하지 못할 앞날의 희망과 꿈, 기대와 관련되어 있으니까요. 캐시 양의 말이 미래를 정확히 나타내는 진실이라 할지라도 이러한 현실을 감정적으로 완결지어야만 앞으로 나아갈 수 있습니다. 이는 캐시 양도 말했다시피 삶을 좋은 방향으로 이끌어 가는 데 도움이 되겠지요.

"감정적으로 완결 짓는다."라는 말은 별 것 아닌 내용으로 들릴 수도 있지만 상실감 치유 방법을 따른다면 감정에 변화가 생기기 시작해 새롭게 살아갈 힘을 얻을 수 있을 것입니다. 비록 캐시 양의 아버지가 이 세상에 안계시더라도 삶이 달라질 수 있을 거예요.

저희는 슬픔의 단계가 정해져 있다는 생각에 동의하지 않습니다. 스스로를 시간의 범주 속에 분리해 넣는다면 치유에 방해가 될 수 있습니다.

마음을 담아,
러셀과 존

어떻게 해야
다시 제 삶을 살 수 있는지
알고 싶어요

Q **뉴저지에서 리타** 세 돌 된 아들이 6개월 전에 죽었어요. 태어날 때부터 앓던 병이 있었거든요. 의사들이 위험하다는 얘기는 했지만 우리 아들은 여러 번 입원을 하고 합병증을 앓으면서도 잘 이겨냈어요. 아들이 나와 영원히 함께할 거라고 생각했기 때문에 지금의 현실을 받아들이지 못하고 있어요. 어떻게 하면 다시 제 삶을 살 수 있는지 정말 알고 싶어요.

A 리타에게,

아들을 그리워하는 슬픔이 고스란히 전해지네요. 아들의 죽음으로 리타 씨가 아들과 함께하려던 미래의 희망과 꿈과 기대가 끝났다고 느끼는 심정도 전해집니다. 그런 상태이다 보니 아들의 죽음을 차마 받아들이지 못한다고 느낄 뿐 아니라 자기 삶에서 앞으로 나아가지 못하게 발목이 붙잡혀 있는 기분이겠죠.

저희는 사람들이 삶에 대한 의지를 되찾는 데 도움을 드리기 위해 상실감 치유 방법을 따르시라고 권합니다. 이는 실현되지 못할 미래의 모든 희망과 꿈과 기대를 어떻게 다룰지, 과거의 후회와 아쉬움과 미련 등을 어떻게 찾아내 매듭짓는지 알 수 있는 방법입니다.

물론 이런 방법을 취한다고 아들이 돌아올 수는 없지만 리타 씨의 마음 상태는 되돌아올 수 있습니다. 그러면 다시 삶이라는 장으로 들어설 수 있겠지요. 이런 과정이 아들과의 애정 어린 추억과 모자간의 관계를 지워 버리는 게 아님을 기억하세요.

마음을 담아,
러셀과 존

할 것, 하지 말 것

퇴행을 허용할 것

끝이라고, 혼자라고, 버림받았다고 생각하지 말 것

괜찮은 척 방어의 가면을 쓰지 말 것

사람에게 위로를 받을 것

정상 반응과 비정상 반응을 나누지 말 것

그래도 삶은 계속 될 것을 믿을 것

감정을 머금고 표현해 볼 것

표현할 수 없는 마음은 기다리며 바라볼 것

도움이 필요할 땐 도움을 받을 것

그리고 어떤 순간에도 나를 돌볼 것.

CHAPTER

······································

울음
Q&A

······································

슬픔에 빠진 사람들은 울음이 상실을 치유하는 데 어떤 목적이
나 가치를 지니는지 질문한다. 그러나 상실 치유에 중요한 감정
은 눈물로 나타나는 것이 아니라 그들이 하는 말 속에 들어 있다.

하루도 빠짐없이
울며 지냅니다

Q 미주리에서 지미 아버지가 4년 전에 돌아가셨습니다. 아버지를 돌보아 드리는 시간만큼 제 인생 계획이 어느 정도 보류되었던 셈입니다. 저는 지금 마흔다섯이고 혼자 지내고 있습니다. 아버지가 안 계신다는 이 현실을 극복할 수 없고, 여전히 매일 웁니다. 이게 정상인가요?

A 지미에게,
글 보내 주셔서 감사합니다. 그리고 지미 씨 아버지의 명복을 빕니다. 쉽게 답하기 힘든 질문을 주셨습니다. 만약 당신이 아버지와 함께한 즐거웠던 시간을 기억하며 매일 미소 지었다면 그게 정상이냐고 묻진 않았을 것입니다. 하지만 누군가를 그리워하며 우는 것 역시 미소 짓는 것과 전혀 다르지 않습니다. 물리적으로 더 이상 이 땅에 없는 누군가를 그리워할 때 슬픈 마음이 드는 것은 지극히 정상입니다. 우리가 얼마나 자주, 얼마나 많이 슬픈 감정을 느끼느냐는 따로 정해져 있지 않습니다.

매일 운다고 하셨죠. 짐작건대 아버지를 그리워하며 울 때 느끼는 슬픔으로 인해 지미 씨가 감정적으로 고통스러운 것 같습니다. 혹시 그렇다면 아버지와의 관계에서 마무리 짓지 못하고 남아 있는 부분을 찾아내 정리하는 게 중요합니다. 그렇게 하면 당신이 느꼈던 고통스러운 슬픔이 줄어들고, 감정을 느끼는 빈도수도 줄어들 겁니다.

　상실감 치유 방법을 따르면 정리되지 못한 감정을 찾아내 마무리 짓는데 도움이 될 겁니다. 빨리 시작할수록 감정상의 변화도 빨리 찾아오겠죠. 상실감 치유 방법을 따른다고 해서 아버지를 잊는 것도, 소중한 추억을 한정짓는 것도 아닙니다. 슬픔과 기쁨을 느끼는 정상적인 감정은 그대로 놔두되 고통을 해결하는 방법을 찾아가는 것이 중요합니다.

마음을 담아,
러셀과 존

억지로라도
울어야 하나요?

Q 네바다에서 리비 저는 열다섯 살이에요. 얼마 전에 엄마가 돌아가셨어요. 학교에서 상담 선생님들이 제가 울지 않는다고 걱정하시더라고요. 저는 여전히 엄마가 그립지만 울 때면 너무 고통스러워요. 눈이 타들어가듯 아프고 토할 것 같은 기분이 들거든요.

제가 더 어렸을 적에 머리끝까지 화가 나거나 키우던 동물이 죽어서 울 때면 엄마는 저에게 탈이 난다며 울지 말라고 얘기하셨어요. 저는 지금도 울면 안 될 것 같은 생각이 들어요. 남들이 걱정 안 하게 억지로 우는 것 말고 제가 할 수 있는게 뭐가 있을까요?

A 리비에게,

이야기하기 참 민감한 내용이네요. 리비의 어머니는 리비가 어렸을 때 분명 도와주려는 마음으로 그런 말씀을 하셨겠죠. 리비가 슬플 때 울면 탈이 난다고요. 그런데 지금 말 그대로 탈이 나버린 거네요.

오랫동안 저희가 도움을 드린 많은 사람들 중에는 리비 양과 비슷한 이유로, 때로는 다른 여러 이유로 울 수 없거나 울지 않으려는 이들이 있었어요. 우리는 그 사람들을 울게 만들려고 애쓰지 않아요. '울지 않기'는 매우 강한 신념일 테고 습관이기도 하니까요. 리비 양이 어리긴 하지만 슬픈 감정에 대한 강한 신념과 몸에 밴 습관이 있겠지요. 이는 리비 양이 상실을 대처하는 방식에 영향을 미칩니다.

"여전히 엄마가 그립다."라고 쓰셨죠. 아무래도 리비는 지금 슬플 테고, 그밖에 여러 다른 감정들도 느끼고 있겠죠. 우리의 관심사는 리비가 우느냐 마느냐가 아니라 리비가 자기 안에 감정들을 억지로 잡아 두려고 안간힘을 쓰느냐 아니냐입니다. 우리가 알기론 수많은 사람들이 울든 울지 않든 자신의 감정을 솔직하게 말하지 않았기 때문에 탈이 난다는 거예요. 리비가 울지 않으려고 참는 상태에서 자신의 감정과 엄마 이야기를 하는 게 힘들겠다는 생각이 드네요. 운다는 자체가 리비에겐 두려운 일일 테니 꼼짝없이 갇힌 기분일 거예요. 울지 않는다면 뭔가 문제가 있고, 운다면 또 그건 그것대로 문제가 있다고 생각할 테니까요.

우선 리비한테 아무 문제가 없다는 얘기를 해 주고 싶어요. 리비는 어머니가 돌아가셔서 상심해 있는 어린 소녀예요. 부디 이 내용을 상담 선생님들과 나누길 바랍니다. 그분들이 우리에게 연락해 오면 언제든 얘기를 나눌게요. 다른 사람들이 신경 쓰지 않도록 억지로라도 우는 게 안 좋은 생각이라고 말한 데 동의해요. 만약 리비가 운다면 정상적이고 자연스러운 반응으로 나오는 눈물이어야 합니다.

울음과 관련된 내용을 더 알고 싶으면 이 책의 〈더 읽어 보기〉에 나와 있는 '울음이란 I, II'(280~284쪽)를 읽어 보세요.

마음을 담아,
러셀과 존

부모님의 죽음이
다 제 잘못인 것 같습니다

Q 메릴랜드에서 코린 몇 달 전에 엄마가 돌아가셨어요. 직장에서든 집에서든, 심지어 밖에서 데이트를 하더라도 한번 울음이 터지면 도저히 멈출 수가 없어요. 왜 난데없이 이런 일이 벌어지죠? 부모님이 돌아가신 후 '나는 왜 부모님의 죽음을 막기 위해 뭔가를 더 하지 못했을까?' 라는 생각으로 좌절감을 느끼는 게 정상인가요?

A 코린에게,
걷잡을 수 없을 만큼 울음이 터지는 것도, 장소와 상관없이 울음이 터지는 것도 매우 흔한 일입니다. 그러므로 지금 당신의 상태가 정상적이고 자연스러운 반응의 범주 내에서 충분히 벌어지는 일이라고 생각하세요.

감정의 변화가 난데없이 벌어지는 것처럼 보이지만 실은 그렇지 않습니다. 당신이 의식하지 못한다 하더라도 머리와 마음의 일부는 엄마에게 집중되어 있고, 더 이상 살아 계시지 않다는 사실을 주시하고 있습니다.

누군가가 죽은 후 '그 사람이 죽어갈 때 내가 뭘 더 할 수는 없었나?', '그 사람 곁에 있을 수 없었나?'라며 자문하는 사람들이 많습니다. 상심한 마음이 이런 질문을 하는 겁니다. 아시다시피 실제로 답할 수 있는 질문이 아닙니다. 다르게 했더라면, 더 잘 했더라면, 더 많이 했더라면 하고 후회하는 모든 것들을 감정적으로 정리할 수 있게 상실감 치유 방법을 적용해 보길 바랍니다.

마음을 담아,

러셀과 존

유품을
못 버리겠어요

Q 노스캐롤라이나에서 페넬로페 엄마가 돌아가신 지 거의 8개월이 지났어요. 엄마 옷에는 아직도 엄마 향기가 나요. 엄마 물건들을 도저히 못 버리겠어요. 우리 아이들과의 관계도 제대로 회복이 안 된 상황이에요. 네 살짜리 제 딸이 묻더군요. 엄마의 엄마가 보고 싶냐고요. 저더러 우냐고 물으면서 아이도 눈물을 터트리더군요. 이 글을 쓰고 있는 지금도 눈물이 멈추지 않네요. 언젠가 눈물이 그치긴 할까요? 뭘 어떻게 해야 하나요?

A 페넬로페에게,
어머니의 유품 문제를 먼저 이야기해 보죠. 고인의 유품을 정리하는 일은 감정적으로 매우 어려운 일입니다. 단계별로 정리해야 할 문제입니다.

상실감 치유에는 '대청소 작업'이라는 과정이 있습니다. 옷이나 여타 물건들을 처리하는 실질적인 계획을 뜻합니다. 우선 '가능한 한 이런 작업을 절대 혼자 하지 말라'라는 중요한 지침을 명심해야 합니다. 이 작업을 할 때 누군가와 함께한다면 당신은 어머니에 대해 이야기를 할 수 있겠지요. 감정적인 반응이 나타난다면 그런 감정을 혼자 감내하는 게 아니라 함께 나눌 누군가가 곁에 있어야 합니다.

고인의 물건을 정리할 때는 세 가지 요소를 알아야 합니다. 첫 번째, 당신이 간직하고 싶은 어머니의 물건을 전부 구분해 둡니다. 두 번째, 간직하지 않거나 필요하지 않은 물건을 구분합니다. 마지막으로 이도 저도 확실하지 않은 물건을 모아 둡니다. 이 마지막 묶음은 상자나 가방에 담아 창고에 보관합니다. 6개월 후 그 묶음을 다시 꺼내 앞선 과정을 다시 진행합니다. 그러고 나면 1년이나 1년 반 뒤에는 정말로 원하는 물건을 간직하고 있을 테고, 처분한 물건에 대해서도 후회하지 않을 것입니다.

하지만 어머니의 유품은 문제의 일부분일 뿐입니다. 물건 정리를 포함한 전반적인 상실감 치유 방법을 따라서 어머니와의 관계를 마무리 지으세요. 그래야 당신의 인생에서 앞으로 나아갈 수 있고, 어머니를 생각하거나 이야기를 하면서 더 이상 마음이 찢어지는 기분을 느끼지 않을 겁니다.

마음을 담아,
러셀과 존

눈물길

모든 사람의 마음에는 눈물길이 있다. 그 길이 너무 쉽게 펼쳐지는 바람에 자주 왈칵 눈물을 쏟아 내는 사람도, 그 길 사이사이 이런저런 방어 둑을 쌓아 둔 덕분에 눈물을 참을 수 있다고 말하는 사람도, 모두 상실이 자신의 마음속에 얼마나 많은 눈물을 차오르게 하는 사건인지 실감하게 된다.

눈물은 우리의 마음을 전하는 메신저이다. 아무 이유 없이 흐르는 눈물은 없다. 때로는 혼자 울 수 있는 시간이 필요하다고 느낄 수도 있지만, 혼자 흘리는 눈물만큼 우리를 슬프게 하는 것도 없다. 혼자 흘리는 눈물은 우리 안에 눈물을 더 차오르게 할 뿐 우리를 진심으로 위로해 주지 못하기 때문이다.

눈물은 그 눈물의 의미를 들어줄 동반자가 필요하다. 우리에게는 울컥하는 순간 눈물길을 내어 주고 그 슬픔을 나눌 누군가가 필요하다. '그토록 그가 소중했고 사무치도록 그립습니다'라는 말을 들어줄 누군가와 함께 흘린 눈물이 결국 우리를 더 앞으로 나아가게 할 것이다.

CHAPTER

빼앗긴 작별 인사
Q&A

마지막 작별 인사를 하지 못했을 때는 자신만의 작별 인사 방법
을 찾는 것이 중요하다. 비록 직접 전달하지 못하더라도 그 과정
을 거치면 남아 있는 감정의 응어리를 해결하는 데 도움이 된다.

마지막 인사도 하지 못하고
떠나보냈습니다

Q 일리노이에서 조나단 지난 2월 저의 단짝 친구가 교통사고로 죽었어요. 가슴이 찢어질 것 같아요. 이젠 뭘 해도 기분이 좋지 않아요. 잠깐 기분이 좋을까 말까 하다가도 다시 그 일이 떠올라 너무 슬퍼져요. 거의 다 떨쳐 버린 줄 알았는데 친구에게 작별 인사라도 할 수 있었다면 얼마나 좋을까 하는 미련이 계속 남아 힘들게 하네요.

수술대 위에서 돌아가신 우리 아빠에게도 똑같은 심정이에요. 작별 인사를 아예 못 한다는 건 정말 고통스럽고 절망적인 일이에요. 제발 친구에게 마지막 안부를 전할 수 있게 해 달라고 신께 부탁하고 있어요. 그럴 수 있을까요?

A 조나단에게,
뭘 해도 기분이 좋지 않다는 말이 그리 낯선 이야기가 아닙니다. 단짝 친구가 갑작스레 비극적인 죽음을 맞아 조나단의 세계가 완전히 엉망이 돼버린 거니까요. 기분이 좋을까 말까 하다가 다시 나락으로 떨어진다는 건 아주 흔한 반응이에요. 그걸 '감정의 롤러코스터'라고 부르죠. 참으로 고통스러운 일이지만 정상적이고 자연스러운 반응입니다. 절대 조나단의 머리가 잘못된 게 아니에요. 정말 힘겨운 점은 조나단이 친구에게 작별 인사를 하지 못했다는 사실이죠. 갑작스러운 죽음이 닥쳤을 때 어김없이 그런 일이 생깁니다. 소중한 사람을 잃었다는 충격에 더해 제대로 마무리 짓지 못했다는 감정이 늘 남아 있게 되지요.

조나단이 친구에게 말할 기회를 찾을 수 있겠냐고 묻는 슬픈 질문에는 안타깝게도 답을 해 드릴 수가 없어요. 상심한 마음에 그런 말을 한다는 걸 알지만, 갑작스러운 죽음이 남기고 간 것, 매듭짓지 못한 것이 무엇인지 찾아내 마무리할 방법을 찾는 게 좋겠어요. 상실감 치유 방법을 따라 해 보세요. 죽음이 남긴 감정의 응어리를 찾아내 정리하는 것은 물론, 이 제는 실현할 수 없는 미래에 대한 희망과 꿈, 기대 그리고 잃어버린 작별 인사를 마무리하는 데 도움이 될 거예요.

마음을 담아,
러셀과 존

마지막 인사를 나눌 기회조차
빼앗겨 버렸어요

Q 웨스트버지니아에서 마틸드 마음이 너무 아파요. 저랑 사귀었던 사람이 다섯 달 전에 죽었다는 소식을 방금 들었어요. 그가 죽기 전에 얘기를 나눈 적이 있는데 그때 자기가 아프다거나 이사 간다는 얘기를 한마디도 안 했어요. 나중에 전화를 걸었더니 연결이 안 되더군요. 제 여동생이 인터넷 부고에서 그 사람 이름을 봤대요. 그에게 작별 인사는커녕 조의도 표하지 못해 마음이 찢어질 것 같아요. 이 상처가 어떻게 나을까요? 매일 눈물만 나요.

A 마틸드에게,
　가끔은 저희도 알 수 없는 부분이 있어서 도와 드리기가 참 힘드네요. 그분이 자기 몸에 이상이 있다는 얘기나 곧 이사 갈 거라는 말을 왜 하지 않았는지 이해하기 힘드시겠구나 하고 짐작해 봅니다.

　우리는 상실감 치유 과정에서 이루지 못한 모든 바람을 이야기합니다. 상황이 달랐더라면, 더 나은 뭔가가 있었더라면 하고 후회하며 안타까워하면서 대체 무슨 일이 벌어졌고 왜 그 일이 일어났는지 궁금한 마음을 떨치지 못합니다. 그가 당신과 소통하지 않았기 때문에 당신이 그에게 해 주고 싶었던 많은 이야기는커녕 작별 인사조차 할 기회를 빼앗겨 버린 셈입니다.

비록 직접 전하지는 못하겠지만 마틸드가 자신만의 방법으로 그분에게 작별 인사를 하는 것이 중요합니다. 이럴 때는 '정리 편지'를 써보는 건 어떨까요?

마음을 담아,
러셀과 존

정리 편지 쓰기 ●●

글의 분량에는 제한이 없지만 보통 2~3장 정도의 글로 감정을 정리해 봅니다. '사과하기', '용서하기', '중요한 감정적 표현'을 골격으로 삼아 글을 씁니다. 마지막에는 감정 표현을 마무리 하는 의미에서 "안녕."이라는 말을 적습니다. 직접 표현하는 맺음말이 감정 정리에 꼭 필요합니다.

그런 다음 상실감 치유 과정을 함께한 짝이나 믿을 만한 누군가 앞에서 편지를 읽습니다. 그럴 사람이 없다면 유품이나 사진을 앞에 두고, 또는 추모공원 등을 찾아가 혼자 읽어도 좋습니다. 이런 경우 목소리를 녹음해 두어야 합니다. 마음속에 갇혀 있던 감정을 말로 표현하고 정리하는 내용을 누군가에게 들려주어야 마무리됩니다. [262~266쪽 참조]

복합 비애라는 것도 있나요?

Q 아칸소에서 캐롤 오래전에 잃은 누군가에게도 복합 비애가 생기나요? 그가 죽기 전에 제대로 작별 인사도 하지 못했습니다.

A 캐롤에게,
저희가 Tributes.com이라는 추모 사이트에 올린 글을 읽어 보시면 '복합 비애'나 '복합 애도'와 같은 표현을 사용하지 않는 것을 확인할 수 있을 겁니다. 그 용어가 점점 더 흔히 쓰이고 있지만 저희 입장에서는 그리 편하지 않은 말입니다. 의견이 다른 사람들이 있을 수 있지만, '복합 비애' 같은 건 없다고 생각하기 때문입니다.*

모든 슬픔은 백 퍼센트 강도로 느껴지기 마련입니다. 반쯤 슬퍼하는 사람은 없습니다. 슬픔을 비교하거나 등급을 매긴다는 자체가 위험할 수 있으며 그게 무엇이든 틀린 것입니다. '복합 비애'라는 말은 시작부터 비

---

*《한국심리학회지》(2009)에 실린 장현아의 논문 〈복합 비애의 개념과 진단〉을 보면 다음과 같은 내용이 나온다. "복합 비애Complicated Grief, 이하 CG란 사별 후 나타나는 정상적이고 문화적으로 받아들여지는 애도 과정을 벗어나 지속적인 심리적, 신체적 부적응을 야기하는 비애 반응을 말한다. 지금까지는 비애 반응이 주로 우울장애나 외상후 스트레스 장애와 같은 기존의 진단체계 내에서 이해되곤 하였으나, 여러 연구 결과를 통해 기존의 진단으로는 CG에서 나타나는 독특한 증상을 반영하지 못한다는 지적이 계속되어 왔다." 그러나 이 책의 저자 러셀과 존은 복합 비애의 전제 자체를 인정하지 않으며 비애 반응을 우울증이나 외상후 스트레스 장애로 진단하는 것도 반대한다. —옮긴이

교를 전제합니다. 복합적이지 않은, 다시 말해 '단순 비애'가 분명히 있다는 뜻으로 들리니까요.

모든 관계에 존재하는 감정적 문제들, 예를 들어 좋은 면, 나쁜 면, 추한 면 등에서 남아 있는 문제들을 마무리 짓지 못한다면 그 관계는 불안전한 상태로 남아 있을 것입니다. 시간은 감정적 상처를 치유해 주지 않기에 해결하지 못한 감정적 문제를 그대로 놔두면 악화만 될 뿐입니다. 문제가 복합적이어서가 아니라 그 문제에 주의를 기울이지 않아서입니다. 이해하기 쉬운 예를 하나 들게요. 베인 손가락을 치료하지 않으면 감염될 테고 상처가 더 악화될 수 있습니다. 애초에 베인 상처는 복합적이지 않았습니다. 적절한 소독과 관리가 부족해서 상태가 위태로워졌을 뿐이죠. 슬픔도 마찬가지입니다.

오래전에 작별 인사를 하지 못한 누군가가 있다고 하셨죠. 여기에 이런 얘기를 해 드릴게요. 해소되지 않은 슬픔은 누적되고 점점 부정적으로 변합니다. 시간은 감정의 상처를 치유할 수 없기 때문에 그냥 내버려둔 슬픔은 더 악화될 뿐입니다. 상황상 어쩔 수 없이 작별 인사를 할 기회를 빼앗기거나 다른 이유 때문에 작별 인사를 하지 않았다면 전달되지 못한 감정이 묻혀 버리고 불완전한 상태로 남고 맙니다.

사실상 복합되는 것이 아니라 그저 미해결 상태로 남아 큰 문제가 되고 마는 것이죠. 누군가와의 관계에서 한 가지 또는 단 몇 가지 요소라도 불완전하게 남아 있으면 전반적인 관계는 미완성 상태로 남습니다. 이것이 복합적으로 보일 수도 있지만 실은 도움이 되는 방법을 찾지 못해 오랜 기간에 걸쳐 악화되는 것입니다.

상실감 치유의 원리와 방법은 다음과 같은 생각에 근거를 두고 있습니다. 누군가가 죽으면 예전 일을 복기하며 후회와 아쉬움, 미련을 반드시 느낄 수밖에 없습니다. 또한 더 이상 실현하지 못할 앞날에 대한 희망과 꿈과 기대가 떠오를 겁니다. 이는 최악이었던 관계는 물론이거니와 더할 나위 없이 좋았던 관계 그리고 그 사이에 자리 잡은 모든 다양한 관계에서 나타납니다.

상실감 치유 방법을 따르다 보면 오래전에 세상을 떠난 사람과의 관계에서 그저 작별 인사를 놓친 것 외에도 많은 부분을 발견하게 됩니다. 말하지 못했거나 뭔가를 하지 못해서 남아 있는 응어리를 어떻게 효과적으로 정리할지 알 수 있을 거예요.

마음을 담아,
러셀과 존

무진장 애를 써 보아도
소용이 없습니다

Q 하와이에서 자란 저를 키워 주신 할아버지가 돌아가셨어요. 이 슬픔을 어떻게 극복할 수 있을까요? 그분은 저에게 유일한 아버지 같은 존재였어요. 할아버지가 돌아가신 뒤 저는 할아버지의 자녀분들 도움 없이 빚을 조금 갚아드렸어요. 할아버지의 묘비 비용도 제가 댔고요. 모든 면에서 그분은 저의 아버지였으니까 뭐든 못하겠어요.

이따금 할아버지가 제 곁에 계신 기분이 들어요. 어느새 할아버지 생각을 하다 울고 있는 스스로를 발견할 때도 있고요. 할아버지가 제 앞으로 집을 남겨 주셨지만 괜한 혼란이 일지 않게 그 집은 할머니에게 넘겨드리기로 했어요. 저는 할아버지가 돌아가신 현실에 잘 대처하려고 무진장 애를 쓰지만 아무런 방법이 떠오르지 않아요. 할아버지는 필요할 때면 언제나 함께해 주셨던 분이셨으니까요.

저는 할아버지 묘지에 시도 때도 없이 찾아가는데 친구 하나가 그러더군요. 그건 건강하지 못한 거라고, 털고 넘어가야 한다고요. 제가 그 방법을 모르겠다는 게 문제예요. 저는 매일매일 할아버지 생각을 해요. 제일 괴로운 건 할아버지가 돌아가신 순간 저는 병원에 가던 길이어서 "할아버지, 안녕히 가세요." 하고 작별 인사를 할 기회조차 갖지 못했다는 사실이에요. 전 어떡해야 하죠? 이걸 어떻게 해결해야 할지 도무지 방법을 모르겠어요. 벌써 3년이나 됐는데 아직도 이 문제를 해결할 수가 없어요.
제발 저 좀 도와주세요!

A 자라에게,

보내 주신 글 잘 읽었습니다. 내용을 읽다보니 '언제나'라는 단어
에 유독 눈길이 머무네요. 오래전에 누군가가 상실감의 정의를 이야기한
내용을 당신과 함께 나누고 싶습니다.

"상실감이란 언제나 그곳에 있던 그에게 필요한 순간 손을 뻗었는데,
더 이상 그가 없다는 사실을 깨달을 때 느끼는 감정이다."

우리가 집필한 책에는 어김없이 이 구절을 인용하곤 합니다. 강연과
워크숍에서도 이와 관련된 이야기를 늘 하구요. 누군가를 절절하게 그리
워하는 슬픔의 감정이 정상적이고 자연스럽고 건강한 반응이라는 사실
을 깨닫게 하는 데 도움이 되기 때문입니다. 자라 씨도 공감하길 바라는
마음으로 전해 드리는 이야기입니다.

자라 씨의 글에서 마음에 와 닿은 것들이 많습니다. 특히 "그분은 저에
게 유일한 아버지 같은 존재였어요."라는 부분이요. 그렇게 절실한 감정
을 느끼고 할아버지를 너무나 그리워하는 모습이 느껴집니다. 오랜 시간
이 지났다 하더라도 자라 씨가 매일 할아버지를 생각한다는 게 전혀 이
상하지 않아요.

그런데 자라 씨가 "안녕히 가세요."라는 작별 인사를 하지 못했다는 사
실이 문제를 악화시킬 겁니다. 이 부분은 '전달되지 못한 감정의 소통'이
라는 범주에 포함됩니다. 즉 이것은 '해결되지 못한 슬픔'을 나타냅니다.
슬픔에 빠진 사람들과 함께한 35년의 세월 동안 저희가 들은 가장 흔한

문제 중 하나가 바로 당신이 말한 "작별 인사를 할 기회조차 없었다."라는 가슴 아픈 말이었습니다.

다시 한 번 말씀드리지만, 마지막 작별 인사를 할 기회를 빼앗긴 느낌이 드는 것은 지극히 정상적인 반응이라고 생각하셨으면 합니다. 할아버지와 만나고 헤어질 때마다, 매번 전화 통화를 하고 끊을 때마다 수천 번도 더 했을 작별 인사지만 단 한 번뿐인 마지막 작별 인사를 하지 못해서 마음에 남은 감정적 공백은 수천 번의 작별 인사로도 채워지지 않겠지요.

감정적으로 해결되지 못한 응어리를 찾아 마무리 짓는 것은 정확하게 기억하고 정리하는 과정에 속합니다. "안녕."이라는 말을 진심으로 발화할 필요가 있습니다. (136, 262~266쪽 '정리 편지' 참조) 이 과정을 따르다보면 감정의 변화를 감지할 수 있습니다. 할아버지와 관련된 모든 애틋한 추억은 고이 간직하고 고통과 불안함은 진정되겠지요. 그리고 병원에 제 시간에 도착하지 못한 스스로를 심하게 자책해 왔다면 이제는 더 이상 그 문제로 자신을 괴롭히지 않게 될 겁니다.

마음을 담아,
러셀과 존

언제쯤이면
슬퍼하지 않을 수 있을까요?

Q 뉴멕시코에서 캐롤 제게는 몇 달간 사랑했던 인생의 인연이라 할 사람이 있었습니다. 하지만 절망스럽게도 그에게 "사랑해."나 "잘 가."라는 마지막 인사를 하지 못했습니다. 이 고통이 너무나 커서 저는 지금 아무것도 할 수가 없어요. 이 마음을 극복하고 싶은데 대체 어떻게 해야 하나요? 언제쯤이면 더 이상 슬퍼하지 않을 수 있을까요?

A 캐롤에게,

관계를 구성하는 요소는 시간과 강도입니다. 얼마나 시간을 보내고 전념을 다하느냐가 관계의 밀도를 좌우합니다. 비교적 짧은 기간 관계가 지속됐다는 이유로 슬픔을 과소평가하려는 사람들이 있습니다. 하지만 '사랑했던 인생의 인연'이라는 표현을 보건대 캐롤 씨가 그 당시든 지금이든 엄청난 감정의 강도로 그 관계에 밀착해 있다는 의미로 보입니다. 모름지기 모든 슬픔이나 상실감은 고스란히 느껴지는 법입니다. 그러니 당신 역시 완전히 상심한 마음 상태일 겁니다.

옛 연인의 죽음으로 고통이 가중된 이유는 당신이 그 사람에게 마지막 작별 인사를 하지 못한 데 있습니다. 물론 당신이 그를 보고 마지막 인사를 할 기회가 있었다 해도 여전히 충격에서 헤어 나오지 못했을 테지만요. 상실감 치유 방법이 도움이 될 겁니다. 감정적으로 마무리 지으면 다시 삶을 꾸려갈 힘을 얻을 겁니다.

애석하게도 저희가 그 사람을 다시 데려올 수는 없지만 상실감 치유 방법을 따르다 보면 평상심을 되찾고 예전의 애틋한 추억을 간직한 채 앞으로 나아가게 됩니다. 슬픔은 줄어들고, 그 사람 그리고 당신 삶 속에 포함된 많은 사람과의 관계에서 슬픔과 기쁨을 끌어안을 수 있는 역량이 생깁니다. 부디 당신의 고통이 사그라졌으면 합니다.

마음을 담아,
러셀과 존

죽은 사실도
모르고 지냈습니다

Q 앨라배마에서 마가렛 언니가 알려 주지 않아서 조카가 죽은지도 모르고 있었어요. 장례식이 있었던 것도 몰랐고요. 이 사실을 어떻게 받아들여야 하죠? 조카한테 작별 인사도 못했잖아요.

A 마가렛에게,
참 힘든 이야기군요. 저희가 짐작하기론 마가렛 씨와 언니 사이에 뭔가 문제가 있거나 두 사람이 별로 가까운 사이가 아닌듯하네요. 그게 아니라면 언니가 왜 마가렛 씨한테 말을 하지 않았는지 이해하기가 쉽지 않습니다. 다른 한편으로 조카에게 작별 인사를 할 수 없었다는 사실에 안타까워하는 마가렛을 보면 당신과 조카는 좋은 관계였던 것 같고요.

무슨 이유가 됐든 시간을 되돌려 장례식이나 추도식에 참석해 조카가 누워 있는 관을 보며 애통한 심정을 느낀다거나, 조카를 추억하고 이야기를 나누는 자리에 함께할 수는 없는 노릇입니다.

장례식이나 추도식을 비디오 촬영한 게 있는지 찾아보고, 만약 있다면 복사본을 얻을 수 있는지 알아보세요. 비디오가 그날의 상황을 똑같이 재현하지는 못하겠지만 그날 무슨 말이 오갔는지 들을 수 있고, 장례식장에 흐르는 감정을 확인할 수 있겠지요. 당신의 마음을 건드리는 무언가가 담겨 있을 겁니다. 그리고 조카에게 하고 싶었던 말이나 함께 하고 싶었던 일이 떠오르겠지요.

작별 인사를 놓친 것은 물론, 하고 싶은 말이나 일을 할 수 있는 기회를 빼앗겨 버렸습니다. 조카의 죽음 때문에요. 마가렛이 연락을 못 받아 마지막을 함께하지 못해 박탈감을 느끼는 이유가 여기에 있습니다.

이렇게 해 보면 어떨까요? 당신만의 추도식을 갖는 겁니다. 바라건대 마가렛의 가족 중에 조카와의 추억을 함께 나눌 이들을 찾았으면 합니다. 그렇게 준비한 추도식이 끝나갈 때쯤에는 조카의 사진을 보며 작별 인사를 할 수 있겠지요. 상실감 치유 방법 역시 조카를 잃은 상실감, 언니에게 믿음을 잃은 상실감을 해결하는 데 도움이 될 거예요.

마음을 담아,
러셀과 존

유골에 집착한다고
뭐라고 합니다

Q 네브라스카에서 트레이시 엄마가 돌아가신 지 거의 2년이 다 됐어요. 엄마는 우리에게 너무 많은 질문을 남기고 가셨어요. 듣기론 약물을 과다 복용했다고도 하고 이런저런 이야기들이 무성합니다. 이런 이야기들이 지금까지도 저를 괴롭히네요. 한편으로 저는 아직 엄마가 살아 계신 것처럼 굴어요. 다른 나라에 살아서 전화도 안 하고 지낸다는 듯이. 저는 자매 중 한 명과 장례식 준비를 해야 했어요. 둘 다 직업도 없었는데 말이죠.

엄마를 화장해서 유골을 집으로 보내는 데 드는 비용을 모았습니다. 우리 자매들이 엄마 유골에 집착한다며 이상하다고 말하는 사람들도 있어요. 자매들끼리 엄마 유골을 나눠 가졌거든요. 이게 이상한가요? 가끔 저는 엄마의 유골을 바라보면서 엄마에게 이야기를 해요. 엄마 유골이 사라지지 않았으면 좋겠어요. 다들 제가 거기에 너무 의지한다고 말하네요. 저는 어떻게 해야 할까요? 머릿속에 맴도는 여러 질문이 영영 떠나지 않을 것 같아요.

A 트레이시에게,
우리에게 중요한 누군가의 죽음과 대면할 때 무슨 일이 있었는지 정확히 모른다면 당연히 고통스러울 수밖에 없습니다. 크게 혼란스러워하지 않기란 힘든 노릇이지요. 트레이시 양이 얘기한 어머니의 유골에 관련된 가슴 아픈 이야기와 몇 가지 질문에 집중해서 이야기해 보죠. 자매들이 유골을 나눠 가진 건 정말 좋은 생각입니다. 자매들이 항상 연결돼 있는 기분을 느끼게 하고 어머니는 물론 가족끼리 나눈 추억과 늘 함께하는 마음일 겁니다.

트레이시 양의 집에 있는 유골함은 '언제든 이동 가능한 상실감 치유소' 역할을 합니다. 당신과 어머니와의 관계를 가장 확실히 기억할 수 있는 대상이 되겠죠. 그리고 유골을 만지며 어머니에게 말을 한다고 하셨죠. 그건 아주 정상적이고 건강한 모습입니다.

당신과 어머니의 관계 그리고 어머니의 죽음에서 풀리지 않은 부분을 감정적으로 마무리 짓기 위해 상실감 치유 방법을 따라해 보길 바랍니다. 어머니와의 관계가 감정적으로 완결된 후에는 지난 몇 년간 줄기차게 당신을 괴롭힌 질문이 더 이상 중요하지 않을 거예요.

마음을 담아,
러셀과 존

미해결 과제

상실 후에는 해결하지 못한 마음의 감정이 남아 있기 마련이다. 미처 해결하지 못했을 수도 있고, 일부러 해결하지 않고 남겨 두었을 수도 있다. 애써 슬프지 않은 척 하고, 상실을 인정하지 않거나 상실의 장면에서 고개를 돌림으로써 우리 안에 해결되지 않은 과제를 남긴다. 이 모든 것은 상실이 너무 아프기 때문이다.

하지만 계속 감정의 잔재를 쌓고 있으면 우리는 오히려 그 속에 고립되기도 한다. 해결하지 못한 감정은 우리가 앞으로 나아가기 위해 언젠가는 넘어야 하는 마음의 산이 된다.

어느 정도의 시간이 걸릴지는 중요하지 않다. 우리 마음의 보폭에 맞게 감정을 정리해 나간다면 마음속 응어리를 풀고 결코 이별하지 못했던 그 사람과 이별을 해낸 우리를 만나게 될 것이다.

감수자 노트 ·
149

CHAPTER

상실에 따른
여러 반응
Q&A

상실을 겪은 후에는 슬픔, 분노, 두려움, 무기력 등의 여러 감정
이 나타난다. 이런 감정들은 개개인에 따라 다양하게 나타나며
지극히 정상적이고 자연스러운 반응에 속한다.

하루 차이로
부모님을 떠나보냈어요

Q 네바다에서 베티나 1년 전, 부모님이 하루 차이로 세상을 떠나셨어요. 저는 부모님이 돌아가시기 2년 전에도 다른 일들로 큰 상실감에 시달렸어요. 지금 제 머릿속에는 온통 상실과 죽음밖에 떠오르지 않아요. 어떻게 해야 다시 온전한 삶으로 돌아갈 수 있을까요? 머릿속에 떠도는 말을 도저히 잠재울 수가 없어요.

A 베티나에게,

내면의 목소리를 잠재울 수 없다는 건 참으로 고문 같습니다. 자기 삶을 되돌아보니 보이는 거라곤 지난 몇 년 사이에 줄줄이 닥친 상실의 경험뿐일 때 더더욱 그렇게 느끼겠죠. 머릿속에 떠도는 생각들이 당신에게 말을 걸기 시작하면 더 오래전에 겪은 상실의 경험 역시 불쑥 튀어나오게 될 거예요.

내면의 목소리를 그저 당신의 상심한 마음이 하는 말이라고 여긴다면 부족한 느낌이 들 수도 있습니다. 사실이긴 하지만 그렇게 파악만 한다고 아무것도 바로잡을 순 없습니다. 알고 있다고 해서 소음이 그치지 않는 것처럼 말이에요.

베티나 씨의 상심한 마음은 돌아가신 아버지와 당신의 관계, 어머니와 당신의 관계 그리고 그보다 2년 전에 벌어진 일이나 사람과 맺은 관계를 끊임없이 되풀이하고 있습니다. 감정이 결부된 상태로 세밀한 부분까지 파고드는 거예요. 하지만 이는 잇단 상실로 당신에게 남은 감정적 응어리를 해결하는 데는 아무런 도움이 안 됩니다. 그저 문제를 되풀이하고 또다시 반복하는 일일 뿐이죠.

머릿속에 맴도는 목소리를 어딘가에 쑤셔 넣어 묻어 두거나 더 큰 소음으로 밀어내려고 애쓰지 말고, 그대로 잠재우는 효과적인 방법을 찾아야 합니다. 보이지 않는 데로 밀어낸다 해도 나중에 다시 돌아와 괴롭힐 테니까요.

연거푸 상실을 경험하고, 특히 더없이 중요한 사람들과의 관계에서 상실감을 느끼면 하늘이 무너지는 기분을 느끼는 게 정상입니다. 해소되지 못한 슬픔은 점점 쌓이는 법이고, 설상가상 부정적으로 누적됩니다. 그렇다고 시간이 감정적 상처를 치유할 수 없습니다. 그렇기에 자신이 큰 상실감을 느끼게 된 중요한 관계에 상실감 치유 방법을 적용해야 합니다. 부모님을 하나로 묶진 마세요. 어머니와 아버지는 당신과 개별적인 관계를 맺은 존재입니다.

마음을 담아,
러셀과 존

아무것도
중요해 보이지 않아요

Q 오리건에서 몰리 아빠가 작년에 돌아가신 후 제 삶이 예전 같지 않아요. 매일 아침 눈을 뜨면 아빠가 왜 우리를 떠났을까만 생각해요. 그건 아빠가 결정할 수 있는 문제가 아니었다는 것을 저도 알아요. 제 평생 최고의 친구였던 아빠를 생각할 때마다 떠오르는 모습이 있어요. 제가 넘어질 때면 어김없이 손을 뻗어 잡아 주시던 아빠의 모습이 보여요.

삶 자체가 너무 무미건조해요. 아무것도 중요해 보이지 않아요. 아빠가 마지막으로 숨을 내쉰 순간 모든 게 끝난 것 같아요. 부모님 집에 가지 못하겠어요. 집에 들어설 때마다 집 안 구석구석에서 아빠의 이야기가 들리는 기분이 들어요. 세상에서 저를 가장 아끼던 사람이 이 세상에 없고, 이제 돌봐 줄 사람이 아무도 없는 기분이에요. 제 삶에 대한 애정을 어떻게 되찾을 수 있을까요?

A 몰리에게,

"삶 자체가 너무 무미건조해요. 아무것도 중요해 보이지 않아요."라는 가슴 아픈 말에 저희 마음도 저밉니다. 몰리 씨와 같은 경험을 하는 사람들이 수없이 많습니다. 몰리 씨의 말을 고쳐서 말할 필요는 없지만 저희에게 보내 주신 글을 보고 몇 가지 말씀을 드리고 싶습니다.

우리에게 중요한 누군가가 죽으면 온 세상이 초점을 잃은 듯 삶이 제대로 보이지 않습니다. 중요했던 모든 것은 배경으로 밀려나 흐릿해지지요. 오직 중요한 건 그 사람의 부재뿐입니다. 그 사람과 자신의 관계를 무의식적으로 돌아보게 되고요. 저희가 말씀드리고 싶은 건 몰리 씨가 얘기한 생각과 감정은 전적으로 정상적이고 자연스러우며 건강한 반응이라는 점입니다.

몰리 씨의 감정과 관련해서 함께 나누고 싶은 내용이 있습니다. 누군가가 상실감을 이렇게 정의했습니다.

"상실감이란 언제나 그곳에 있던 그에게 필요한 순간 손을 뻗었는데, 더 이상 그가 없다는 사실을 깨달을 때 느끼는 감정이다."

이와 더불어 "해소되지 못한 슬픔은 진이 빠지게 하고 인생의 선택권을 앗아간다."라는 말도 함께 나누고 싶습니다. 보내 주신 글을 보면서 이 두 가지 내용이 몰리 씨에게도 해당된다는 생각이 들었습니다.

이 점을 명심하고 마음속에 남아 있는 감정의 응어리를 찾아 해결하는 치유 과정을 따르기 바랍니다. 그러면 아버지와 나눴던 애정 어린 추억을 마음에 고이 간직하고, 삶의 의지를 새로이 발견하여 다시 한 번 삶에 뛰어들게 될 겁니다.

마음을 담아,
러셀과 존

이 고통이 조금이라도
줄어들긴 하나요?

Q 오클라호마에서 스티븐 3년 전 어느 날 밤, 제 친구가 차에 치어 죽고 말았어요. 친구를 잃은 이 고통이 조금이라도 줄어들긴 하나요? 계속 친구 생각만 해요. 아마 학업 성적에도 영향이 있겠죠. 이 고통을 줄일 방법이 있을까요?

A 스티븐에게,

친구의 갑작스러운 죽음 때문에 스티븐 군의 삶이 완전히 망가진 상태이겠군요. 그리고 당연히 성적에도 영향이 있겠네요. 상실을 겪고 난 후 가장 흔히 나타나는 반응은 집중 불능입니다. 스티븐의 상태를 선생님들에게 알리고, 필요하다면 과제나 시험 기간을 연장해 달라고 부탁하세요. 그리고 현재 자신이 좀처럼 집중할 수 없고 앞으로도 당분간 그럴 것 같다면 스스로에게 너그러워지세요.

고통을 줄이려는 노력에 대해 이야기해 보죠. 모든 사람은 고유한 특성을 지닌 개별 존재이므로 생생한 고통이 얼마나 오랫동안 스티븐에게 영향을 미칠지 가늠하기는 힘듭니다. 고통과 싸우거나 회피하려고 애쓰기보다는 고통과 함께 가는 것이 최선이라고 말씀드리겠습니다. 당신이 느끼는 고통은 친구의 죽음을 겪고 나타나는 정상적이고 자연스러운 반응입니다. 당신의 머리와 마음과 몸이 앞에 닥친 낯설고 원치 않은 현실에 적응하면 고통은 자연스레 진정될 것입니다.

　하지만 고통이 줄어든다고 해서 죽은 친구와 감정적으로 정리된다는 뜻은 아닙니다. 당신이 상실에 적응해 간다는 뜻일 뿐입니다. 갑작스러운 죽음은 당연히 감정의 불완전함을 낳을 수밖에 없습니다. 상실감 치유 방법을 통해 해결되지 못한 감정을 마무리 짓는다면, 비록 스티븐이 여전히 슬픈 감정을 느끼고 친구를 그리워하더라도 고통이 사그라지는 걸 느낄 수 있을 거예요.

마음을 담아,
러셀과 존

아직도 아프고
화가 나요

Q 메인에서 린다 약혼자가 재작년에 죽었어요. 그 사람은 저의 '전부'였어요. 그가 세상을 떠났던 그때만큼 아직도 너무 마음이 아파요. 그일을 생각할 때면 참을 수 없는 분노가 치솟고요. 제가 이런 마음이 드는게 정상인가요?

A 린다에게,

보내 주신 글만 보고는 린다 양이 무엇 때문에 화가 나는지 잘 모르겠습니다. 순전히 그가 죽었다는 사실 때문인지, 그가 죽은 이유나 정황 때문인지, 아니면 뭔가 전혀 다른 문제가 있는지 알 수가 없네요. 당신의 분노를 유발하는 것이 무엇인지 구체적으로 모르는 상태에서 명확한답을 드리기가 힘들긴 합니다.

어떤 이유든 화가 나는 건 충분히 정상적인 반응입니다. 특히나 사랑하는 사람을 떠나보내는 일을 겪은 직후에는 더욱 그렇지요. 시간이 감정의 상처를 치유할 수 없다 하더라도 2년이 흐른 지금 시점에서는 린다씨의 격한 분노가 정상으로 보이진 않습니다. 아마도 린다 씨를 옭아매는 해로운 습관으로 자리 잡은 모양입니다.

많은 이들이 죽음의 원인에 얽매인 나머지 어떻게 그런 일이 일어날 수 있냐며 계속 분노합니다. 뿐만 아니라 그 죽음으로 말미암아 끝나 버린 관계를 두고 상처받은 감정을 치유하기 위해 아무것도 하지 못하고 있습니다.

물론 분노가 실질적인 감정이라고는 해도, 우리에게 중요한 사람이 죽었을 때 생기는 주된 감정은 아닙니다. 분노는 상실 후 우리가 느끼는 공포의 간접적인 표현일 경우가 많습니다. 달리 말하자면 두려움이 이렇게 말을 하는 셈이죠.

"그 사람 없이 내가 어떻게 계속 살아가지?"

"그 사람은 저의 '전부'였어요."라고 쓰신 걸 보니 참으로 좋은 관계를 맺으셨던 것으로 보입니다. 그런 만큼 린다 씨가 두려움의 감정을 느끼는 게 당연하겠지요. 제 짐작이 맞다면 린다 씨가 분노를 말하기보다는 이렇게 말해 보는 건 어떨까요?

"난 그 사람 없는 내 인생이, 내 미래가 여전히 두려워."

물론 여전히 분노를 느낄 수는 있으나 두려움이라는 진실을 덧붙이면 도움이 될 겁니다.

이유가 무엇이든 분노가 지속된다면 감정의 응어리를 해소하는 데 도움이 될 방법을 따를 필요가 있습니다. 그 사람과 함께하기를 바랐으나 이제는 실현하지 못할 미래의 모든 희망과 꿈과 기대를 감정적으로 완결지어야 합니다. 그래야 분노가 사라지겠지요.

상실감 치유 방법을 따른다고 해서 린다 씨 마음의 모든 슬픔과 분노가 모조리 사라진다는 말을 하는 게 아닙니다. 떠올리면 고통스럽게 변하던 기억을 이제는 애틋한 추억으로 간직할 수 있었으면 좋겠습니다. 그리고 그 사람이 죽음에 갇힌 존재가 아니라 삶 속에서 함께하는 존재

로 기억할 수 있었으면 합니다. 비록 그가 이 세상에 없더라도 린다 씨가
의미 있고 가치 있는 삶을 살았으면 합니다.

마음을 담아,
러셀과 존

남편이 끔찍하게
살해당했어요

Q 아이다호에서 익명 제 남편이 작년에 끔찍하게 살해당했습니다. 우린 서로를 무척이나 사랑하는 금슬 좋은 부부였어요. 저는 지금 아무 것도 제대로 하고 있지 못합니다. 재판이 다 끝나면 기분이 달라질까요? 더 좋아질 수 있을까요? 살인범은 현재 주교도소에서 재판을 기다리고 있어요. 그는 아직 피고인 답변도 하지 않았어요. 마음이 갈가리 찢겨 죽을 것만 같습니다.

A 아이다호에 계신 분께,

법정 문제에 휘말린 사실부터 살펴보죠. 슬픔에 빠진 사람들이 법적 절차에 뒤얽힐 때 심각한 감정의 문제가 발생합니다. 저희는 남편의 죽음으로 느끼는 당신의 슬픔을 넘어서 당신에게 더 마음이 쓰인다는 말을 전해드리고 싶어요.

아마 당신은 법의 정의가 행사되는 장면을 직접 봐야 한다는 필요성을 느끼겠지만, 그와 동시에 법정에서 전해지는 지속적인 자극이 너무나 커서 감당하기 힘드실 거라 생각됩니다. 더구나 남편이 잔인한 죽음을 당했다는 사실을 도저히 떨칠 수 없으시겠죠.

저희가 만나 이야기를 들어본 결과, 살해당한 사람의 유가족은 가해자

보다 더 많이 심문을 받는 기분이라고 하더군요. 부디 재판이 이뤄지는 날에 당신과 함께 법정에 동행할 믿을 만한 사람이 있기를 바랍니다. 그리고 적어도 한 명 정도는 매일 속내를 털어놓을 사람을 만들고 쌓여 가는 감정을 풀 수 있었으면 좋겠습니다.

지금 당신은 상심이 너무 커서 죽을 것 같은 심정이겠지요. 감정은 실제로 건강에도 영향을 미치기 때문에 앞서 언급했듯이 믿을 만한 사람에게 감정을 솔직하게 털어놓는 기회를 최대한 자주 가지세요. 그리고 상실감 치유 방법을 따른다면 심신의 건강을 유지하는 데 도움이 되실 거예요. 아마 지금쯤이면 범인이 유죄 판결을 받고 어떤 처벌을 받는지 아시겠군요. 여전히 남편의 죽음으로 상심한 마음 상태일 테고요. 상실감 치유 과정을 빨리 시작할수록 법정 문제로 생긴 긴장과 스트레스를 잘 해결할 수 있을 겁니다.

마음을 담아,
러셀과 존

가족들이 제 슬픔을
못 본 척 하네요

Q 버몬트에서 제니 5년 전 일입니다. 스물여덟 살이었던 아들이 갑자기 세상을 떠났어요. 제가 아들 얘기를 할 때면 가족 모두 하나같이 오랫동안 감정에 매몰되어 있으면 안 된다는 말만 하네요. 큰아들과 남편은 제 앞에서 죽은 아들 이야기를 하지 않아요. 제가 감정적이 될까 봐서요. 그저 가족들과 위안을 나누고 싶을 뿐인데 아들이 죽은 후로는 그 아이 이야기를 함께해 본 적이 한 번도 없습니다. 이게 이상한 건가요?

A 제니에게,
손수건이 아무리 많다 한들 슬픔의 눈물을 다 닦지는 못하겠죠. 저희가 오랜 기간에 걸쳐 깨달은 사실이 있습니다. 슬픔은 고유한 영역이며 슬픔의 감정을 겪는 속도는 사람들이 보통 살면서 경험하는 다른 사건에 어떻게 감정적으로 반응하느냐와 직접적인 관련이 있다는 것입니다.

짐작건대 제니 씨는 자신의 감정에 솔직하고 정서적으로 크게 반응하는 분으로 보입니다. 이것이 본인의 본성이고 방식인 셈이죠. 5년간 그 감정을 유지하고 있다는 건 당신에게 정상적인 일입니다. 앞으로 몇십 년간 지속될 수도 있겠지요. 이는 당신에게 중요한 사람이 세상을 떠났을 때 나타나는 정상적이고 자연스러운 반응입니다.

물론 제니 씨의 큰아들과 남편의 무반응에 저희도 애석한 마음입니다. 두 사람은 당신이 감정적으로 상처를 받지 않게 보호하겠다는 잘못된 믿음으로 죽은 아들 이야기를 삼가겠지만, 결국 이는 감정을 나눌 기회를 서로에게 빼앗는 일이 됩니다. 저희는 제니 씨의 아들과 남편을 판단해서 이런 말을 하는 게 아닙니다. "상실감에 빠져 애도하는 사람들은 자기한테 무슨 일이 일어났는지, 고인과의 관계가 어땠는지 이야기할 기회를 가져야 하고, 그런 기회를 갖고 싶어 한다."라는 사실 때문입니다. 슬픔에 빠져 허우적대고 있는 누군가를 가족들이 피하거나 모른 척 하는 건 흔하게 일어나는 일이기도 합니다.

이렇게 해 보는 건 어떨까요? 제니 씨가 큰아들과 남편에게 작은아들을 추억하는 시간을 갖고 싶다고 말하는 겁니다. 가족에게 더없이 큰 의미였을 작은아들과 함께한 추억을 기리는 시간을 마련하는 거죠. 물론 두 사람이 제안을 받아들일지는 알 수 없습니다. 사실 두 분은 있는 그대로의 감정을 표현하길 두려워할 수도 있습니다. 만약 그렇다면 그들은 작은아들의 삶과 연결된 기쁨과 슬픔 등 여러 감정을 환기하고 싶지 않겠지요. 그럴 경우에는 제니 씨가 마음을 나눌 다른 가족을 찾아보는 것도 방법입니다. 당신을 잘 알고 있으며 제니 씨의 작은아들도 잘 아는 사람, 감정을 털어놓고 솔직한 이야기를 함께 나눌 가족을 찾아보세요.

마음을 담아,
러셀과 존

가족들은 왜
분열될까요?

Q 켄터키에서 에이미 부모님이 죽음을 앞두고 있을 때 왜 가족들은 분열 될까요? 부모님은 가족을 위해 그 누구보다 정성을 쏟고 노력하셨 습니다. 하지만 어떻게 형제자매들은 문제를 회피하거나 모른 척하고 심 지어 큰 문제를 일으키기까지 할 수 있죠?

A 에이미에게,
좋은 질문입니다. 사람들은 왜 그럴까요? 특히 생사의 위기 상황 에서 말입니다. 이런 문제에 완벽한 답을 찾기란 우주의 비밀을 이해하 는 것만큼 힘든 일입니다. 그래도 저희가 여러 사례를 접하며 경험한 바 에 따라 이렇게 정리해 보았습니다. 가족 중 누군가 죽음을 앞둔 상황에 서 가정 내에는 두 종류의 관계 문제가 존재합니다.

첫째, 죽음을 앞둔 사람과 가족 개개인의 개인적이고 고유한 관계
둘째, 서로 다른 가족들의 개인적이고 고유한 관계

여러 관계에서는 좋은 관계도 있고 나쁜 관계도 있으며, 상당수는 그 두 가지 면이 혼합돼 있습니다. 심지어 험악하고 불쾌한 관계도 있겠죠.

이런 것들이 전부 뒤섞인 데다 꽤나 엉망으로 처신하는 모습들까지 눈에 띄어 감정적으로 재앙이 닥치는 순간들이 찾아옵니다. 돈이나 재산이 큰 문제가 되기도 합니다. 유산 문제를 둘러싼 사연은 차마 들려 드릴 수가 없습니다. 인간의 도의나 행실의 미덕을 의심하게 만들 만한 이야기이기 때문이죠.

가족 분열의 원인으로는 가족을 이루는 개개인의 행동 이면에 있는 '두려움'이 촉발제가 됩니다. 이런 의미에서 두려움은 이성적이지도 논리적이지도 않아 보입니다. 우리가 갖고 있는 무언가를 잃거나 원하는 것을 얻지 못할 때의 감정은 두려움과 연관돼 있습니다. 돈이나 재산, 소유와 얽히면 고약하게 처신하는 사람들을 많이 볼 수 있습니다. 우리 역시 물욕에서 완전히 벗어날 수 없을지도 모릅니다.

삶에서 중요한 누군가가 죽으면 엄청난 두려움의 감정이 덮쳐 와 감정 전체를 지배합니다. 소중한 누군가의 생명이 죽음의 문턱에 있고, 그 과정이 눈앞에 벌어질 때 우리는 죽어가는 사람과의 관계를 자연스레 되돌아보게 됩니다. 그리고 감당하기 힘든 감정에 사로잡힙니다. 그 관계가 좋았든 나빴든, 혹은 복합적이었든 간에 과거 두 사람 사이에서 벌어졌던 모든 일을 생각하게 됩니다. 후회와 연민, 아쉬움이 가득한 과거는 물론이고 영영 실현하지 못할 앞날에 대한 희망과 꿈, 기대까지 머릿속에 들어찹니다.

대부분의 사람들은 '후회와 아쉬움과 미련' 그리고 '희망과 꿈과 기대'라는 이름하에 묶이는 것을 제대로 해결하는 방법을 모르기 때문에 두려워합니다. 앞서 말했다시피 두려움은 이성적이지도 논리적이지도 않으며 아름답지도 않습니다.

저희가 에이미에게 도움을 드릴 부분은 이런 일이 일어나는 이유를 좀 더 이해할 수 있게 이야기해 주는 정도입니다. 무언가를 바로잡을 수도 없고, 이미 벌어진 일이나 당신이 가족과 함께 목격한 일에 대해 기분이 나아지게 만들지도 못합니다.

한 가지 제안해 드릴 게 있습니다. 에이미 씨가 생각하기에 형편없는 행동을 한 가족 구성원을 용서하는 건 어떨까요? 용서는 사적인 행동임을 명심하세요. 다른 사람에게 품고 있는 불편한 감정으로부터 스스로를 풀어 주기 위해 취하는 행동입니다. 누구든 직접적으로 용서하지도 말고, 직접 만나거나 편지, 이메일, 전화 통화로든 상대가 알아차리게 용서할 필요도 없습니다. 기대하지 않은 용서 발언은 상대방 입장에서 공격으로 받아들일 수도 있습니다.

분노를 안고 있는 상태에서는 부모님과의 사별을 겪고 생긴 슬픔에 집중하지 못합니다. 지금 가장 중요한 사안에서 스스로 벗어나 있는 거죠. 당신에게 큰 의미였던 소중한 사람에게 집중할 수 있도록 당신을 괴롭히는 사람들을 간접적으로 용서해 보세요.

마음을 담아,
러셀과 존

정상과 비정상을 나누지 말 것

사람은 누구나 보편적인 욕구와 두려움을 가지고 있으며 이를 표현하는 방식은 저마다 다르다. 일견 이해되지 않는 누군가의 지금 모습 속에도 과거의 상처와 욕구, 두려움이 담겨 있다. 그러니 우리는 겉으로 보이는 누군가의 모습을 보며 이해되지 않는다고 쉽게 고개를 돌리면 안 된다.

중학교 시절 나에게는 자신의 사이즈와 성별과 무관하게 커다란 남자 양복을 입고 다니던 왜소한 여자 영어 선생님이 있었다. 사람들은 그런 그녀를 이상하게 생각했었다. 일 년 내내 이어진 그 모습이 이제는 전혀 이상하다고 판단할 수도 없을 즈음, 나는 우연한 기회에 그 분이 입고 다니는 옷과 가방, 신발이 돌아가신 남편 분의 유품이라는 것을 알게 되었다. 그리고 이를 통해서 세상에는 정상이 아닌 것과 이상한 것의 경계가 불분명하다는 것을 깨달았다. 특히 사랑하던 누군가를 잃은 그 마음에 있어서는 어떤 절대적이고 완벽한 잣대도 감히 들이대서는 안 된다는 것도 그렇게 알게 되었다. 그러고 나니 상담실에서 만나는 상실의 아픔과 그 아픔으로 나타나는 반응이 이상하게 느껴질 수 있어도 결코 이상한 것이 아님을 알게 되었다.

슬픔과 그리움을 표현하고 해소하는 방식에는 매뉴얼이 없다. 사람은 누구나 저마다의 방식으로 삶의 고통을 견딘다. 그 고통을 감히 평가하게 된다면 아직은 아픔을 충분히 공감하지 못한 것이다.

PART
3

Russell & John

특별한 상황

3부에서는 각자의 경험과 관련된 많은 질문들이 나온다. 사람들의 사연과 그에 대한 저자들의 답변은 언젠가 자신에게 닥칠지 모르는 문제들에 대해 스스로 답을 찾을 수 있게 도움을 준다. 또한 어려움을 겪는 친구나 가족들의 이야기를 듣고 그들과 이야기를 나누는 방법을 알 수 있을 것이다.

아래 내용은 앞으로 살펴볼 특별한 상황을 정리한 것이다.

− 기념일을 맞이할 때

− 고통스러운 장면에 사로잡힐 때

− 죄책감과 비난을 맞닥뜨릴 때

− 죽은 사람에게 감정의 잔재가 남아 있을 때

− 아이들에게 죽음을 말할 때

명절, 기념일, 유품 Q&A

소중한 사람을 잃고 난 후 처음 맞는 기념일이나 명절은 더욱 힘든 시간이다. 하지만 상실 치유에 있어 날짜 자체는 중요하지 않다. 그보다 세상을 떠난 사람과 감정적으로 마무리 짓는 일에 집중해야 비로소 새롭게 나아갈 수 있다.

특별한 날
더 그리워져요

Q 오하이오에서 바바라 제 인생에서 가장 사랑한 사람이 크리스마스 이틀 전에 세상을 떠났어요. 너무나 사랑하는 남자가 눈앞에서 죽는 모습을 보는 건 인생에서 가장 슬프고 가슴 찢어지는 순간이었습니다. 그를 고향으로 데려가려는 신의 뜻임을 알면서도 저는 아무것도 할 수 없는 심한 무력감을 느꼈어요. 그가 떠난 후 홀로 처음 맞는 기념일입니다. 오늘 저는 너무나 공허하고 외롭기만 합니다. 그이와 부부로 함께 지낸 기간이 짧긴 하지만 보고 싶어 미치겠어요. 우린 매 순간 함께 했어요. 오늘따라 허무함과 외로움이 더 크게 다가옵니다. 이토록 슬픈 마음을 누그러뜨리려면 어떻게 해야 하나요?

A 바바라에게,
배우자가 세상을 떠난 경우 둘 만의 기념일은 더 큰 의미로 다가옵니다. 이런 날 당신이 느끼는 슬픔을 억누를 필요는 없습니다. 바바라 씨의 글에 나타나는 생각과 감정은 배우자의 죽음과 연관된 정상적이고 자연스러운 반응입니다. 특히 부부나 연인이 함께하는 중요한 기념일과 연관시킨다면 더욱 그러하죠.

당신이 슬플 때면 찾아가 위안을 얻었던 사람이 바로 남편이었을 텐데 더 이상 위안을 얻으러 그 사람에게 갈 수 없다는 사실이 바바라 씨에게 크나큰 문제가 된 것 같습니다. 그럼 이렇게 해 보세요. 당신이 어떤 감정을 느끼는 순간 그것을 표현할 대상을 곁에 두세요. 안심하고 이야기할 수 있는 몇 사람을 주변에 두는 겁니다. 당신의 감정을 말할 때는 가급적 간단하게 표현하세요. 당신의 고통을 구구절절 길게 이야기하지 않습니다.

당신이 슬픔이나 외로움 같은 감정을 느낄 때 믿을 만한 누군가에게 이렇게 말해 보세요. "지금 이 순간 난 너무 슬퍼.", "너무 외로워." 등 무엇이든 당신이 느끼는 감정을 표현합니다. 그런 식으로 힘겨운 순간이 지나갈 테고, 다음 순간으로 또 넘어가게 되겠죠. "오늘 내 마음은……." 이라고 말하는 대신 "지금 이 순간"이라고 얘기하세요. 한 가지 감정에 갇혀 있기에 오늘 하루는 너무 깁니다.

사별을 겪은 지 얼마 되지 않아 여전히 상실감이 낯설게 다가올 때 감정도 한없이 가라앉고 에너지도 바닥을 치겠지요. 집중하기도 힘들 겁니다. 자연스러운 현실을 받아들이세요. 그리고 감정을 충분히 느끼고 표현할 수 있게 스스로에게 여지를 줘야 합니다.

상실감 치유 방법을 따르면 당신이 느끼는 감정에 대처하는 법을 터득하게 되겠지요. 이것은 배우자의 죽음으로 응어리처럼 남아 있던 감정을 마무리 짓게 도와줄 뿐 아니라 미래에 대한 상실감도 해결해 줄 겁니다.

마음을 담아,
러셀과 존

가족과 함께할 수 없는
명절이 외롭습니다

Q 인디애나에서 레베카 엄마를 떠나보내고 맞는 두 번째 크리스마스입니다. 돌아가신 지 1년 반밖에 안 됐어요. 재작년엔 언니가 세상을 떠났고, 오빠도 지난 가을에 그 뒤를 따라갔어요. 휴일이나 명절이 점점 힘들어져요. 아마 짧은 시간에 소중한 사람을 연달아 잃어서 그렇겠죠. 이즈음에는 항상 우울감이 찾아오곤 합니다.

무엇보다 친구 집 아래층으로 이사를 가서 더 그런 거 같아요. 위층에 친구 가족이 사니까 아무래도 가족 생각이 많이 납니다. 휴가도 제게는 힘겹네요. 근래 동료들의 부모님과 형제자매가 세상을 떠났어요. 그것 때문에 제 상황이 다시 떠올랐고요. 조금이라도 기분이 나아지려면 어떻게 해야 하나요? 어떻게 다시 털고 나아갈까요?

A 레베카에게,
삶에서 중요한 사람들이 연이어 세상을 떠나면 우린 마치 물에 빠져 죽어가는 기분이 듭니다. 수면 밖으로 고개를 내밀라치면 또 다른 파도가 덮쳐 와 물 아래로 밀어내 버립니다. 연이은 사별로도 하늘이 무너지는 기분일 텐데 세상을 떠난 사람들과 뭘 어떻게 감정적으로 마무리 지어야 할지 모를 때 상황은 더욱 악화됩니다. 각각의 사별은 한 번에 하나씩 상실감 치유 방법을 거쳐야 합니다. 관계마다 따로 적용하는 거죠.

이 과정은 고인과의 관계에서 감정적으로 정리하지 못한 채 남아 있는 부분을 찾아서 마무리 짓는 데 도움이 됩니다. 그렇게 하다보면 마음 상태가 점점 나아질 테고, 다시 앞으로 나아가는 힘을 얻을 수 있습니다. 그리고 자신의 삶을 온전히 누릴 수 있겠죠.

마음을 담아,
러셀과 존

남편이 결혼기념일에
스스로
목숨을 끊었어요

Q 플로리다에서 재니스 발렌타인데이를 증오합니다. 이걸 어떻게 극복하죠? 그날은 제가 인생을 함께하고 가정을 이룰 한 남자와 결혼한 날인 동시에 함께 돌봐야 할 두 아이를 남겨 두고 그 사람이 자살한 날이기도 합니다. 그 이후로 계속 닥쳐오는 마음의 고통을 저 혼자 짊어지고 살게 한 날이라고요.

A 재니스에게,
기념일이나 명절처럼 중요한 날이 오면 소중한 사람이 죽었을 때 우리가 느낀 슬픔은 물론 여러 감정까지 곱절로 찾아옵니다. 그 죽음이 자살일 때 감정 수치는 걷잡을 수 없이 치솟아 버리죠. 이럴 때 복합적인 감정으로 인해 생기는 문제가 있습니다. 남편이 어떻게 죽었는지, 언제 죽었는지가 중요한 것이 아니라 죽었다는 사실이 중요함에도 주의를 딴 데로 돌리고 마는 것이죠. 수많은 사람들에게 이와 비슷한 사연을 들어 본 내용에 근거해 짐작건대, 죽음을 앞에 두고 무엇이 더 중요한지 판단하는 일이 어렵다는 것을 잘 알고 있습니다.

아마 남편은 그날을 의도적으로 골랐을 테고 그 사실이 재니스 씨의 마음에 또 다른 충격을 가했을 겁니다. 저희가 해 드릴 수 있는 일은 당신이 남편의 자살과 죽은 날짜에 집착하지 않도록 조심스럽게 관점을 돌려놓는 일입니다. 그리고 당신과 인생을 함께했던 남편과의 관계 전체를 바라볼 수 있게 돕는 것입니다. 두 사람이 함께한 여정의 마지막이 아니라 삶 전체를 바라보게 하는 거죠. 당신이 그가 죽었다는 사실보다 자살했다는 점에 몰두한다면 당신과 남편이 쌓아 온 관계가 죽음에 가려지고 말 것입니다.

발렌타인데이라는 날짜와 관련해서도 마찬가지 얘기를 해 드릴게요. 그날과 연관된 감정이 당신을 늘 따라다니겠지만 그 날짜 자체는 중요하지 않습니다. 그보다 세상을 떠난 남편과 감정적으로 마무리 짓는 것이 중요할 뿐이죠. 이 사실이 당신에게 도움이 되었으면 합니다.

재니스 씨 글에서 "그 이후로 계속 닥쳐오는 마음의 고통을 저 혼자 짊어지고 살게 한 날이라고요."라는 가슴 아픈 구절을 보건대 두 분의 관계에서 뭔가 힘겨운 부분이 있었던 것 같습니다.

당신의 자녀가 그들의 삶은 물론 상실감의 문제까지 잘 이겨낼 수 있게 하려면 재니스 씨부터 상심한 마음을 회복하셔야 합니다.

마음을 담아,
러셀과 존

고통의 수레바퀴 속에 있는
기분입니다

Q 텍사스에서 사만다 작년에 엄마가 돌아가셨어요. 그 후 처음 맞는 어머니의 날인데 저에게는 엄마가 없네요. 너무 힘들고 고통스러워요. 왜 그럴까요? 제겐 다른 가족이 없어요. 엄마가 유일한 가족이었습니다. 하지만 우리 모녀지간은 아무리 좋게 말해도 문제가 많은 가정에서 문제가 많은 관계였다는 말밖에 할 수 없겠네요.

A 사만다에게,

사만다 씨는 아주 많은 이유들로 힘들고 고통스러운 겁니다. 가령 대표적인 몇 가지 이유가 있겠죠.

1. '문제'의 수준이 어느 정도였든 간에 그 사람은 당신의 어머니였습니다.
2. 본인이 말했다시피 당신에겐 다른 가족이 없습니다. 어머니가 유일한 가족이었습니다.
3. 온통 가족과 관련된 명절이나 휴일은 특히 사별 후 처음 맞을 때 힘들기 마련입니다.
4. 어머니의 죽음으로 모녀지간의 문제를 해결할 가능성은 물론 관계를 회복하고 따스한 감정으로 서로를 대할 수 있다는 희망마저 빼앗겼습니다.

5. 후회나 아쉬움으로 점철되는 관계였다 할지라도 명절 같은 때 누군가를 그리워하는 건 정상적이고 자연스러운 반응입니다.

이상의 내용은 그저 몇 가지 이유겠지요.

만약 상실감 치유 방법을 거치지 않는다면 고통의 수레바퀴에서 벗어나지 못 할 거예요. 사만다 씨의 삶에 많은 영향을 미친 모녀의 문제에 끝없이 불을 지피는 고통의 순환 고리를 끊는 게 중요합니다. 돌아가신 어머니와 감정적으로 마무리를 짓는다면 새로운 습관을 들이고 긍정적으로 인생을 살아가는 자신을 보게 될 겁니다.

마음을 담아,
러셀과 존

졸업식을 앞두고
마음이 무겁습니다

Q 뉴햄프셔에서 애니 재작년에 아버지가 돌아가셨어요. 아빠가 안계시는 현실은 아직도 받아들이기 힘들어요. 저는 올해 고등학교를 졸업해요. 졸업식에 아빠가 꼭 계셨으면 좋겠다고 생각하는 게 정상인가요? 이기적인 생각 아닐까요?

A 애니에게,

애니 양의 고등학교 졸업식에 아버지가 계셨으면 좋겠다고 하는 마음은 지극히 정상입니다. 사실 지난 몇 년간 애니 씨 자신이 경험했겠지만 특별한 기념일에는 아버지의 부재가 더욱 사무치게 느껴지셨을 거예요. 발표회나 운동회 같은 여러 활동을 할 때면 애니의 친구들은 아버지와 함께할 테니 말로 표현할 수 없을 만큼 감정이 북받칠 겁니다. 이젠 그런 날 애니 양에겐 함께할 아버지가 계시지 않으니까요.

당신의 삶의 순간순간에 누군가를 원하는 마음, 또 중요한 날 부모님과 함께하고 추억을 만들기 바라는 마음은 절대 이기적인 마음이 아닙니다. 그러니 이 점을 명심하세요.

어린 나이에 부모님을 여읜 이들이 사별에 대처하고, 부모님의 부재로 하지 못한 모든 일을 정리하는 데 도움이 될 과정을 차근차근 따르길 바랍니다. 그럴 때는 관계 그래프를 그려보는 것이 도움이 될 거예요.

마음을 담아,
러셀과 존

관계 그래프 그리기 ●●●●●●●●●●●●●●●●●●●●●●●●●●●●●●●●●●●●●●

부모님과의 관계에서 어떤 일이 있었는지 그래프에 중요한 사건을 나타냅니다. 좋았던 일은 그래프 위쪽에, 나빴던 일은 그래프 아래쪽에 기입하는 방식입니다. 슬픔에 빠진 사람들은 평생 잊지 못할 기억을 확대해서 간직하는 경향이 있습니다. 그 기억 속에서 고인을 소중히 간직하거나 지독하게 괴롭힙니다. 그러므로 사실대로 정확하게 관계 그래프를 채우려고 노력해야 합니다. 그러려면 그래프 위쪽에 적어도 두 가지 사건, 아래쪽에도 최소한 두 가지 사건을 기입합니다.

부모님에 대한 기억이 전혀 없더라도 사진을 본 적이 있다거나 남들에게 이야기를 들은 적은 있겠죠. 보통 첫 기억은 두 살에서 다섯 살 사이일 겁니다. 집중해서 기억을 떠올리면 어떤 물건이나 장소, 사건 등이 생각날 수 있습니다. 의식 속의 첫 기억을 찾는 효과적인 방법은 자기가 처음 살던 집이나 동네에 관한 것을 무엇이든 떠올리는 것입니다. 부모님의 부재를 느꼈던 특별한 사건과 그때의 감정을 목록으로 정리합니다. 예를 들어 생일, 명절, 처음으로 이가 빠진 날, 초등학교 입학식, 재롱 잔치, 처음으로 이성 친구를 만난 날, 양부모와 다툰 날 등 범위가 다양하겠죠. (261~263쪽 참조)

관계 그래프에서 찾은 것들을 치유 요소로 바꾸고 정리 편지 쓰기

'사과하기', '용서하기', '중요한 감정적 표현'에 해당하는 내용을 정리합니다. 여기서 잊지 말아야 할 것은 중요한 감정적 표현을 할 때 꼭 용서하기가 동반되어야 합니다. 많은 사람들이 고통스러운 심정을 표현하면서 용서를 빼먹어 감정적으로 완결되지 못한 상태로 남게 됩니다. 예를 들어 이런 식이죠.

"엄마, 엄마가 자기 건강을 잘 챙기지 않아서 나를 두고 떠나가고 말았어요. 엄마가 없었기 때문에 많은 부분에서 내 삶이 비참해지고 말았어요."

이렇게 중요한 감정적 표현을 한 뒤에는 감정적으로 마무리 짓기 위해 다음과 같은 말을
덧붙이면 도움이 됩니다.

"하지만 엄마가 그랬던 걸 용서해요. 그래야 내가 자유로워질 테니까요."

관계 그래프를 치유 범주로 바꿔 정리한 다음에는 정리 편지를 씁니다. 다 작성하면 상실
감 치유 과정을 함께하는 짝이나 믿을 만한 사람 앞에서 편지를 읽고 마무리합니다. (136,
262~266쪽 참조)

*James John W. and Friedmand, Russell P. 《The Grief Recovery Handbook, 20th Anniversary
Expanded Edition》, Harper-Collins, 2009, 177쪽 참조

즐거운 시간을
보내려고 하니
죄책감에 사로잡혀요

Q 몬태나에서 진저 남편을 떠나보내고 처음 맞는 휴가입니다. 우리 부부는 45년 동안 함께 했어요. 남편이 없어도 가족들이 모이는 명절에 참석하고, 크리스마스 파티에도 가야 할까요? 저 혼자 즐거운 시간을 보낸다니 죄책감이 듭니다.

A 진저에게,

소중한 누군가를 떠나보낸 후 맞이하는 첫 해에는 유족들이 행복해하거나 농담을 하며 웃는 등 즐거워하는 일에 어려움을 겪는 경우가 많습니다. 진저 씨가 배우자를 그리워하고 함께 다니던 장소를 보며 그를 떠올리는 자체가 슬프기 그지없는 일입니다.

얼마나 고통을 느끼는지, 즐거운 일들을 얼마나 피하며 지내는지는 당신이 그를 얼마나 사랑했고 그리워하느냐를 가늠하는 잣대가 될 수 없습니다. 당신이 남편을 사랑했고 그리워한다고 말한다면 저희는 그 말을 믿습니다. 그리고 생전에 남편이 했던 귀여운 행동이나 웃기는 일들을 떠올리며 웃는다면 저희는 당신과 함께 웃으며 당신의 추억을 함께 나누겠습니다. 남편분 이야기를 하며 운다면, 그게 행복한 기억을 떠올리며 우는 것이라 해도 저희 눈에는 눈물이 고일 겁니다. 저희 역시 인간이니까요.

진저 씨가 남편과 함께한 45년이라는 세월 속에는 슬픔과 고통, 좌절은 물론 셀 수 없이 많은 웃음과 기쁨도 고이 들어 있음을 부디 명심하세요. 남편과 함께 했던 시간 동안 다양한 감정을 느꼈던 것만큼 그가 세상을 떠난 후에도 행복, 슬픔 등 온갖 다양한 감정을 느끼지 않을 이유가 있을까요?

이번 휴가에 가족 모임에 참석하느냐 마느냐는 진저 씨의 선택입니다. 앞서 말한 내용을 보시면 이미 저희 의견이 뭔지는 아실 거라고 생각합니다. 이 점도 기억하세요. 진저 씨가 잘 알고 믿을 만한 사람들과 함께 있다면 같이 웃고 울 수 있을 겁니다. 부디 진저 씨와 다른 사람들이 남편을 비롯해 더 이상 그 자리에 함께하지 못하는 모든 이들을 위해 건배를 하는 시간이 되길 바랍니다.

마음을 담아,
러셀과 존

진저 씨가 보내온 답장 선생님들께,

답장을 받고 깜짝 놀랐습니다. 두 분의 조언을 무척 감사하게 생각합니다. 말씀하신 내용 전부 제가 실제로 느끼는 거예요. 죄책감이 자꾸 제 앞을 막고 있죠. 두 분 말이 맞아요. 죄책감 때문에 행복하고 즐겁게 지내기가 힘들어요. 남편은 제가 이렇게 사는 걸 원치 않을 거예요.

그래서 이번에 가족들이 모이는 파티에 참석해 즐거운 시간을 보내기로 마음먹었습니다. 아이들에게 전화해서 이렇게 말할 거예요.

"그래, 가마. 식사는 몇 시에 할 거니?"

두 분에게 신의 은총이 함께하길 빕니다. 두 분이 하시는 좋은 일에도 축복을 빕니다. 두 분은 정말로 제 삶이 바뀌게 하셨어요. 진심으로 감사합니다.

언제쯤
놓아 드릴 수 있을까요?

Q 알래스카에서 셰릴 작년, 제 생일을 사흘 앞두고 아빠가 갑자기 돌아가셨어요. 아빠는 겨우 마흔아홉밖에 안 된 연세로 돌아가신 거예요. 제가 더 이상 멍하게 지내지 않고 아빠를 놓아 드릴 수 있을까요? 저는 매일 나쁜 꿈일 뿐이라고 생각하면서 아직도 아빠한테 전화가 오길 기다려요. 부모님과 사별한 현실이 견딜만해 지기는 하나요? 저는 이제 고작 스무 살이에요.

A 셰릴에게,

삶에서 생일은 중요한 날입니다. 우리가 그 특별한 날에 가장 먼저 떠올릴 사람은 바로 부모님이지요. 그렇기 때문에 셰릴의 생일과 가까운 시기에 아빠가 돌아가신 것은 엄청난 감정적 충격으로 다가옵니다. 그 충격은 셰릴의 생일과 아버지의 기일 모두 다 해당하겠죠.

멍한 느낌은 차츰 가라앉겠지만 '감정 노보카인'이라고 부르는 감정의 마취제가 효력을 다하면 적잖은 고통을 느낄 때가 있다는 사실을 유념하세요. 그런 상황에 적응해야 할 테지만 일단 인지하고 있으면 무방비 상태로 놀라거나 무서워할 일은 없을 겁니다. 소중한 사람의 죽음으로 생기는 정상적이고 자연스러운 반응의 일부이니까요.

갑작스럽게 사별을 겪을 때 그 일이 전부 악몽일 거라 여기는 감정은 전혀 이상한 게 아닙니다. 거듭 얘기하지만 정상적이고 자연스러운 반응입니다. 당신이 그런 감정이나 생각을 품기는 하겠지만 잘못된 것은 전혀 없습니다. 상심한 마음이 원치 않는 고통스럽고 낯선 현실에 적응하기가 얼마나 힘든지 우리에게 이야기하는 것이죠.

셰릴 양이 앞으로도 항상 아버지를 그리워하리라는 건 사실입니다. 셰릴 양에게 희망이 될 만한 개인적인 이야기를 들려 드릴까 합니다. 저의 어머니는 19년 전에 갑자기 돌아가셨습니다. 제가 셰릴 양보다 꽤 나이가 많긴 하지만 저 역시 도움이나 가르침이 필요한 순간에는 어머니를 찾아갔고, 그럴 때마다 제게 어떤 말씀을 하셨을지 상상하곤 합니다. 비록 물리적으로는 어머니를 잃었지만 저는 지금도 마음과 머릿속에서 어머니와 함께 합니다.

제가 우리 어머니에게 그랬듯, 셰릴 양이 아버지와의 관계에서 행복한 추억을 간직하고 아버지의 죽음에 적응할 힘을 기를 방법이 필요합니다. 상실감 치유 방법을 따르시길 바랄게요.

마음을 담아,
러셀과 존

이별 의식

크리스마스가 되면 더 외로워지는 사람들이 있다. 봄이면 지독한 우울감에 시달리는 사람들도 있다. 누군가의 생일이 찾아오면 더 사무치는 그리움에 힘겨워지는 사람들도 있다. 들떠 있는 행복한 사람들 사이에서 느끼는 외로움, 어느 시기만 되면 피할 길 없이 찾아오는 우울감, 여전히 그의 상실을 인정하고 싶지 않은 그리움은 언제고 우리를 찾아오지만 기념일이면 더 깊게 찾아온다.

상실한 이와 나에게 특별한 의미를 가졌던 어떤 날들이 이제는 외롭고 우울하고 슬픈 날이 되어버리고 만다. 괜찮았다가도 애써 묻었다가도 이 날만 되면 힘들어지는 마음을 어찌할 길이 없다. 이런 기념일은 혼자 보내지 않는 것이 좋다. 반드시 감정을 이야기할 수 있고 떠오르는 추억을 공유할 수 있는 다른 사람과 함께 하는 것이 중요하다.

또 한 가지 중요한 것은 '의식'이다. 우리에게 모든 의식은 심리적으로 중요한 의미를 가진다. 우리가 이 세상에 태어나고 누군가를 만나 축복하고 기념했듯 상실에 대해서도 기릴 필요가 있다. 개인적이든 공식적이든, 상징적이든 실제적이든 우리에게는 누군가를 보낼 의식이 필요하다.

이별 의식은 우리 마음에 위안이 된다. 마음으로 한 번 더 이별하는 의식을 통해 여전히 떠나보내지 못한 마음을 이해하고 상실을 건너갈 수 있다.

CHAPTER

고통스러운 장면에 사로잡히다
Q&A

소중한 사람의 마지막 모습은 마치 절대 사라지지 않을 것처럼 지속된다. 이럴 때는 생각하지 않으려고 애쓰기보다 그 장면이 정말 끔찍하고 고통스럽다고 인정하고, 그 사람과의 좋은 기억을 서서히 일깨울 필요가 있다.

마지막 모습이
눈에 떠나지 않아요

Q 사우스다코타에서 프랜시스 남편이 작년에 죽었습니다. 천식에 걸린 남편의 폐에 숨을 불어넣으려고 안간힘을 쓰며 노력했지만 어쩔 수 없었어요. 그가 숨이 막혀 고개를 치켜들고 눈을 이리저리 굴리는 모습을 봤어요. 저는 발을 동동 구르며 애를 썼지만 결국 그이를 되살리지 못했어요. 그의 마지막 모습이 머릿속에 하나의 장면으로 박혀 있어요. 그 장면이 계속 반복됩니다.

남편이 죽고 나서 몇 개월 사이에 새아버지와 시아버지도 돌아가셨어요. 슬픔의 무게를 감당하기가 너무 버겁네요. 뭘 해야 할지 도무지 모르겠어요. 매일 살던 대로 일상을 이어가고 여전히 일도 하지만, 그 어떤 것도 제 슬픔의 무게를 덜어 주지도, 눈물을 그치게 하지도, 숨을 쉴 수 없는 그이의 모습을 잊게 만들지도 못해요.

A 프랜시스에게,
세상을 떠난 누군가의 고통스러운 마지막 모습이 계속 되풀이되는 문제는 안타깝게도 수많은 유족들이 흔히 겪는 일입니다. 이는 우리에게 고통을 불러일으키는 것은 물론 사랑했던 사람을 생각하고 기억하는 자체를 두렵게 만드는 경우가 많습니다. 마치 우리가 떠올릴 수 있는 유일한 모습이 끔찍한 마지막 장면인 것 같아서 그렇게 느끼실 거예요.

이런 문제는 수많은 사람들이 겪고 있습니다. 그래서 저희는 이 책의 〈더 읽어 보기〉에서 '고통스러운 장면에 사로잡히다'(293쪽)라는 글을 썼습니다. 참고해 보세요. 사람들이 고통스러운 마지막 장면에 사로잡혀 있으면 변화된 삶에 적응할 수 있게 도움을 주는 상실감 치유 과정을 따르는데 어려움을 겪습니다. 윗글을 읽어 보시면 자신을 단단히 사로잡고 있던 고통스러운 기억의 영향력을 줄일 수 있습니다. 그런 다음 전보다 홀가분한 상태에서 상실감 치유 방법을 따를 수 있겠죠.

이를 따르면 여태껏 느낀 슬픔의 무게감이 줄어들게 됩니다. 그리고 죽음이 아닌 삶과 연결시켜 남편의 기억을 떠올릴 수 있을 겁니다.

마음을 담아,
러셀과 존

아버지의 비참한 죽음을
목격했습니다

Q 플로리다에서 익명 아버지가 몇 달 전에 비참하게 돌아가셨습니다. 제가 그 사건의 목격자였고요. 저는 지금 하루하루 몸부림치는 심정으로 살아요. 남들 앞에서는 좋은 얼굴로 있지만 속으로는 전혀 괜찮지 않아요. 매일 울어요. 아버지 얘기를 하는 것도 힘들고요. 아무도 아버지 얘기를 꺼내지 않았으면 좋겠어요. 그 얘길 들으면 슬퍼지니까요.

제 딸이 외할아버지 얘기를 꺼내면 전 그 자리를 피합니다. 아버지가 돌아가셨다는 사실은 알지만 무슨 이유에서인지 받아들이기가 몹시 힘들어요. 이게 꿈인 것 같아 곧 깨어나겠지 싶은 순간이 많네요. 아버지가 너무 그리워요. 저 좀 도와주세요.

A 플로리다에 계신 분께,
당신의 머릿속에는 아버지의 죽음이라는 '비극'적 측면이 강렬하게 박혀 마음이 흔들리고 있군요. 사실 아버지가 순리대로 돌아가셨다 해도 똑같이 상심하겠죠. 저희가 오랜 세월 살펴본 바로는 소중한 사람이 어떻게 죽었는지 골몰한 나머지 그 죽음 자체가 자신의 마음을 찢어지게 한다는 사실을 제대로 보지 못하는 사람들이 있습니다.

당신의 글에서 "아무도 아버지 얘기를 꺼내지 않았으면 좋겠어요. 그

얘길 들으면 슬퍼지니까요."라는 부분을 짚고 싶습니다. 사별 앞에서 슬픔을 느끼는 건 정상적이고 건강한 감정적 반응입니다. 슬픔에서 멀어지려고 하기보다는 받아들이고 다가가는 게 좋습니다. 당신 자신과 딸에게서 슬픔의 자연스러운 감정을 빼앗지 마시고 함께 나누세요. 솔직하게 이야기하고 마음이 북받치는 대로 울어 버리면 고통이 줄어들고, 아버지와 나눴던 추억을 따스한 마음으로 이야기할 수 있음을 깨닫게 됩니다.

아버지의 죽음을 받아들이기 힘들고 마치 꿈인 듯 느껴진다고 하셨죠. 이것 역시 유족들에게 일반적으로 나타나는 감정이자 생각입니다. 그 자체가 당신이 아버지를 그리워하는 마음을 대변하는 거죠. 비극적인 사건, 특히 우리가 미처 준비하지 못한 '갑작스런 죽음'과 맞닥뜨릴 경우 적응하기 힘든 것 역시 이상한 반응이 아닙니다.

마음을 담아,
러셀과 존

이 기회로
더 강해질 수 있을까요?

Q 미네소타에서 사만다 할아버지는 제게 아버지나 다름없는 분이셨어요. 저는 눈앞에서 할아버지가 돌아가시는 모습을 봐야 했어요. 모든 일이 순식간에 일어났고 여전히 저는 하루가 멀다 하고 눈물을 쏟아요. 이 상황이 언제쯤 끝날지 모르겠어요. 어떻게 끝낼 수 있죠? 어떻게 해야 이 일을 기회로 더 강해지는 방법을 찾을 수 있나요?

A 사만다에게,

짧은 글이지만 여러 가지 이야기를 담고 있군요. 먼저 사만다와 할아버지의 관계가 부녀지간 같았다는 사실이 아주 중요합니다. 단순히 할아버지가 어떤 상황에서 돌아가셨고 얼마나 빨리 세상을 떠나셨는지의 문제가 아닙니다. 사만다의 삶에서 할아버지가 영향을 미친 애정 어린 일들이 많았다는 부분을 봐야겠죠.

많은 사람들이 고인과의 관계에서 마지막 모습에만 집중한 나머지 관계 전체를 바라보는 시각을 놓치곤 합니다. 상실감 치유 방법을 따르다 보면 차츰 할아버지와 얽힌 감정을 정리하는 데 도움을 받을 수 있을 거예요. 그리고 나면 할아버지와 함께한 모든 것을 기억해 낼 수 있습니다.

또 하나 눈에 띄는 요소가 바로 '종결'이라는 단어에 담긴 생각입니다.

우리의 책《슬픔이 내게 말을 거네The Grief Recovery Handbook》를 보면 종결이라는 단어가 딱 한 번 나옵니다.

"종결은 별 도움이 되지 않는 부정확한 단어이다."

저희가 생각하기에 종결은 부정확하고 두려운 무엇인가를 암시하며 관계의 끝을 뜻합니다. 우리에게 중요한 누군가가 죽었을 때 고인과의 관계에서 끝이 난 것은 단지 물리적인 부분입니다. 감정적이고 정신적인 측면은 살아 있는 한 쭉 지속됩니다.

저희는 종결보다는 완성이라는 말을 선호합니다. 과거에 대한 후회, 아쉬움, 미련 그리고 고인과 함께하지 못할 미래에 대한 희망, 꿈, 기대를 감정적으로 완성할 수 있게 도와 드릴 것입니다.

마음을 담아,
러셀과 존

외상후
스트레스일까요?

Q **테네시에서 익명** 아홉 달 전이었습니다. 마흔셋밖에 안 된 제 형이 암으로 죽어가는 모습을 지켜봤습니다. 암은 아무 경고도 없이 불시에 형을 덮치더니 넉 달 후 하늘로 데려가 버렸습니다.

형이 힘겨워 하는 내내 그리고 마지막 숨을 몰아쉴 때도 저는 형의 곁에 있었습니다. 지금도 형을 생각할 때마다 눈물이 납니다. 어느새 저는 예전과는 다른 사람이 돼버렸습니다. 제가 외상후 스트레스 장애를 겪는 걸까요? 형이 정말로 세상을 떠난 것 같지 않다는 생각만 듭니다. 어떻게 이 상황을 헤쳐 나갈 수 있을까요?

A 테네시에 계신 분께,
젊은 나이에 투병하다 끝내 세상을 떠난 형의 마지막 모습을 보셨군요. 그와 관련해 몇 가지 장면이 당신의 머리와 마음속에 생생하게 재현될 거라는 생각이 듭니다.

저희는 의사도 치료사도 아닙니다만, 당신이 외상후 스트레스 장애를 겪는다고 생각하진 않습니다. 별의별 진단이 나올 수는 있지만 만약 정확한 진단이 아니라면 억울하게 제지를 받고 지낼 수도 있습니다. 당신이 슬픔으로 상심해 있다는 것을 압니다. 아마도 아주 끈끈한 형제지간이었던 것으로 보입니다. 그런 형이 죽음을 맞닥뜨린 상황에서 당신은 감당하기 힘든 감정의 무게에 눌려 어떻게 하면 벗어날 수 있는지 가늠도 못하고 있을 겁니다.

저희의 짐작이 맞다면 먼저 이 말씀부터 드리고 싶습니다. 이미 수개월 지속되었다 해도 당신이 느끼는 슬픔은 정상적이고 자연스러운 반응입니다. 상심한 마음 상태라고 해서 외상후 스트레스 장애나 다른 질병을 의심하며 병리학적 진단을 받을 이유는 없습니다. 형의 때 이른 죽음으로 함께할 미래의 희망과 꿈과 기대를 빼앗겼기 때문에 해결되지 못한 슬픔의 상당 부분은 앞으로 일어날 리 없는 미래와 연관돼 있습니다.

상실감 치유 방법을 따른다면 고통이 잦아들고 울컥하여 눈물을 쏟는 일도 줄어들 겁니다. 뿐만 아니라 형과 함께했던 나날의 소중한 추억을 긍정적인 마음으로 간직할 수 있겠지요.

마음을 담아,
러셀과 존

엄마가 돌아가신 그날을
계속 재현해요

Q 네바다에서 질 왜 저는 엄마가 돌아가신 그날을 머릿속으로 계속 재현하는 걸까요? 벌써 5년 전 일인데 마치 몇 달 되지 않은 일처럼 느껴져요. 엄마와 저는 무척 가까운 사이였어요. 저는 아직도 엄마가 편찮으셨을 때 사진을 보고 울며 지내고 있습니다.

A 질에게,
보내 주신 글을 보니 질 양이 속상하거나 슬플 때 찾는 사람이 어머니였을 것 같네요. 어머니의 죽음으로 당신의 슬픔은 더없이 깊어졌겠죠. 슬플 때 터놓고 얘기하고 싶은 사람 역시 어머니일 테고요.

소중한 사람이 죽었을 때 그 사람과 감정적, 정신적으로 계속 관계를 이어가는 사람들이 많습니다. 그들은 세상을 떠난 사람과 연결되어 있다는 느낌을 얻고 위안을 받습니다. 또 대화를 나누기도 합니다. 물론 일방적인 대화이긴 하지만 대개의 경우 우리에게 대꾸를 해 준다고 상상하곤 하지요.

세상을 떠난 사람을 기억하고 그들의 사진을 보고 때때로 슬픔에 젖어 그리워하는 모든 감정이 정상이라고 말씀드리는 겁니다. 그렇지만 그런 감정과 행동이 당신의 삶 전반을 지배하여 앞으로 나아가지 못하게 한다면 바꿔야 합니다. 어머니의 죽음과 관련해 감정적으로 정리할 수 있게 도움이 될 방법을 찾아야 합니다. 상실감 치유 방법을 따른다면 감정의 변화를 느낄 수 있습니다. 그렇게 되면 어머니의 마지막 날을 계속 되풀이하는 것도 점차 줄어들고 끊임없이 따라다니는 고통과 슬픔도 잦아들 거예요.

마음을 담아,
러셀과 존

더 이상 엄마의 딸이
아닌 것 같았어요

Q 오하이오에서 미란다 다섯 달 전에 어머니가 돌아가셨습니다. 영영 이 상태에서 벗어날 수 없을 것 같아요. 감당하기 힘들 정도로 고통이 큽니다. 엄마가 돌아가시기 전 제게 마음의 문을 닫고 내쳤다는 사실에 너무 화가 나요. 우린 정말 사랑이 넘치는 모녀지간이었어요. 전 엄마가 무슨 말이라도 하길 바랐었는데……. 제가 더 이상 엄마의 딸이 아닌 것 같다는 느낌까지 받습니다. 변화를 받아들이는 엄마만의 방식이었을까요? 저는 왜 이렇게 화가 나는 걸까요?

A 미란다에게,
슬프게도 죽음을 앞둔 사람들이 자기 인생에서 가장 중요한 이들에게 마음을 닫는 일은 자주 일어납니다. 부모가 자녀에게, 심지어 성인이 된 자녀에게도 그런 식으로 대하곤 합니다.

왜 그럴까요? 부모는 어떻게든 자신이 죽어가는 모습을 자녀들에게 보이지 않고 보호해야 한다고 생각하기 때문입니다. 자녀가 찾아오더라도 부모는 자신이 겪고 있는 것을 솔직하게 터놓고 얘기하지 않습니다. 이미 자식을 힘들게 했는데 그보다 더 큰 상처를 줄 수도 있기 때문이겠죠. 더 이상 엄마의 딸이 아닌 것 같다는 느낌까지 받았다는 글을 보니 참으로 마음이 아픕니다.

어머니의 태도로 인해 당신은 간절히 원하고 필요로 했던 소통의 기회를 빼앗겼습니다. 미란다 씨의 분노는 정당한 반응입니다. 이제부터 진짜 문제는 어머니가 돌아가신 것을 받아들이고 앞으로 당신이 무엇을 할 수 있느냐 입니다. 어머니가 병을 앓으면서 당신에게 곁을 주지 않고 내치기 시작했던 마지막 모습이 아니라 어머니와 당신이 나눈 관계 전체를 볼 수 있어야 합니다.

상실감 치유 방법을 따른다면 어머니의 마지막 행동만 끊임없이 돌아보지 않고, 어머니와 함께 했던 삶 전체를 돌아볼 기회를 얻게 되겠죠. 그렇게 하다 보면 분노가 사그라지고 당신이 살아온 대부분의 시간 동안 더없이 좋은 모녀지간이었다는 중요한 사실에 집중할 수 있을 겁니다. 그리고 미란다 씨 스스로가 엄마의 딸이라는 느낌을 되찾을 거예요.

마음을 담아,
러셀과 존

플래시백

누군가를 떠나보내고 우리는 한동안 그 사람과의 마지막 대화, 그의 눈빛, 웃음, 그가 말하는 방식 등 오직 '그'라는 한 사람을 구성하는 고유의 아름다움을 생각하게 된다. 동시에 다시는 이 모든 아름다움을 마주할 수 없다는 사실에 아파할 것이다. 너무 아프기 때문에 그만 떠올랐으면 생각하는 순간에도 그를 둘러싼 기억들은 불쑥불쑥 우리 마음을 점령할 것이다.

마치 영화나 드라마 속 과거 회상 장면처럼 우리 마음도 과거 장면을 반복적으로 떠올리는 '플래시백'을 경험하게 되는 것이다. 어느 정도의 플래시백은 자연스러운 과정이지만, 과거로 향하게 하는 플래시백이 지나치면 일상생활에 지장을 받는다. 이때에는 마음의 응어리를 풀어 주는 마음 작업이 반드시 필요하다. 상실은 감정적 응어리가 많이 남는 경험이기 때문이다.

CHAPTER

죄책감과 비난
Q&A

우리는 비극적인 일이 벌어졌을 때 죄책감을 느끼거나 비난을
일삼는다. 이것에만 정신을 쏟은 나머지 떠난 사람과의 관계를
제쳐 둔다면 에너지를 허비하고 시간만 버리는 결과를 낳을 뿐
이다.

조금만 빨랐어도,
조금만 늦었어도

Q 오클라호마에서 존 35년간 함께한 새아버지가 음주 운전자가 일으킨 사고로 돌아가신 지 이제 다섯 달이 지났습니다. 아버지가 돌아가신 그날은 제가 새 일을 시작한 첫 날이었습니다. 저는 고릿적부터 가족이 쓰던 낡은 트럭을 몰고 일을 하러 갔어요. 그날 하루 종일 머릿속으로 그려둔 상황이 있었습니다. 차가 말썽을 부릴 경우 여차하면 아버지한테 전화를 해야겠구나 싶었죠.

구구절절 긴 사연을 짧게 말하자면, 제 연락을 받은 아버지가 차를 몰고 오셔서 트럭을 고쳐 주셨고, 제 뒤를 따라 집으로 가던 중이었습니다. 그 순간 음주 운전자의 차가 아버지 차와 정면충돌했고 아버지는 몇 분만에 숨을 거두고 말았습니다. 저는 출근길과 퇴근길, 꼬박 하루에 두 번씩 그곳을 지나갑니다. 그날 제 머릿속에서 오간 생각들을 그 누구보다 제가 잘 알고 있다는 사실 때문에 감당하기가 버겁습니다. 사람들은 아버지가 늘 하던 대로 하셨을 뿐이라고, 때가 된 거라고 말합니다. 허나 저는 아버지가 그날 그 도로에 있을 수밖에 없었던 이유를 차마 모른 척할 수 없습니다. 이럴 때는 책임을 느끼고 저럴 때는 느끼지 말아라 하고 말하기야 쉽겠죠. 어쩌면 좋을까요?

존에게,

존의 글을 보면서 저 역시 새아빠인 입장에서 마음이 먹먹했습니다. 사람 사는 게 다 그렇듯 저도 교통사고를 비롯해 온갖 우여곡절을 겪으며 살았습니다. 과거 일을 돌아보며 그때 내가 집을 조금만 늦게 혹은 조금만 일찍 나섰더라면 그 사고는 일어나지 않았을 거라는 생각을 했습니다. 마찬가지로 이런 생각도 해 봤습니다. 내 삶에 믿기지 않는 일들이 벌어지지 않았다면 아내를 만나지도 못했을 테고, 지금 하는 일을 하지도 못했겠구나 싶었습니다. 우리 모두는 특히 비극적인 일이 벌어졌을 때 그 사실을 두고 '만약에'라는 생각을 하기 마련입니다.

지금 존에게 가장 큰 문제는 새아버지가 돌아가신 이유와 장면에 온 신경이 집중되어 있다는 겁니다. 당신이 새아버지 죽음의 전후사정과 그 모습에만 신경을 쏟는다면, 정말로 중요한 사실을 놓치고 있는 겁니다. 아버지와 당신의 관계가 어떠했는지, 아버지가 어떤 의미였는지, 아버지에게 얼마나 진심을 다했는지 등을 떠올리는 것에서 멀어지는 것이죠.

저는 아버지의 때가 된 거라는 생각에 동조하지 않습니다. 어쨌든 이성적인 측면에서 그게 맞는 얘기라 하더라도 슬픔에 빠진 당신에게는 아무런 감정적 가치가 없는 말이니까요. 존의 마음이 갈가리 찢겼다는 점을 이해합니다. 하지만 그때 벌어진 일로 존이 비난을 받아서는 안 됩니다. 부디 자책하지 않고 새롭게 살아갈 수 있는 힘을 얻길 바랍니다.

마음을 담아,
러셀과 존

내가 한 짓을
어떻게 받아들여야 하나요?

Q 오리건에서 올리비아 할머니가 얼마 전에 돌아가셨습니다. 저는 지금껏 할머니 손에 컸어요. 열일곱 살 때쯤 독립한 후로는 가끔씩 할머니를 뵈러 집에 가곤 했고요. 할머니가 저를 얼마나 사랑하셨는지도 알고, 생전에 저를 어떻게든 곁에 두고 지내고 싶어 하셨다는 것도 알았죠. 다시 고향으로 돌아온 그 주에 아버지가 저더러 할머니를 뵈러 가라고 하더군요. 그렇게라고 했지만 짐을 풀고 정리할 것도 있고 아들도 챙겨야 해서 찾아뵙지 못했습니다. 그런데 며칠 뒤 아버지한테 전화가 왔어요. 할머니가 돌아가셨다고요. 저는 그때 할머니를 뵈러 가지 않은 것 때문에 날마다 자책하고 또 자책합니다.

할머니의 유일한 가족은 저와 아버지밖에 없었습니다. 사실 아버지한테는 할머니뿐이었어요. 할머니의 장례식 즈음에 저는 슬퍼하지 않으려고 이를 악물었어요. 아버지와 제 아들을 위해 강해지려고 안간힘을 썼죠. 그래도 도저히 할머니 생각을 지울 수가 없어요. 매일 무언가가 할머니를 떠올리게 만들어요. 날마다 사무치게 그리워 울며 지냅니다. 매일 밤 기도하며 할머니에게 이야기해요. 저는 항상 트럭에 할머니 사진을 가지고 다녀요. 저는 그 사진을 두고 수호천사라고 부릅니다. 과연 이 현실을 받아들일 수 있을까요? 제가 한 짓을 어떻게 받아들여야 하죠?

올리비아에게,

오랜 세월 동안 저희에게 사연을 전한 사람들 이야기를 들어보면 올리비아 씨의 경우와 크게 다르지 않습니다. 다른 할 일에 발목이 잡혀 좀처럼 짬을 내지 못해 병중에 있는 누군가에게 전화를 걸지도 못하거나 직접 찾아가지도 못하는 사람들의 이야기죠. 결국 그 사람이 세상을 떠나 버려서 다시 만나거나 이야기할 기회를 놓쳐 버린 사연들이었습니다.

거의 대부분 올리비아 씨와 비슷한 상황이 벌어진 겁니다. 그 사람들 역시 참담한 마음에 당신이 한 말을 되뇌곤 합니다. "제가 한 짓을 어떻게 받아들여야 하죠?"라고요.

저희는 당신이 잘못된 일, 혹은 나쁜 짓을 '저질렀다'라고 여기는 생각 자체를 조심스레 바로잡고 싶습니다. 올리비아 씨의 글로 미루어 짐작건대, 고향으로 돌아가 새 보금자리에서 아들과 함께 자리를 잡으려고 애쓰셨던 것 같습니다. 이사가 얼마나 심신을 지치게 만드는 일인지 잘 압니다. 만약 할머니가 며칠 뒤 세상을 떠날 거라는 사실을 알았더라면 만사 제쳐 두고 당장 할머니를 뵈러 갔을 게 분명합니다.

"아버지와 제 아들을 위해 강해지려고 안간힘을 썼죠."라고 하신 말씀에 대해서도 드리고 싶은 말은 이것입니다.

"강해지시겠습니까, 아니면 인간다워지시겠습니까?"

둘 중 하나를 선택하세요.

마음을 담아,
러셀과 존

화해할 새도 없이
형이 세상을 떠났어요

Q 뉴멕시코에서 익명 형이 갑작스럽게 죽었습니다. 형이 죽기 전 두 달 동안 서로 말을 하지 않은 것 때문에 죄책감을 느낍니다. 예전에는 비밀도 나누고 언제나 서로를 의지하던 시절도 있었지만, 이제 형이 하늘로 가 버리고 나니 죄의식을 도저히 극복할 수가 없습니다. 하물며 싸운 뒤로는 형에게 음성 메시지가 여러 통 왔지만 듣지도 않고 다 지워 버렸습니다. 전부 되돌리고 싶지만 그럴 방법이 없어요. 어떻게 해야 하나요?

A 뉴멕시코에 계신 동생분께,
자신에게 중요한 누군가가 세상을 떠나면 과거에 대한 수많은 후회와 아쉬움과 미련이 남곤 합니다. 마지막으로 그 사람과 만났던 순간이 싸움이나 언쟁으로 끝이 났다면 일반적인 슬픔의 충격 그 이상의 감정 무게가 더 이상 돌이킬 수 없는 상태로 남게 됩니다.

당신이 쓴 글에서 '죄책감'이라는 말을 생각해 봅시다. 죄책감은 해를 끼치려는 목적이 전제되어 있었다는 뜻을 내포합니다. 물론 당신이 형과 말다툼을 한 것 때문에 얼마간 화가 나서 음성 메시지에 그런 반응을 했을 순 있습니다. 하지만 형에게 해를 끼칠 목적이 아니었고, 형제간의 의견 차이를 좁힐 기회를 갖기도 전에 형이 죽을 거란 사실은 꿈에도 몰랐을 거예요. 안다고 해도 상황을 바로잡지는 못합니다.

그렇지만 상실감 치유 방법을 따른다면 당신이 '극복'할 수 없다고 말한 부분, 다시 말해 당신이 짊어지고 있는 해소되지 못한 감정을 마무리할 방법을 찾을 수 있습니다.

사람과 사람 사이의 관계 속에는 수많은 요소가 포함되어 있습니다. 좋은 것, 나쁜 것, 가끔은 흉한 것까지 수두룩합니다. 누군가와의 마지막 대화가 영 좋지 않았다면 우린 마지막 순간만을 품고 살아가는 경우가 많고, 가끔은 그 사람과 맺었던 모든 일들을 망각하기도 합니다.

당신과 형 사이에서 있었던 일 그리고 하지 못했던 일을 감정적으로 마무리 짓는 방법을 배워야 합니다. 그래야 형과의 관계에서 그저 마지막 순간이 아니라 수십 년간 이어온 관계 전체를 기억할 수 있습니다.

마음을 담아,
러셀과 존

엄마를 허망하게
떠나보냈어요

Q 메릴랜드에서 버사 사랑하는 엄마가 아홉 달 전 갑작스레 세상을 떠나셨어요. 병원에 있는 동안 전혀 듣지도 못했던 병으로요. 저는 거의 밤낮으로 엄마 옆에 붙어 있었어요. 엄마가 돌아가시던 그날 제가 잠시 자리를 비운 사이 병원에서 전화가 왔어요. 갑자기 엄마가 돌아가셨다는 거예요.

부리나케 병원으로 돌아가 봤더니 엄마는 마치 텔레비전이라도 보려는 듯 등을 받치고 기댄 자세로 뉘여 있더라고요. 간호사한테 듣기로는 출혈이 심해서 돌아가셨다는데 정확한 이유는 말해 주지 않았어요. 제대로 답변을 들을 수 없었기 때문에 부검을 요청했습니다. 물론 엄마는 어떤 상황에서도 원하지는 않았을 테지만요.

엄마도 저도 전혀 알지 못한 병으로 돌아가셨어요. 진작 의료진이 발견해서 치료할 수도 있었던, 그래야 했던 병이었죠. 이렇게 졸지에 엄마를 잃은 감정적 트라우마를 어떻게 해야 하죠? 가슴에 큰 구멍이 뻥 뚫린 것 같아요. 허망하게 엄마를 잃은 것과 부검을 한 것에 죄책감이 들어요. 그리고 내가 뭔가를 할 수 있지 않았나 싶어 또 죄책감이 들고요.

우리 모녀는 단짝 친구처럼 정말 가까운 사이였어요. 제가 엄마를 돌보는 책임자였는데 우리에게 다가오는 복병을 제대로 보지 못한 거예요.

엄마가 저를 신뢰한 만큼 제가 엄마에게 실망만 안겨 드린 기분입니다.

A 버사에게,
　보내 주신 글 잘 봤습니다. 많은 내용이 담겨 있는데 그중 한 가지에 집중하고자 합니다. 죄책감이라는 단어를 두 번이나 쓰면서 이렇게 말씀하셨죠.

　"허망하게 엄마를 잃은 것과 부검을 한 것에 죄책감이 들어요. 그리고 내가 뭔가를 할 수 있지 않았나 싶어 또 죄책감이 들고요."

　죄책감은 해를 끼치려는 목적이 전제되어 있다는 뜻을 내포합니다. 당신이 어머니를 해하려는 의도가 있었다거나 어머니의 건강 상태를 간과했을 것이라고 생각하지 않습니다. 어머니가 건강을 회복하고 고통스럽지 않도록 당신이 할 수 있는 모든 것을 했으리라 믿습니다.

　그러니 '죄책감'이라는 단어를 떠올리지 말라는 조언을 해 드리고 싶습니다. 당신이 그 단어를 쓰거나 의미를 부여할 때마다 지금 당신을 절망에 빠뜨린 일에서 멀어지게 되니까요. 문제를 정확하게 보면 이렇게 말할 수 있겠죠.

　"저는 충격에 사로잡혀 있습니다. 병원의 의료진과 여러 전문가들이 엄마에게 실제로 무슨 일이 일어나고 있는지 찾아내지 못한 것 같아 엄청난 충격을 받았습니다. 환자에게 제대로 집중하지 않고 신경을 쓰지 않은 탓에 엄마의 생명을 살릴 수 있었던 순간을 놓친 건가 싶어 병원 측에 화가 납니다."

　다소 길고 이론적인 말로 들리겠지만 당신의 상황을 충실하게 반영했다고 생각합니다. 이렇게 말하고 감정을 표현하는 편이 차라리 낫습니다. 그래야 어머니의 죽음으로 당신이 감정적으로 마무리 짓지 못한 부분에 집중할 수 있습니다. 이 지점이 해결되지 않는다면 당신은 평생에 걸친 어머니와의 관계보다는 어머니의 죽음, 의료진과 병원에만 신경을 쏟으며 시간과 에너지를 모조리 허비하게 될 겁니다.

부검에 대해서도 당신의 뜻에 공감한다는 말씀을 드리겠습니다. 때론 어쩔 수 없이 약속을 어겨야 할 때도 있습니다. 어머니와 부검을 하지 않겠다고 약속했지만 어머니가 죽은 원인을 알아야 한다는 마음이 컸겠죠. 저희가 어머니를 대변할 수는 없어도 어머니 역시 진심으로 당신을 이해하시리라 짐작합니다. 비록 직접 전하지는 못하겠지만 어머니에게 용서를 구할 수 있습니다. 이 책에 나와 있는 '사과하기'와 '정리 편지 쓰기'를 참고해 보세요. ^(136, 262~266쪽)

마음을 담아,
러셀과 존

죄책감을
느끼게 될까요?

Q 캔자스에서 제럴드 25년 전쯤 어머니와 저는 심한 말다툼을 했습니다. 어머니가 저에게 하신 마지막 말은 "내 인생에서 꺼져 버려. 나가! 두 번 다시 연락도 하지 마!"였습니다. 저를 낳아 준 어머니에게 그런 소리 듣는 게 얼마나 큰 상처인지 차마 말로 표현하기 힘드네요.

한두 해 전, 어머니 생신이었습니다. 저는 어머니에게 생신 축하 이메일을 보내 깜짝 놀라게 해 드릴 생각이었습니다. 어머니가 깜짝 놀라긴 했습니다만, 제가 기대했던 방향과는 다르게 놀라셨어요. 저는 우리 모자가 서로의 차이를 이해하고 화해해서 다시 연결 고리를 찾을 수 있을 거라 기대했습니다. 하지만 어머니는 제 생각과 달랐습니다. 어머니를 설득하려고 애를 쓸수록 상황은 더 나빠져 제가 바라던 바와 정반대 방향으로 흘러갈 뿐이었죠.

어머니가 보낸 마지막 이메일은 너무나 냉정하게 들렸습니다.

"오래오래 행복하게 살길 바란다. 이젠 날 좀 내버려 둬라."

어머니 말로는 오랜 세월 만신창이로 지냈다고 합니다. 저는 어머니에게 답장을 하지 않았고 그쯤에서 모든 걸 놓아 버렸습니다. 또 다시 가까워지려고 해 봤자 별 소용이 없어 보이니까요. 어머니가 담배를 많이 태우셔서 아마 그리 오래 사시지 못할 것 같습니다. 돌아가신다면 제가 아무리 부정적인 감정을 없애려고 애를 썼더라도 원망이나 분노, 죄책감 같은 걸 느끼게 될까요?

A 제럴드에게,
"또 다시 가까워지려고 해 봤자 별 소용이 없어 보이니까요."라고 한 말에 동감합니다. 똑같은 장벽에 계속해서 머리를 부딪친들 무슨 소용이 있을까요?

더 큰 문제는 어머니가 세상을 떠났을 때 당신이 어떤 감정 상태일지 물은 것에 있습니다. 중요한 점을 잘 짚으셨습니다. 제럴드는 어머니와 다시 연결 고리를 만들어 오해를 풀고 새로운 관계를 맺기 위해 솔직한 시도를 했던 겁니다. 지속적인 노력을 해 오신 걸로 압니다. 글로 접하는 정보는 제한되어 있지만 적어도 저희의 관점에서 본다면, 어머니가 제럴드보다 일찍 돌아가신다 해도 그전만큼 당신이 감정적으로 크게 힘들진 않을 겁니다.

사실 저희는 당신이 어떤 감정을 느낄지 예측할 수 없습니다. 하지만 제럴드 씨와 어머니의 관계를 토대로 볼 때 당신이 어머니와 화해하려던 시도를 제쳐 두고서라도 만약 어머니가 돌아가신다면 정리되지 않은 숱한 감정적 문제를 가지게 될 겁니다. 25년 전의 사건과 그 일을 전후한 모든 것들이 여전히 당신과 어머니의 관계에 큰 부분을 차지하고 있습니다. 당신이 시도한 관계 개선의 노력을 포함해서 말이죠.

상실감 치유 방법을 따르길 권합니다. 그러면 지금까지 어머니와의 관계에서 벌어진 일은 물론, 하지 못했던 일들과 관련해 '정리'되는 기분을 느끼기 시작할 겁니다. 더불어 여러 감정을 느끼는 데 방해를 받지 않으면서 언젠가 어머니가 돌아가실 때 찾아올 감정과 마주할 준비가 잘 되어 있을 것입니다.

마음을 담아,
러셀과 존

책임을 물을 사람이
필요해요

Q 텍사스에서 익명 4년 전 아버지가 폐암으로 돌아가셨어요. 제 삶은 아직도 아버지의 죽음이라는 여파에 휩쓸리고 있는 것 같아요. 저는 매일 아버지를 그리며 울고, 아버지에게 말을 하고, 때론 아버지가 죽지 않은 것처럼 굴어요. 아버지가 절대 다시 돌아오지 못한다는 건 알지만 믿고 싶지 않아요. 아버지가 왜 세상을 떠나셔야 했는지 매일 생각하며 괴롭습니다. 저는 아버지한테 너무 화가 나고 왜 돌아가셨냐며 원망해요. 그게 아버지 잘못이 아닌 줄 알지만 저에겐 누군가 책임을 물을 사람이 필요해요. 지금 신의 존재는 중요하지 않아요. 여전히 이런 끔찍한 기분이 드는 게 정상인가요?

A 텍사스에 계신 분께,

사랑하는 누군가를 그리워하고, 그 사람에게 말을 하고, 그 사람이 곁에 없다는 사실에 한탄하는 것 모두 지극히 정상입니다. 사별한 지 4년이 지났다 하더라도요. 하지만 계속 아버지를 그리워하며 끊임없이 우는 탓에 자기 삶을 제대로 꾸리지 못하고 방해를 받는다면 벗어날 방법을 찾아야 합니다. 이 이야기는 이후에 하도록 할게요.

"왜 아버지가 돌아가셔야 하죠?"라는 가슴 절절한 질문에는 뭐라 답할 수가 없네요. 상심한 당신 마음의 소리를 대변하는 말이라고 생각합니다. 그리고 당신이 느끼는 분노와 책임을 물을 대상을 찾고 싶은 심정 역시 상심한 마음에서 생겨났다고 봅니다. 느끼시겠지만 당신이 그런 질문을 수백 수천만 번 하더라도 여전히 분노가 사그라지진 않을 겁니다.

슬픔에 빠진 사람들이 마치 쳇바퀴를 돌리는 다람쥐처럼 보일 때가 있습니다. 끊임없이 그 자리를 돌고 돌면서 벗어나는 방법을 모르는 것 같아요. 수많은 질문과 한탄, 분노의 감정에 점점 더 사로잡힐수록 당신이 겪는 고통을 분명히 확인하게 되고, 고통과 연결된 끈이 더 질겨지고 맙니다. 고통과 강하게 밀착돼 있다면 놓지 않고 싶은 마음이 드는 게 당연합니다. 당신이 느끼는 고통이 마치 고인을 향한 사랑처럼 느껴지니까요. 허나 그것은 절대 사랑이 아닙니다. 그저 고통일 뿐이죠.

유감스럽게도 당신이 우리 의견을 신뢰하고 받아들인다고 하더라도, 상황을 알고 있다고만 해서 문제가 해결되지는 않습니다. 그건 그저 자각이나 발견에 불과합니다. 회복이 수반되지 않는 발견은 반쪽짜리 가치를 지닐 뿐이죠.

감정을 느끼는 방법이나 살아가는 방식을 변화하기 위해서는 상실감 치유라는 중요한 방법을 배우면 좋습니다. 이를 따른다면 고통과 분노와 눈물이 차츰 사라지는 걸 느끼게 됩니다. 그리고 대답을 들을 수 없는 질문을 더 이상 할 필요도 없을 테고요. 물론 아버지와의 관계에서 쌓아 온 소중한 추억도 빠짐없이 간직할 수 있을 것입니다.

마음을 담아,
러셀과 존

어머니가 요양원에서
학대당하셨어요

Q 코네티컷에서 엘로이즈 저의 어머니는 아흔둘 연세로 돌아가셨습니다. 장수하신 편이죠. 저는 어머니의 죽음에 잘 대처하고 있고, 신실한 가톨릭교도로서 천국에 가셨다고 믿어요. 그렇지만 어머니가 요양원에서 학대를 당하며 지내셨던 시간을 떠올리면 도저히 참을 수 없습니다. 요양원 관계자들이 어머니를 함부로 대하고 몹쓸 짓을 하며 묵과했다는 사실에 참담한 심정입니다.

A 엘로이즈에게,
저희가 만난 여러 사람들 중에는 가족이 당한 일에 정신을 빼앗긴 나머지 사별의 슬픔에 오롯이 집중하지 못하는 이들이 많습니다. 참으로 안타까운 일이죠. 정신을 빼앗겼다는 뜻은 엘로이즈 씨가 중요하게 집중해야 할 것이 요양원이 아니라 어머니와의 관계여야 한다는 의미입니다.

엘로이즈 씨가 요양원 문제에 집중할수록 어머니를 제대로 보지 못합니다. 어머니가 천국에 계신 것을 알고 있다 하더라도 여전히 슬프고 그립겠죠. 어쩌면 어머니의 죽음으로 생긴 감정에서 스스로를 보호하기 위해 무의식적으로 요양원을 이용하고 있을지도 모릅니다.

어쩌면 지나치게 이 문제를 단순화하여 어렵게 들릴 수도 있지만 이 말씀을 드려야겠습니다. 엘로이즈 씨는 요양원 측에서 어머니에게 몹쓸 짓을 했다고 생각하시는데, 그들을 '용서'해야 합니다. 그래야 그 사람들이 아니라 어머니에게 다시 집중할 수 있습니다. 감정적 에너지를 그 사람들에게 몽땅 쏟아 붓는 것은 당신과 어머니의 관계에 옳지 않은 일입니다.

용서와 관련해 더 알고 싶다면 56쪽에 나와 있는 벤의 사연을 참조하시기 바랍니다. 어떻게 용서해야 하는지, 용서가 당신에게 어떤 의미인지 명확히 알 수 있을 겁니다.

요양원을 감독하는 기관이 어디가 되었든 그곳에 항의를 제기할 수만 있다면 주저 말고 행동에 옮기세요. 용서하라는 것이 정당한 사유가 있음에도 항의하지 말라는 의미는 아니니까요.

마음을 담아,
러셀과 존

살아남은 자의 슬픔

대구 지하철 참사 생존자들을 인터뷰한 어느 다큐멘터리에서 한 생존자가 이런 말씀을 한다. 그곳에서 죽은 사람들도 있는데 자신만 살아남았다는 죄책감에 힘들다고. 손을 뻗어 누군가를 구하려고 했다면 자신도 죽을 수 있는 절박한 상황을 건너왔음에도 그분은 죄책감을 느꼈고 여전히 괴로워하고 있었다. 세월호 사건 이후 생존자 유가족의 공식석상 첫 마디가 "저희만 살아 돌아와서 죄송해요."였던 것도 같은 죄책감을 담고 있다.

이처럼 자기 안의 많은 것을 잃고 겪지 않아도 될 피해를 입은 사람들이 오히려 죄책감과 자기 비난에 휩싸이게 되는 경우는 생각보다 많다. '내가 어떻게 했더라면' 혹은 '하지 않았더라면', '그들이 이렇게 했더라면' 혹은 '하지 않았더라면'이라는 꼬리에 꼬리를 무는 질문들은 이들의 마음과 영혼을 갉아먹는다.

주변 사람들의 무심한 반응 역시 이런 마음을 더 아프고 무겁게 한다. "왜 그랬어.", "이렇게 했어야지." 하는 말은 아무리 좋은 의도를 담고 있더라도 흔들리고 아픈 누군가의 마음에 가혹한 비난과 죄책감의 무게만 얹을 뿐이다.

상실을 넘어서기 위해 우리는 제대로 아파해야 한다. 죄책과 비난의 무게에 짓눌려서는 제대로 아파할 수가 없다. 죄책감과 자기비난은 애도를 방해한다. 그러니 우리는 '왜'라고 질문하며 평가하는 대신 "너와 함께 돌아오지 못해 슬프다.", "네가 그립다."라고 말해야 한다. 아무리 가혹하게 죄책감을 느끼고 비난을 하더라도 상황을 다시 되돌려 놓지는 못하니 말이다.

CHAPTER

죽음, 이혼,
어려운 관계
Q&A

사랑하는 사람을 잃은 것 이외에도 이혼, 실직 등 우리 주변에서
는 상실이 다양한 모습으로 일어난다. 어떤 모습의 상실이든 감
정적으로 마무리 짓기 위해서는 우리가 어떤 노력을 하느냐가 중
요하다.

죽은 사람에게
분노를 느끼는 게
정상인가요?

Q 뉴욕에서 카일라 2007년에 엄마가 갑자기 돌아가셨어요. 저는 그때까지 엄마와 한 번도 가까웠던 적이 없었습니다. 엄마는 저를 학대했고 약물에 중독되어 있었으니까요. 우리 관계를 이 상태로 남겨 두고 세상을 떠난 엄마 때문에 아직도 울컥 화가 치솟곤 합니다. 죽은 사람한테 분노를 느끼는 게 정상인가요?

A 카일라에게,

세상을 떠난 누군가에게 분노를 느끼는 건 지극히 정상입니다. 어머니가 돌아가시기 전에 두 분의 관계가 회복되지 않았기에 돌아가신 후에도 부정적인 상태 그대로 모녀 관계가 남은 셈입니다.

"죽은 사람이 산 사람 잡는 꼴이다."라는 옛말을 들어본 적 있을 겁니다. 지금 상황이 바로 이 표현이 딱 맞아떨어지는 예가 아닌가 싶네요. 가슴 아프게도 분명한 사실은 카일라 씨가 어머니를 살아 돌아오게 할 수 없다는 것입니다. 또 어머니가 유년기의 당신에게 저지른 일과 해 주지 못한 일들로 받은 상처에서 벗어나기 위해 직접 대화를 나눌 기회조차 없습니다.

하지만 어머니가 더는 이 세상 분이 아니라 해도 당신이 어머니와 감정적으로 마무리 짓기 위해 할 수 있는 일이 있을 것입니다. 그 과정을 거쳐 과거에서 벗어나 자유를 얻을 수 있다는 건 다행스러운 사실이지요. 상실감 치유 방법을 따르다 보면 분노가 줄어들고, 과거가 아닌 현재를 살아갈 새로운 능력을 발견할 수 있을 것입니다.

마음을 담아,
러셀과 존

마지막 대화가
좋지 않았습니다

Q 네바다에서 익명 최근에 올케언니가 세상을 떠났어요. 우린 1년 전쯤에 싸우고 나서 사이가 벌어졌습니다. 올케언니에게 사과했지만 언니는 제 사과를 받기는커녕 두 번 다시 저를 보려고 하지도 않았어요. 올케의 죽음으로 저는 슬픔에 빠졌습니다. 죽기 전에 연락할 길도 없었던 사람을 잃은 슬픔은 대체 어떻게 극복해야 하나요?

A 네바다에 계신 분께,
안타깝게도 당신의 사연은 저희가 자주 접하는 이야기입니다. 누군가가 죽기 전에 마지막으로 나눈 대화가 험악한 분위기로 끝난 경우는 많습니다. 애정 어린 마지막 대화를 나눈 좋은 관계에서조차 과거에 대한 후회, 아쉬움, 미련은 물론 이루지 못하는 미래의 희망, 꿈, 기대가 남아 있게 마련입니다. 이 말은 곧 마무리 짓지 못하거나 전하지 못한 말을 간접적인 방식으로 해결할 필요가 있다는 뜻입니다. 당신의 문제는 마지막 만남이 좋지 않았다는 사실뿐 아니라 그날의 대화를 완성하거나 매듭 짓지 못한 것도 있습니다.

제 얘기를 들려 드릴게요. 19년 전 어머니가 갑자기 돌아가신 후 깨달은 것이 있습니다. 내 갈 길 찾겠다고 아등바등하는 저를 두고 어머니가 포기하지 않은 것에 한 번도 고마움을 느껴본 적이 없다는 사실이었지요. 뒤늦었지만 제가 어머니에게 얼마나 감사한 마음을 갖고 있는지 직접 말씀드리지 못해서 간접적으로라도 고마움을 전하려고 했습니다. 당신의 경우 올케와 얼굴을 맞대고 문제를 해결할 수 없다는 현실에서 초점을 옮겨야 벗어날 수 있습니다. 마지막에 두 사람 사이에서 일어난 좋지 않았던 일 때문만이 아니라, 현재 당신이 스스로 해결하기 위해서라도 알아 둘 부분이 있습니다.

짐작건대 당신과 올케의 관계 속에는 좋은 점을 비롯해 여러 다른 요소가 많이 포함돼 있겠죠. 두 사람의 관계에서 단지 마지막 부분만이 아니라 전체를 아울러 보는 마음을 가져야 합니다.

마음을 담아,
러셀과 존

이혼 후 인생이
더 끔찍해졌어요

Q 텍사스에서 비비카 저는 5년 전 이혼했습니다. 이혼 소송을 제기한 쪽은 저였고요. 시간이 갈수록 점점 더 절망감과 슬픔이 깊어집니다. 남편을 사랑했지만 그를 떠난 제 자신을 탓하고 있습니다. 지금은 알고 있지만, 그 당시에는 어린 시절 학대받은 상처가 결혼 생활에 영향을 미친 줄 몰랐어요.

이제 전부 다 알고 난 후로는 그를 떠나기로 결정한 제 자신을 용서할 수 없다는 생각이 들어요. 문제에서 벗어나진 못했지만 대신 문제의 근원을 알아냈어요. 이혼 후 제 인생이 더 끔찍해지고 말았네요. 자기 의지로 이혼하고 나서 후회가 가득한 사람에게 해 주실 조언이 있나요?

A 비비카에게,
다른 것과 마찬가지로 상실감에도 "소 잃고 외양간 고친다."라는 말이 잘 들어맞습니다. 당신의 결혼을 망친 유년기의 앙금이 그렇듯, 풀리지 않은 상실감을 새로 자각한 후 따르는 문제가 있습니다. 무엇을 안다고 해서 회복되는 것이 아니라는 점입니다. 알게 되었다고 해서 전 배우자나 연인이 다시 돌아오지는 않습니다. 대부분의 경우 두 사람이 받은 상처가 너무 커서 바로잡기가 힘들 뿐이죠.

누가 이혼을 제기했느냐가 중요하게 여겨지겠지만 사실 핵심 요소는 아닙니다. 남편을 떠났다는 자책은 치유에 도움이 되지 않습니다. 당신이 문제를 초래했다고 언급하면서 자신의 고통을 계속 확인하며 상황을 악화시킬 뿐이죠.

당신에게는 이혼이 가장 중요한 쟁점으로 보이겠지만 우선 해결해야 할 것이 있다고 말씀드리고 싶습니다. 먼저 비비카 씨의 유년기로 돌아가 감정적으로 정리해야 합니다. 그때 당신을 학대한 사람들, 당신이 학대받는 걸 알지 못해 도움을 주지 못한 사람들, 혹은 당신을 별로 믿지 않았던 사람들과의 관계부터 감정적으로 마무리 지으세요.

당신이 과거 사람들과 문제를 완결 짓지 않고 유년기의 상처와 연관된 '신뢰 상실'을 회복하지 않는 한 전남편과는 물론 자기 자신과도 감정적으로 제대로 마무리를 지을 수 없습니다. 여기서 유념해야 할 점이 있습니다. 완결이나 마무리는 간접적인 방식일 뿐 당신이 다른 사람들과 뭔가를 해야 한다는 뜻이 아닙니다. 과거로 돌아가 오래전 관계를 해결하기 위해 상실감 치유 방법을 적용해 보세요. 당신에게 일어난 모든 것과 화해하고 새롭게 삶을 시작할 힘을 얻어야 할 때입니다.

마음을 담아,
러셀과 존

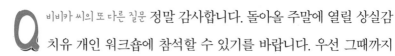

비비카 씨의 또 다른 질문 정말 감사합니다. 돌아올 주말에 열릴 상실감 치유 개인 워크숍에 참석할 수 있기를 바랍니다. 우선 그때까지 책을 읽어볼 계획입니다. 그리고 오늘 상실감 치유 연구소에 계신 어느 분과 상담한 후에 저희 지역의 치료 전문가에게 전화를 했습니다. 저는 자포자기 상태였지만 이 슬픔을 덜어 내고 점점 더 나아지기 위해 할 수 있는 뭔가가 있다는 사실을 아는 것만으로도 기분이 좋아집니다. 예전 같으면 이런 감정 상태로는 점점 나락에 빠져 자살하고 말 것 같다는 기분이 들었으니까요. 고맙습니다. 도움 받을 곳이 있다니 정말 다행이에요.

아, 그리고 상실감 치유 연구소 웹사이트의 글을 읽고서 제가 태어난 순간부터 겪은 모든 상실의 경험과 큰 변화를 목록으로 정리했더니 거의 두 쪽에 달하더군요. 수많은 고통의 순간이 있었어요. 목록으로 한꺼번에 정리해 확인한 과정은 나름대로 도움이 되었습니다. 유년기 학대의 슬픔을 비롯해 부모님의 죽음, 제대로 형성되지 못한 부모님과의 관계, 언니의 자살 등 짚어 봐야 할 부분이 아주 많네요. 제가 언젠가는 치유될 것을 알지만 힘겹긴 합니다.

또 한 가지 할 얘기가 있어요. 상실감 치유 방법을 거치는 동안 제가 새로 뭔가를 시작하는 게 너무 이르다고 말씀하진 않겠죠? 얼마 전에 아주 괜찮은 사람을 알게 됐거든요. 제 친구 커플의 친구예요. 그 사람은 2년 전 아내와 사별했고 저를 알아가고 싶어 합니다. 이게 좀 이른 건지 궁금해요. 제가 그 사람을 밀어내지 않는다는 걸 알아 줬으면 좋겠지만, 저는 아직도 이혼으로 인한 상실감에 괴로워하는 상황입니다. 새로운 누군가와 데이트하기 전에 조금 더 시간을 가졌으면 좋겠어요.

 비비카 씨에게,

당신의 글을 보고 참으로 뭉클했습니다. 멋진 미래를 이룰 수 있게 과거의 일을 잘 마무리하겠다는 희망 가득한 의지를 엿보고 감동도 받았구요.

섣부른 조언은 하지 않겠지만 누군가를 새로 만나기 전에 지금 문제를 마무리하는 게 최선이라는 말씀을 드리고 싶습니다. 아마 지금쯤 당신도 알고 있겠죠. 마음의 앙금을 새로운 관계로까지 끌고 가면 십중팔구 그 관계마저 망칠 위험이 있습니다. 이혼은 삶을 제한하는 현실이 되어 앞으로 누군가를 만나 새로운 관계를 맺는 데 부정적인 영향을 주기도 합니다. 전 배우자와의 관계에서 생긴 상실감을 풀지 못하면 두려움이 생겨 뭔가를 선택할 때 주저하게 됩니다. 그리고 감정적으로 더 이상 고통받고 싶지 않아 자기방어벽을 한없이 높이 쌓아올릴 수도 있겠죠. 그렇기 때문에 이전 관계에서 해결하지 못한 상실감을 마무리 해야 합니다. 다행히도 이 정리 과정이 그리 오래 걸리지는 않는답니다. 단순히 시간이 문제가 아니라 시간 내에 올바른 방법을 따르는 게 중요합니다.

개인적으로 몇 마디를 덧붙이고 싶습니다. 비비카 씨가 처음 보낸 아주 솔직한 글과 저희의 답변을 읽고 나서 보낸 가슴 먹먹한 두 번째 글까지 저희에겐 참으로 소중합니다. 오랜 세월 이 일을 하는 이유니까요. 비비카 씨 덕분에 큰 보람을 느낍니다. 감사합니다.

마음을 담아,
러셀과 존

가족과 연을
끊고 싶어 합니다

Q 위스콘신에서 로라 **누군가가 죽은 이후로 다른 가족들과 연을 끊고 싶어 하는 가족이 있습니다. 왜 그런지 이유를 알고 싶어요.**

A 로라에게,
저희가 이 주제를 가지고 책 한 권 분량으로 이야기를 하고 있지만, 이렇게 짧은 질문에 제대로 답변을 할 수 있을지 모르겠습니다. 저희가 접한 사연 중에는 사별 후 가족들이 서로에게 어떤 태도를 취하는지와 관련한 것들이 있습니다. 그렇게 된 이유로 꼽힐 만한 내용을 정리하면 다음과 같습니다.

- 가족 구성원 간에 오랜 문제가 숨겨져 있었는데 그 문제가 연장됨.
- 돈이나 재산, 부동산과 관련된 재정적 불안정에 대한 두려움.
- 많은 사람들이 자신의 슬픔에 대처하고 다른 사람의 슬픔에 반응하는 방법을 잘못 알고 있음.
- 한 가족이 웃어른을 중심으로 하여 공동의 관계로 느슨하게 결합돼 있는 경우가 아주 많음. 이 경우 구심점 역할을 한 사람이 세상을 떠나면 가족을 묶어 주던 결합재가 힘을 잃고 마치 모래 위의 집처럼 모든 게

금방이라도 무너질 상황에 이름.

짐작건대 로라 씨의 상황도 위의 경우 중 어딘가에 해당될 것 같습니다.

질문하신 부분에 일반적인 답변을 드리긴 했지만 사별 이후 가족들 사이에서 벌어지는 상실과 관련해 한 가지 물어보고 싶습니다. 가족이 연을 끊거나 뿔뿔이 흩어져 충격을 받았을 때 당신이 느낀 감정에 어떻게 대처하고 있습니까?

모든 상실의 경험과 마찬가지로 상실감 치유 방법을 따라해 보세요. 당신에게 중요한 의미였던 사람의 죽음을 감정적으로 마무리 짓는다면, 다른 가족들과 맞닥뜨린 상황을 대처하는 데도 도움이 될 겁니다.

마음을 담아,
러셀과 존

성인이 되어도
부모님을 그리워하는
어린아이 같습니다

Q 애리조나에서 익명 든든한 버팀목이 되어 주시고 넘치는 사랑을 주셨던 부모님이 돌아가신 지 12년이 흘렀습니다. 성인이 되어서도 여전히 슬프고 애통한 감정을 느끼는 것이 자식으로서 정상적인 모습인가요? 저는 여전히 부모님의 지지를 기대하고 도움을 그리워하는 어린아이 같습니다. 꾸준히 제 삶을 꾸려가고 있지만 때론 제가 자립한 지 얼마 안 된 느낌이에요.

그리고 폭력과 학대로 점철돼 있던 결혼 생활이 자꾸 생각납니다. 물론 제 아이들은 지금 다 자랐습니다. 손주를 돌보다 보니 별별 생각이 다 드네요. 이런 제 모습을 어떻게 생각하세요?

A 애리조나에 계신 분께,
상실과 관련해서 느낄 수 있는 감정은 그 범위가 꽤 넓습니다. 그렇기 때문에 오랜 세월이 지난 후에도 슬픔을 느끼고 누군가를 그리워하는 감정은 정상이라고 말할 수 있습니다. 시간은 중요한 사안이 아닙니다. 무엇보다 중요한 것은 '부모님의 죽음으로 인해 감정적으로 정리되지 않은 부분을 마무리 짓고자 어떤 노력을 했나?' 입니다.

시간은 감정적 상처를 치유할 수 없으며 남아 있는 감정을 마무리 짓지도 못합니다. 슬픔에 사로잡힌 상태를 벗어나기 위해 감정을 마무리 짓는 데 도움이 될 방법을 택하는 사람은 바로 당신입니다.

폭력과 학대로 점철된 결혼 생활이 자꾸 생각난다는 부분을 이야기해 봅시다. 손주를 돌보면서 자동적으로 당신의 자녀들을 떠올릴 테고, 그에 따라 결혼 생활도 떠오르는 게 당연합니다. 다시 한 번 말씀드리지만 결혼 생활에서는 학대받던 때부터 시간이 얼마나 많이 흘렀는지는 중요하지 않습니다. 당신은 배우자의 학대로 불안과 불신, 무력감이라는 고통스러운 감정을 얻었습니다. 이를 감정적으로 마무리 짓기 위해 당신이 어떤 조치를 취했느냐 혹은 취하지 않았느냐가 중요합니다.

슬픔은 사별뿐만 아니라 다른 상실의 경험에서 비롯된 감정과도 연결되어 있습니다. 아무쪼록 상실감 치유 방법을 따라서 전남편이 살아 있든 그렇지 않든 당신의 문제를 해결할 수 있기를 바랍니다.

마음을 담아,
러셀과 존

주변 사람들이
기억을 훼손시킵니다

Q 텍사스에서 익명 22년간 함께한 남편이 갑자기 세상을 떠났습니다. 아들과 손주, 친한 친구 그리고 저와 아주 즐거운 하루를 보낸 직후였죠. 그이가 집에서 숨을 거둘 때는 곁에 아무도 없었어요. 숨진 후에도 몇 시간 동안 혼자 있었던 거죠. 남편은 술 때문에 지옥 같은 세월을 보낸 뒤 이제 막 알코올 중독에서 벗어난 참이었어요. 진짜 자아를 찾아 돌아가던 중이었죠.

남편은 이제 이 세상에 없습니다, 그런데 사람들은 그의 지난 몇 년간의 모습만 기억하는 것 같아요. 저는 왜 남편의 진짜 모습을 사람들에게 계속 상기시켜 줘야 할까요? 그이가 정말 그리워요. 다른 사람들은 우리가 남편을 기억하고 추억하는 것을 훼손하고 있어요. 이것은 아직 십대인 아이들에게 정말 큰 상처가 되고 있어요. 가슴이 너무 미어져서 어떻게 반응해야 할지 모르겠습니다.

A 텍사스에 계신 분께,
안타깝게도 이런 문제를 이미 수차례 접했습니다. 아시다시피 알코올 중독은 끔찍한 파괴의 흔적을 남깁니다. 당신은 남편의 본모습과 술을 마시고 가끔씩 튀어나오는 험한 행동을 다 알고 있었겠지만 다른 사람들은 잘 몰랐을 겁니다. 어떤 이들은 그가 저지른 일 때문에 상처를 받기도 했을 테고요. 이유가 어떻든 사람들은 남편을 용서하고 싶은 마음이 별로 없겠지요.

다소 가혹하게 들릴 수도 있지만 그 사람들이 어떤 결론을 내리든 간에 당신은 그 뜻을 존중해 줘야 합니다. 당신이 할 일은 남편의 죽음으로 생긴 자신의 감정을 돌보는 일에 집중하는 것입니다. 당신이 이 과정을 잘 밟을수록 자녀들이 아빠의 진정한 모습을 알아갈 수 있게 도와줄 수 있습니다.

엘리너 루스벨트가 이런 말을 했습니다.

"열등감이란 본인이 동의하지 않는 한 절대 생기지 않는다."

이 말을 살짝 바꿔 이렇게 말씀드리고 싶네요.

"남편에 대한 당신의 기억은 당신이 동의하지 않는 한 함부로 바뀌지 않는다."

마음을 담아,
러셀과 존

출렁이는 양가감정

때로 우리 마음은 갈피를 잡기 힘들다. 깊이 사랑하지만 미운 마음이 들기도 하고, 다가가고 싶었다가도 확 밀치게 될 때가 있다. 여전히 사랑하고 있는 누군가의 상실 앞에서 우리 마음에는 어떤 것에도 오래 시선을 둘 수 없는 복잡 미묘한 양가감정이 들어찬다. 특히나 나를 있는 그대로 사랑해 주지 않았던 사람, 내가 온전히 사랑을 전할 수 없었던 사람과의 이별 과정은 우리를 감정의 롤러코스터에 태운다.

깊이 분노했다가도 그 감정을 표현할 대상이 떠났다는 사실에 대체 마음을 어디에 두어야 할지 혼란스러워질 수도 있다. 못 다한 말과, 아직 묻지 못한 질문들이 한으로 남아 우리 마음을 흔들 수도 있다. 남은 감정의 무게를 고스란히 홀로 감당해야 하는 것이다. 그런 현실이 답답하고 억울할 수도 있지만 삶이 그렇다.

그래도 괜찮다. 왜냐하면 어느 한 쪽으로 마음을 모으기 힘든 감정들에 시달리는 사람이 나 하나만이 아니기 때문이다. 우리는 서로가 서로에게 "사랑하며 미울 수도 있고 미워하면서 그리울 수도 있다."라고 위로해 주게 된다. 이 말은 타인에게 건네는 말일 뿐 아니라 스스로에게 주는 위로가 되기도 한다. 그러다 보면 우리는 어떤 치명적인 상실 속에서도 삶을 살 수 있다는 사실을 깨닫게 될 것이다. 상실로 인해 어느 한쪽으로도 마음을 둘 수 없는 황폐해진 순간들이 내 삶의 무늬이자 사랑의 자국이 된다는 것을 더 깊이 받아들이게 될 것이다.

CHAPTER

어린아이들
Q&A

어린아이들은 죽음이 무슨 뜻인지 잘 이해하지 못한다. 이럴 때
는 은유와 완곡어법을 피하고, 정확히 가르쳐야 한다. 또한 부모
의 솔직한 감정을 드러냄으로써 자녀에게 자신의 감정을 표현
하는 방법을 알려 준다.

두 살 때의 일이지만
여전히 헤어나지 못해요

Q 미시간에서 제이미 저는 두 살 때 아버지를 여의었어요. 이제 열여덟 살
이 됐고요. 아직도 아버지가 떠났다는 사실에서 헤어나지 못하는
게 정상인가요?

A 제이미에게,
아버지의 죽음으로 제이미의 삶이 큰 영향을 받았다고 생각하는
부분부터 살펴볼게요. 아버지가 돌아가셨을 때 제이미는 너무 어렸으니
아무래도 의식 속에는 아버지에 대한 기억이 거의 없겠죠. 그리고 어린
아이였던 제이미는 엄마가 제이미 아버지의 죽음에 어떻게 반응했는지
를 보면서 크게 영향을 받았을 겁니다.

자신에게 중요한 사람을 그리워하는 마음, 아주 멀리 떨어져 살고 있는
누군가를 보고 싶어 하는 마음은 정상입니다. 제이미가 아버지와 함께한
기억이 별로 없다고 해도 세월이 지난 후에도 아버지를 그리워하는 건 지
극히 정상입니다.

아버지의 죽음에서 '헤어난다'라는 부분을 살펴보죠. 저희는 자신에게
중요한 누군가의 죽음에서 '헤어난다'는 뜻이 곧 그 사람을 잊는다는 의
미로 비춰지는 것을 잘못되었다고 이야기합니다. 제이미는 아버지와 나

눈 기억이 많지 않다 해도 아버지를 잊지 않을 테고, 그 감정을 계속 간직할 게 분명합니다.

지금 나이에 이르러 제이미의 삶에서 아버지의 부재를 더욱 절감하는 것은 당연합니다. 단지 지금뿐만이 아니라 지난 16년 동안 그래 왔겠죠. 이 모든 것은 지극히 정상입니다. 언제나처럼 저희가 제안하는 방법은 아버지에게서 헤어나려고 애쓰라는 것이 아닙니다. 상실감 치유 방법을 따라 아버지의 죽음을 겪은 뒤 감정적으로 해결되지 못하고 남은 것을 찾아내 마무리 지어야 합니다.

마음을 담아,
러셀과 존

딸이 할아버지를 만나러
하늘나라에 가겠대요

Q 워싱턴에서 앨리 작년에 아버지가 돌아가셨어요. 세 살배기 제 딸이 외할아버지를 너무너무 보고 싶어 하네요. 비행기를 타고 하늘나라에 가면 할아버지를 볼 수 있냐고 물은 적이 많아요. 슬슬 걱정될 정도입니다. 이럴 땐 뭐라고 말해 줘야 할까요?

A 앨리에게,

어린아이들의 마음은 아주 민감하고 모든 것에 영향받기 쉽습니다. 때문에 주변의 어른들에게 들은 말을 곧이곧대로 받아들이곤 하지요. 앨리 씨가 천국을 실제 장소라고 보든 비유적인 의미로 생각하든 어린 딸은 하늘나라가 실제 있는 장소라고 생각한 게 확실하네요.

그 연령대의 아이들에게 하늘나라가 실제인지 비유인지 차이를 설명해 주기가 힘듭니다. 그래서 저희는 《우리 아이가 슬퍼할 때When Children Grieve》라는 책에서 은유와 완곡어법이라는 주제를 다루며 그런 말이 아이들을 얼마나 헷갈리게 하는지 설명했습니다. 어린아이를 혼동시키는 은유적 표현 중 전형적인 예로는 죽음을 '잠잔다'라고 말하는 겁니다. 많은 아이들이 관 속에 있는 할아버지를 보면서 잠자고 있다는 말을 들은 후에는 잠들기를 두려워합니다.

딸에게 혼동을 주지 않으면서 앨리 씨의 마음을 전달하려면 이런 식으로 대화를 하는 게 좋습니다. 딸이 "할아버지는 어디 가셨어?"나 "할아버지는 어떻게 된 거야?"라고 물으면, "할아버지는 돌아가셨어. 사람은 죽으면 하늘나라로 간단다."라고 답해 주세요. 이때 "할아버지는 돌아가셨어."라고 먼저 말해야 합니다. "할아버지는 하늘나라로 가셨어."라는 말을 먼저 하면 딸아이는 자기도 거기에 가고 싶다는 생각을 할 수 있습니다. 그리고 245쪽에 실린 베라 씨의 사연과 저희의 답변도 참고해 보셨으면 합니다.

"아이들에게 죽음을 정확히 가르치는 것 이외에, 사랑하는 사람의 죽음에 수반되는 부모의 당연한 감정도 드러내 보이십시오. 모든 면에서 당신이 아이의 안내자라는 사실을 기억하십시오. 죽음의 현상적인 측면은 지적인 사실입니다. 하지만 상실에 수반되는 느낌은 감정적인 것입니다. 이승에서의 삶이 끝난 후에 벌어지는 일에 대한 믿음은 영적인 것입니다. 이 세 가지 측면 모두가 중요합니다."[*]

마음을 담아,
러셀과 존

[*] 존 제임스 외, 홍현숙 옮김, 《우리 아이가 슬퍼할 때》, 북하우스, 2004, 294쪽 참조

죽음에
격한 반응을 보이는 딸

Q **앨라배마에서 익명** 열한 살 된 딸아이 아빠가 재작년에 죽었고, 그 아이의 할머니가 최근에 돌아가셨어요. 사람들이 아빠 얘기를 하면 딸은 잔뜩 성을 내고 안부를 물어도 기분 나빠합니다. 이게 정상적인 반응인가요?

A 앨라배마에 계신 분께,
딸아이의 반응이 지극히 정상이라고 하면 놀라실 수도 있겠네요. 특히 아이한테 안부를 묻는 질문에 그런 반응이 나오는 건 당연합니다. 만약 "어떻게 지내니?"라는 질문에 별로 공손하게 응대할 마음이 없는 사람이라면 대뜸 "내가 어떻게 지낼 거라고 생각해? 아버지가 돌아가셨어. 게다가 얼마 전엔 할머니까지 돌아가셨다구!"라고 화를 내며 쏘아붙이겠죠.

추측해 보건대 당신의 딸은 솔직한 얘기를 했을 때 묵살당하는 기분을 느낀 경험이 있을 겁니다. 예를 들어 사람들이 딸에게 안부를 묻고 딸이 사람들에게 "마음이 아파요."나 "지내기 힘들어요."라고 답하면, 사람들은 "아이고, 속상해 하지 마. 할머니는 더 좋은 곳으로 가셨을 거야."라고 말했겠죠. 솔직한 감정을 표현했다가 무안을 당한 경험이 몇 차례 쌓이다 보면 결국 안부를 묻는 질문을 싫어하게 됩니다.

사별을 겪은 사람들에게 기분이 어떠냐, 어떻게 지내냐고 묻는 건 좋은 생각이 아닙니다. 어쨌든 뭔가 의문을 나타내는 말이 되니까요. 대신 "아빠가 돌아가셨다는 소식을 들었어. 도저히 상상이 안 되는구나. 이 일이 너한테 어떨지……." 같은 말을 하는 게 좋습니다. 이러한 말은 끝을 올리면 질문으로 바뀌기도 합니다. '상상'이라는 단어는 말을 부드럽게 하고 주제넘은 듯한 뉘앙스를 덜어 내며 슬픔에 빠진 사람에게 내가 너의 답을 판단하거나 비난하지 않겠다는 뜻을 전합니다. 따라서 중요한 것은 누군가가 자신의 기분이 어떤지, 어떻게 지내는지 얘기할 때 상대의 감정을 섣불리 판단하지 않아야 합니다.

아마도 당신의 딸은 아빠와 감정적으로 마무리 짓지 못한 것 같습니다. 그녀가 뭘 했기 때문이 아니라 아빠의 죽음으로 모녀 사이에 마무리되지 못한 문제가 뒤따를 수밖에 없었기 때문입니다. 어른과 마찬가지로 아이도 상실감 치유 방법을 따를 필요가 있습니다. 아이의 상실감 치유 방법(267~272쪽)을 참고해 보세요.

마음을 담아,
러셀과 존

위탁 아동이 겪는
여러 번의 상실감을
어떻게 치유할 수 있나요?

Q 버지니아에서 캐롤린 아이들이 직면하는 구체적인 문제를 조금 더 말씀 해 주실 수 있나요? 저는 위탁 가정에 맡겨진 후 입양되는 아이들과 관련된 일을 합니다. 그 아이들은 앞으로 살아가기 위해 어쩔 수 없이 상실을 경험하게 되고, 저는 이 부분에서 '불가피한 상실감'이 생긴다고 생각합니다. 아이들이 아직 이런 상황을 감당할 수 있는 이해력을 갖추지 못했을 경우 제가 특별히 할 수 있는 게 무엇인지 의견을 주시면 감사하겠습니다.

A 캐롤린에게,
위탁 양육을 받는 아이들은 여러 번의 심각한 상실의 경험이 아니더라도 적어도 한 번쯤 상실을 경험할 겁니다. 이때에는 아이들의 나이에 따라 이해도와 기억이 제한될 수 있습니다.

기억 관련 전문가들의 말에 따르면 기억을 자각하는 시기는 세 살에서 여섯 살 사이인데 대개 여섯 살에 가까운 나이쯤이라고 합니다. 그렇다고 아이들이 그 시기 이전에 일어난 일이나 일어나지 않은 일에 영향을 받지 않는다는 뜻은 아닙니다. 일어난 사건을 기억하는 능력이나 나중에 그와 연관돼서 나타날 감정이 매우 제한되어 있을지도 모릅니다. 특히 아직 어린 나이에는 그렇겠죠. 이는 캐롤린 씨가 아이들이 '상황을 감당할 수 있는 이해력'이 없다고 말한 것에 해당되는 내용이기도 합니다.

현실이 이렇기에 위탁 양육을 받거나 입양되는 등 여러 상황에 처한 아이들을 돌보는 사람들이 제대로 교육을 받아야 합니다. 무엇보다 아이들이 인생을 헤쳐 나가면서 서서히 느끼게 될 감정을 다뤄줄 줄 아는 것이 중요합니다. 최소한 그 아이들이 상실감에 대처할 수 있는 확실한 토대 위에서 도움을 받는다면, 앞으로 살아가면서 다른 상실의 경험을 하게 되더라도 행복하게 자기 삶을 잘 꾸려갈 가능성이 커질 것입니다. 아이의 상실감 치유 방법을 참조해 보시고, 더 논의하고 싶은 부분이 있다면 언제든 연락 주세요.

마음을 담아,
러셀과 존

어린 자녀나
특수교육이 필요한 자녀에게
죽음을 어떻게 설명해 줄까요?

Q 펜실베이니아에서 베라 자폐증을 앓고 있어 특수교육이 필요한 제 아이에게 할머니의 죽음을 어떻게 설명할까요? 여덟 살인 제 딸은 경증 자폐 진단을 받았고, 경도 ADD(조용한 ADHD) 증상도 보입니다. 아이는 비교적 의사소통을 잘 할 줄 알아요. '할머니네 집'을 설명할 때마다 딸은 늘 할머니와 고모가 거기 산다고 말해요. 아이의 인지 능력은 비디오 게임 정도는 쉽게 하고, 가스레인지는 건드리면 안 된다는 걸 아는 정도입니다. 딸은 제가 야근을 하거나 출장을 가야 할 때마다 할머니와 사건을 보내곤 했어요. 사람들이 많은 공간에서도 단번에 할머니를 찾아낼 정도로 그 누구보다 할머니와 사랑이 넘치는 관계였습니다.

A 베라에게,
베라 씨가 말한 내용과 아이의 나이를 감안하면 아이는 분명 나무에서 떨어지는 낙엽 정도는 본 적 있을 테고 죽은 동물도 본 적이 있을 겁니다. 자연은 그 자체로 모든 아이들에게 죽음을 설명해 주는 가장 좋은 대상입니다. 딸아이의 이해력이라면 그 정도는 충분히 이해할 수 있을 겁니다.

그렇지만 어린아이들이 아직 죽음의 '영속성'을 이해하지 못하는 경우가 많다는 점을 아셔야 해요. 베라 씨의 딸도 이제 어느 정도 알 나이가 되었지만 아이가 서너 살, 심지어 여섯 살까지도 영원히 죽는다는 사실을 이해하는 데는 어려움을 겪을 수 있습니다. 아이의 나이에 맞는 언어를 사용해 최대한 잘 설명해 주시고, 필요하면 당신이 최선이라고 생각하는 다른 점도 고려해서 알려 주세요. 아무래도 이 세상에서 베라 씨가 딸을 가장 잘 알 테니까요.

죽음의 개념이나 전반적인 내용을 알려 준 후에는 할머니에 대해 얘기해 주면 됩니다. 얘기하는 과정에서 당신 역시 감정이 북받칠 수 있습니다. 그러면 감정을 억제하지 마시고 있는 그대로 보여 주세요. 사랑하는 사람이 죽으면 눈물이 나고 슬픈 게 정상적인 반응임을 설명해 주세요. 자연스레 슬픔을 표현하는 것이야말로 앞으로 딸이 살아가면서 겪게 될 다른 상실의 경험에 대처하는 데 훌륭한 가르침이 될 것입니다.

딸아이가 이 세상에서 할머니를 다시 볼 수 없다는 사실을 금세 이해하지 못해서 별 반응을 보이지 않을 수도 있습니다. 이때 아이가 감정이 없나 보다 하고 그 점에 너무 골몰할 필요는 없습니다. 모든 상황을 이해하기까지 시간이 걸릴 수도 있습니다. 평소 같으면 할머니가 참석할 명절이나 생일날에 처음으로 할머니가 보이지 않는다면 아이는 비로소 할머니의 부재를 깨닫게 됩니다.

아이들은 문자 그대로 받아들이기 때문에 완곡어법을 쓰시면 안 됩니다. "할머니가 멀리 가셨어."나 "우리가 할머니를 잃었어."라고 말하지 마세요. 그리고 천국의 존재를 믿는다고 해도 "할머니가 천국에 가셨어."라고도 하지 마세요. "할머니가 죽었어. 사람들은 죽으면 천국으로 간다고 믿어."라고 말하는 게 좋습니다. 이렇게 두 부분으로 나눠 얘기하는 게 매우 중요합니다. 이 점을 확실히 구분해 말하지 않으면 아이는 막무가내로 천국에 가서 할머니를 보고 싶어 하겠죠.

아이 할머니의 죽음과 관련해 베라 씨 자신이 얘기할 때도 확실히 표현해야 합니다. "엄마는 너무 슬퍼.", "엄마는 할머니가 정말 보고 싶어." 같이 말하면 됩니다. 딸이 자신의 감정을 어떤 식으로 표현해야 하는지 가르쳐 주는 거죠. 이 책의 239쪽에 실린 앨리 씨의 사연과 저희의 답변도 참고해 보세요.

마음을 담아,
러셀과 존

장례식이나 추도식에
아이들을 데려가도 될까요?

Q 일리노이에서 해럴드 아내가 작년에 죽었습니다. 아주 끔찍한 상황이었는데, 제 어린 손주들이 그 상황을 목격했고 할머니를 살리려고 애를 썼습니다. 언론에서는 그 사건을 대대적으로 다뤘고, 아이들은 할머니를 구하려는 용감한 행동으로 표창을 받았습니다. 시상식에 손주들이 참석했으면 싶다가도 아이들이 고통스러운 기억을 다시 떠올릴까 봐 걱정됩니다. 아이들이 참석해야 한다고 생각하십니까?

A 해럴드에게,

참으로 뭉클하면서도 마음 아픈 이야기네요. 아이들을 장례식이나 추도식에 데려가느냐 마느냐의 문제는 결혼식에 아이를 데려가느냐 마느냐의 문제와 같이 생각해 볼 수 있습니다. 이게 무슨 소린가 싶겠지만 결혼식과 관련한 긍정적인 감정뿐만 아니라 장례식과 관련한 슬픔, 애통 등의 부정적인 감정 역시 우리 삶의 일부이며 정상적이고 자연스러운 반응임을 똑같이 가르칠 필요가 있습니다.

결혼식과 장례식 모두 참석하기에 앞서 아이들이 식에 방해가 되지 않을 만큼 컸는지가 중요한 문제입니다. 그리고 어른들이 미리 충분한 설명을 해 주어 아이들이 얼마나 이해를 하고 있는지도 중요합니다. 장례식의 경우 누군가가 죽은 후에 사람들이 모여 함께 치르는 행사라는 의미를 알려 줍니다. 장례식의 종교적이고 영적인 측면도 설명해 줄 수 있겠죠. 그리고 장례식이나 추도식을 치르는 장소, 식에 참석할 때 적절한 옷차림에 대해서도 설명합니다. 무엇보다도 식이 진행되는 동안 방해되지 않게 얌전히 있어야 한다는 것과 눈물이 나면 울어도 괜찮다는 점도 알려 줍니다. 장례식에서 우는 사람이 많을 거라는 얘기도 해 줍니다. 누군가가 죽으면 슬퍼하는 게 당연하다는 사실을 알려 주는 기회이기도 합니다.[*]

다만 아이들이 감정적으로 크게 자극을 받는 이야기를 듣거나 장면을 볼 수 있으므로 참석하기 전에 잘 생각해 보셔야 합니다. 해럴드 씨의 손주들이 마음의 준비를 할 수 있게 하는 방법이 있습니다. 그 자리에서 무슨 일이 진행될지 설명을 해 주고 아이들이 그곳에 갈지 말지 결정할 수 있게 합니다. 손주들의 나이에 따라 장례식에 참석할 수 있다고 판단되는 아이는 데려가고 너무 어리면 데려가지 않는 게 좋겠죠. 그렇지만 장례식에 참석할지 말지는 강요할 문제가 아닙니다. 전적으로 아이의 선택에 따르는 게 맞습니다.

그리고 아이들과 이야기하기 전에 그날 행사를 촬영하는지부터 알아보세요. 영상으로 기록이 남을 경우, 아이들은 나중에라도 볼 수 있다는 사실을 알고 참석하지 않을 수도 있습니다.

이 점은 알아 두셔야 합니다. 저희가 진행하는 세미나와 훈련 과정에 참석하는 사람들 중에는 특정 모임에 참석할 수 없었다는 사실에 평생 불만을 품고 살아가는 이들이 많습니다. 그들은 작별 인사나 다른 소통을 할 기회를 빼앗겼다고 토로하곤 합니다.

'고통스러운 기억'을 이야기해 봅시다. 손주들이 그 행사에 참석하든 안 하든 그 기억은 그대로 있습니다. 할머니에 관한 여러 기억을 이야기하길 피한다는 건 별로 좋은 일이 아닙니다. 그런 기억은 점점 깊숙이 묻혀 있다가 예기치 않은 결과로 폭발해 버릴 수도 있습니다.

마음을 담아,
러셀과 존

아빠가
언제 오느냐고 물어요

Q 버몬트에서 제시카 지난 7월에 남편이 세상을 떠났어요. 아직도 마치 어제 일처럼 느껴집니다. 마음이 너무 아프고 여전히 믿기지가 않아요. 딸이 셋 있는데 아이들 역시 너무 슬퍼하면서 아빠가 언제 오느냐고 자주 물어요. 주변에선 다들 저에게 이제 그만 남편을 편히 쉬게 해 주라고 해요. 남편 얘기도 많이 하지 말고 묘지에도 가지 말라고 하네요. 제가 그이를 놓지 못하고 꼭 잡고 있는 게 잘못된 건가요?

A 제시카에게,
저희는 제시카 씨가 남편 얘기를 하거나 묘지에 찾아 가는 게 잘못됐다고 생각하지 않습니다. 그리고 당신이 뭔가를 하거나 하지 않는다고 해서 남편이 편히 쉬는 데 영향을 미친다고 생각하지도 않습니다. 물론 제시카 씨가 무엇을 하는지에 따라 당신이 딸들을 얼마나 도와주고 이끌 수 있는지가 좌우되긴 하겠죠.

저희는 이루 말할 수 없을 정도로 상심해 '그이를 놓지 못하고 꼭 잡고' 있으려는 당신의 간절함을 십분 이해합니다. 우리가 어떤 기분을 느껴야 하는지, 무엇을 해야 하는지 사람들이 이런저런 잘못된 정보로 말을 보태지 않아도 사별의 슬픔을 헤쳐 나가기란 모두에게 충분히 힘든 과정입니다.

　제시카 씨의 글에서는 딸들의 나이를 알 수 없어 구체적인 도움을 드리기가 힘듭니다. 아이들의 나이에 따라 사별을 이해하는 능력이 좌우되고 그 이해도는 감정에 영향을 미칩니다. 죽음의 영속성을 이해할 수 있는 아이들의 이해력과 나이가 어떤 관련성을 갖는지도 고려해야 합니다. 그리고 245쪽에 나온 베라 씨의 질문에 대한 저희 답변도 참조하시면 좋겠네요.

　아이들 말고 제시카 씨가 겪고 있는 사별의 슬픔도 이야기해 봅시다. 남편의 죽음을 받아들이는 본인의 태도와 관련해 상실감 치유 방법을 따른다면 변화를 감지할 수 있습니다. 현재를 잘 살고 딸들에게도 도움이 될 수 있도록 솔직하게 마음을 표현한다면 변화가 나타날 거예요.

마음을 담아,
러셀과 존

아이가 아빠의 죽음을
눈앞에서 보았습니다

Q 조지아에서 바바라 열두 살짜리 사내아이가 성탄절 아침에 유일한 가족
이었던 아빠가 침대에서 죽어 있는 모습을 발견했다면 어떻게 도
와주시겠어요? 아빠를 보낸 뒤 아이의 생활 전반은 별 문제가 없지만 아
이는 한사코 교회에 가지 않으려고 해요. 주변에서 억지로 가게 하진 않
았고요. 아이의 고모가 후견인을 찾는 중입니다. 저의 언니가 그 아이의
할머니예요. 아이가 태어났을 때부터 고모와 할머니가 아이와 가까운 관
계였죠. 서로 집이 가까워서 두 사람이 아이를 돌보고 있고요.

아무래도 할머니가 가장 가까운 관계라서 아이를 매일 보러 가요. 그
런데 올해 일흔한 살이 되신 할머니는 나이가 나이다 보니 하루 종일 아
이를 돌보기 버거워 합니다. 아이는 태어날 때부터 자기 고모와 할머니
가 다니는 교회에 다녔습니다. 아이가 목사님이랑 뭔가 얘기를 한 모양
인데 아무도 그 애가 왜 교회에 안 가려고 하는지 정확히 몰라요. 지금까
지는 아이가 가기 싫다고 하면 집에 데려다 주기만 했습니다. 앞으로는
어떻게 해야 할까요?

A 바바라에게,
참 어려운 상황이네요. 그런데 바바라 씨가 글에서 귀띔해 준 중

요한 정보가 있습니다. 바로 아이가 교회를 가지 않는다는 것에 잠재되어 있는 진실이 있습니다. 사실 교회 건물은 아버지의 장례식이 치러진 장소이기 때문에 아이에게 엄청난 압박감을 줄 겁니다. 아이는 아빠의 죽음으로 벌어진 그날의 기억 때문에 감당 못할 감정을 느끼게 되었고, 차마 그 건물에 있을 수 없는 겁니다. 성탄절 아침에 아빠의 죽은 모습을 발견한 끔찍한 상황을 아이가 떨치지 못하는 것도 당연하고요. 아이의 심정이 어떻겠습니까. 더군다나 앞뒤 정황은 자세히 모르겠지만 아이에게 엄마가 없는 게 확실해 보이네요.

해소되지 못한 슬픔은 누적되어 부정적으로 쌓여 갑니다. 교회 건물 자체가 주는 자극은 아이에게 과거를 떠올리게 합니다. 누가 봐도 아이의 삶은 대부분의 아이들이 사는 방식과는 달랐습니다. 사별을 겪었음은 물론 이리저리 옮겨 다니고 보호자도 여럿 만났겠죠.

이런 상황이 바바라 씨에겐 생소하겠지만 저희에겐 매우 전형적인 사례라는 생각이 듭니다. 좀 더 중요한 질문을 하겠습니다. 그 아이가 과거 수년간 교회 가기를 늘 좋아했나요? 아니면 자기를 데려가는 어른들한테 맞춰 의무적으로 다녔나요? 만약 아이가 어쩔 수 없이 간다고 느꼈다면 지금 거부 의사를 밝히는 게 놀랍지 않습니다. 어느 쪽이 됐든 장례식이 교회에서 치러졌기 때문에 아이가 아빠의 죽음과 그 장소를 연결시킬 가능성이 높다고 생각합니다.

또 다른 이유도 추측할 수 있습니다. 많은 사람들이 하느님은 우리의 생사를 직접 주관하는 절대적 힘을 갖고 있다는 종교적 가르침을 들려줍니다. 어린아이들은 이 가르침을 비유적인 얘기가 아니라 글자 그대로의 신앙으로 받아들이는 경우가 많습니다. 아마도 아이는 자기 아빠를 데려간 하느님에게 화가 나 있을 겁니다. 그리고 교회는 하느님의 집이니 아이는 그 장소에도 화가 날 수 있습니다. 마지막으로, 아이가 목사님과 얘기를 나눴다 하더라도 하느님을 향한 자신의 분노를 인정하거나 드러내기는 두려웠을 겁니다.

저희는 이런 상황에서 취해야 할 방법에 대해서 직접적인 조언을 드리지는 않지만 고려해 볼 만한 의견을 전해 드릴게요. 현재로선 교회에 가라고 압박을 하지 않는 편이 낫습니다. 아이에게 교회 가기를 강요한다면 득보단 실이 많습니다. 아이가 평생 하느님과 가족의 신앙으로부터 멀어질 수도 있습니다. 때문에 누구도 판단하거나 비판하지 않고 아이가 교회에 가지 않게 놔두는 편이 좋습니다. 아이가 자기만의 방식으로 하느님을 생각하고 개인적으로 화해할 수 있는 시간을 줘야 합니다.

아이가 스스로 해결책을 찾을 수 있게 자유를 주고 존중해 준다면 주변의 누군가에게 솔직하게 마음을 터놓을 용기를 얻게 될 겁니다. 비난이나 보복을 당할 두려움이 없는 상태에서 자기 생각과 느낌을 얘기할 만큼 안전하다고 느낀다면, 왜 자기가 교회에 가고 싶지 않은지는 물론이고 말하지 않았던 많은 부분까지 털어놓을지도 모릅니다.

오랜 기간 수많은 사람들을 접하면서 깨달은 것이 있습니다. 사별을 겪은 사람들에게 신이나 교회를 향한 분노를 실제적으로 해결할 수 있게 도와주고 싶을 경우, 그들이 간절히 원할 때 가까워지도록 도와줄 수 있다는 사실이었습니다.

바바라 씨가 들려 준 이야기에서 중요한 핵심은 어른들이 솔직해지는 겁니다. 아이 아빠의 죽음을 놓고 어떤 심정인지 솔직하게 보여 줘야 합니다. 그리고 어른들 각자 아이 아빠와의 관계를 이야기하세요. 그렇게 한다면 아이가 그 모습을 본보기로 삼아 자신의 감정을 건전한 방식으로 표현하고 드러내게 될 것입니다.

마음을 담아,
러셀과 존

어른의 관점으로 아이를 바라보지 말 것

아이들이 상실을 받아들이는 모습을 지켜보면 어른의 관점으로 아이들의 마음을 봐서는 안 된다는 사실을 거듭 발견한다. 소중한 누군가를 상실하고도 아이는 의외로 괜찮을 수도 있고, 반대로 그 작은 가슴이 무너져 내릴 수도 있다.

어떤 아이가 불의의 사고로 엄마를 잃었다. 주변 사람들은 걱정했지만 아이는 아이 나름대로 엄마의 부재를 견디고 있는 중이었다. 문제는 아이가 아닌 어른들이었다. 아이는 어른들이 자신을 볼 때마다 근심 걱정이 가득한 얼굴로 "엄마가 없는 데 괜찮니?"라고 묻는 바람에 엄마가 없으면 괜찮지 않아야 하는 것인가 싶어 오히려 괜찮을 수가 없었다. 매번 반복되는 같은 질문에 어떻게 대답해야 할지도 막막했다.

또 다른 아이는 집에서 잠시 키우던 강아지를 잃고 큰 슬픔에 빠졌다. 어른들은 그 정도의 시간이면 정들기에 짧은 시간이라고 생각하며 대수롭지 않게 넘겼다. 하지만 아이는 그런 어른들의 생각에 가로막혀 슬퍼도 슬프다고 말할 수가 없었다. 몇 번 슬픈 내색을 할 때마다 별것 아닌 걸 크게 받아들인다며 핀잔을 들었기 때문이다.

어떤 경우이든 아이들의 내적 경험은 어른의 관점에서 섣불리 판단할 수 없다. 아이들은 슬프면 슬픈 대로, 괜찮으면 괜찮은 대로 자기감정에 솔직해도 괜찮다는 것을 알아야 한다. 경험은 그 자체로 소중한 것이고 다른 누군가가 함부로 재단할 수 없는 것이기 때문이다.

자신의 경험에 비춰 타인의 경험을 함부로 판단하지 않고 그저 "마음이 어떠니?"라고 물어봐 주는 태도는 아이에게만 필요한 것이 아니다. 어쩌면 어제도, 오늘도, 내일도 크고 작은 상실을 마주해야 하는 어른의 마음속 아이들에게 더 절실한 것인지도 모른다.

상실감 치유 방법

어떤 이유로든 상실을 경험한 다른 사람과 함께 슬픔을 치유하는 과정입니다. 가족 내에 사별을 겪었다 하더라도 고인과의 관계는 고유한 것이므로 각자의 상실감 역시 고유합니다. 가족 중 한 사람과 짝을 이룰 수도 있고 주변의 모임이나 종교 단체 등에서 상실감을 겪고 있는 다른 사람을 찾을 수 있습니다. 상대방 역시 상실감을 치유하고자 하는 의지가 있는지 알아보고 만남의 과정을 준비합니다. 누군가와 함께 이 과정을 진행하기 힘들거나 적합한 짝이 없다면 혼자 할 수도 있습니다.

첫 번째 만남은 한 시간 정도면 됩니다. 편하고 조용한 장소에서 적당한 거리를 두고 앉아 서로의 상실을 이야기합니다. 울 수도 있고 아닐 수도 있습니다. 눈물에 큰 의미를 부여할 필요는 없습니다. 상실감이 울음으로 해소되지는 않지만 운다면 조용히 휴지를 건네거나 미리 서로 합의를 해서 포옹하거나 위로를 해 줘도 좋습니다. 단 상대방이 이야기하는 도중이 아니라 다 끝날 때까지 기다렸다 위로해 줍니다. 마음속 감정을 표현하는 과정이 중간에 끊어지지 않도록 주의합니다. 심리치료 요법이 아니므로 친구에게 얘기하듯 편안하게 속내를 털어놓는 것이 목적입니다. 그리고 듣는 사람은 상대방의 이야기를 진심을 다해 들어줍니다. 이런 치유 과정에서 지켜야 할 약속이 있습니다.

1. 자기 자신과 감정에 대해 솔직하고 진실하게 이야기합니다.
2. 서로의 신뢰를 바탕으로 이야기하며 반드시 상대방의 비밀을 지켜 줍니다.
3. 상실의 크기와 종류도 다르고 감정적 여진도 모두 다르므로 각자의 고유성과

개별성을 존중합니다.

>> 혼자 할 경우: 첫 번째 약속만 잘 지키면 됩니다. 그리고 스스로를 판단하거나 비판하고 분석하지 않도록 주의합니다.

두 번째 만남 역시 방해받지 않는 편안한 장소에서 진행합니다. 만남 전에 이 책의 앞부분에 나온 여섯 가지의 잘못된 통념을 다시 생각해 봅니다. 자신의 경험에 해당된 부분이 있으면 내용을 적어 둡니다. 이제 상실에 관한 잘못된 통념들에 영향을 받지 않았는지 이야기를 나눕니다. 고인과의 관계에서 정리되지 않은 감정을 해결해 가며 구체적인 이야기를 하게 될 겁니다. 이때 주의해야 할 점이 있습니다.

1. 상대방과 이야기를 나누는 게 아니라 혼잣말로 넋두리를 하는 상황이 되지 않게 조심합니다.
2. 상대방의 말을 판단하고 분석하고 의견을 제시하지 않습니다.
3. 다른 전문 분야, 가령 종교, 철학, 의학, 상담학 등의 원리를 섣불리 적용해 혼란을 가중하지 않습니다.

상실감과 슬픔에 관한 잘못된 통념을 가지고 있었다는 사실을 확인하고 서로에게 편안한 분위기를 만드는 게 두 번째 만남의 목표입니다. 그렇게 되면 사이가 가까워지고 공통점을 찾아가면서 고립감이 줄어들겠지요.

>> 혼자 할 경우: 앞에 나온 여섯 가지 통념을 다시 읽어봅니다. 그 통념들과 관련해서 자기가 겪은 일이나 들은 말을 적어 보고 그게 내 삶에 어떤 영향을 미쳤는지 적어 봅니다. 그리고 다소 힘들긴 하겠지만 다음과 같이 자문해 봅니다. '내가 혼자 이 과정을 진행하고 있는 이유가 어쩌

면 과거에 습득한 고통스러운 감정에 대처하는 잘못된 가르침 때문은 아닐까?'

세 번째 만남에 앞서 준비할 게 있습니다. 슬픔에서 벗어나기 위해 자신이 사용한 방법을 생각해 봅니다. 여기서 말하는 건 일시적으로 감정을 풀기 위해 사용한 해소법입니다. (5장 단기적 에너지 해소 행동 참조, 87쪽) 음식, 술, 약물, 분노, 운동, 고립, 섹스, 일, 쇼핑, 영화, 텔레비전, 책 등 감정적 고통과 직접 대면하기보다 피하고 덮어 버리는 행동을 했는지 정리해서 적어 봅니다. 그리고 상대방과 만났을 때 솔직하게 이 부분을 이야기합니다.

어색하고 힘든 이야기일 수 있지만 앞서 언급했듯 서로 지켜야 할 약속을 생각하며 상대방을 믿고 자기 이야기를 합니다. 듣는 사람은 아무 편견 없이 비판이나 판단을 하지 않고 상대방의 이야기를 듣습니다. 이런 이야기를 나누는 이유는 무의식적으로 감정 에너지를 분출하는 행동이 무엇인지 확인하고 이런 행동 패턴을 바꿀 수 있는지 살펴보기 위함입니다.

≫ 혼자 할 경우: 상실감에 대처하기 위해 자신이 취했던 단기적 에너지 해소 행동 중에 일반적인 것과 특별한 것 모두 돌이켜 보고 목록으로 정리해 봅니다. 그리고 또다시 힘든 질문을 스스로에게 던집니다. '혹시 내가 택한 단기적 에너지 해소 행동 중 하나가 고립은 아니었을까? 이것이 짝 없이 혼자 이 과정을 수행하는 또 다른 이유 아닐까?'

네 번째 만남 전에 '상실 그래프'를 작성해 봅니다. 상실 그래프는 자기 삶에서 벌어진 상실의 경험을 정리하고 그때 어떤 행동 유형이 나타났는지 살펴보는 것입니다. 자신이 직접 눈으로 확인할 수 있게 과거 상실의 경험을 끄집어내 봅니다. 잊고 있던 경험이 있다면 해결되지 않은 상실감으로 남아 현재까지 영향을 미칠 수 있습니다.

빈 종이 중간에 직선을 긋고 양 끝점을 포함해 총 다섯 개의 점을 찍어 선을 사등분해 대략 시기를 표시합니다. 맨 왼쪽은 출생 연도, 맨 오른쪽은 현재 연도이고 중간점은 자기 나이의 절반에 해당하는 연도입니다. 생의 첫 기억은 좋은 기억일 수도, 나쁜 기억일 수도 있습니다. 제일 오래된 기억을 적은 다음, 이제 상실의 경험을 떠올립니다. 정확한 날짜를 기억해 낼 필요는 없으니 살면서 고통스러웠던 상실의 순간을 떠올려 그 지점 즈음에서 아래로 수직선을 긋고 단어나 짧은 문구로 기록합니다. 이때는 수직선의 길이를 달리 해서 상실의 강도를 상대적으로 나타냅니다. 예를 들어 '아버지 돌아가심', '친구가 전학 감', '대입 실패', '강아지가 죽음' 등의 사건들이 있겠지요. 평균적으로 열네 살 이상일 경우 적어도 다섯 가지 이상, 어른은 열 내지 열다섯 번의 상실을 경험합니다. 이 그래프를 그릴 때는 정확함보다는 정직함이 중요합니다.

자신의 그래프를 정리하면 짝과 만나서 각자의 상실 그래프에 대해 이야기합니다. 상대의 이야기를 들으면서 적당한 반응은 보여도 되지만 절대 말은 하지 않고 만지지도 않습니다. 누군가 몸에 손을 대면 감정이 멈추니까요. 상실 그래프를 이야기할 때는 30분 이내에 마칩니다. 감정이 북받치면 울어도 괜찮지만 말은 계속 하세요. 이야기가 끝나면 서로를 안아줘도 좋습니다. 상실의 경험이 있던 때에 자신이 의존했던 에너지 해소 행동(세 번째 만남에서 정리했던 내용)에 대해서도 이야기해 봅니다. 그 행동과 상실의 경험 사이에 어떤 연관성이 있는지 살펴봅니다.

≫ 혼자 할 경우: 자신의 상실 그래프를 그려 봅니다. 앞서 작성한 단기적 에너지 해소 행동 목록을 다시 보면서 그런 행동이 본인의 상실 경험과 어떤 관계가 있는지 생각해 봅니다. 마찬가지로 앞서 적은 잘못된 통념에 관한 내용을 보면서 그래프상의 상실의 경험과 어떤 관계가 있는지 살펴봅니다.

다섯 번째 만남에 필요한 것은 '관계 그래프'입니다. 이를 통해 사별이나 이혼 등 상실의 경험을 감정적으로 마무리 짓는 것입니다. 한 가지 관계를 정해서 그래프를 그립니다. 빈 종이를 가로로 놓고 중간에 직선을 긋습니다. 맨 왼쪽은 그 사람과의 관계가 시작된 연도이고 맨 오른쪽은 현재 연도이겠죠. 현재 지점에는 그 관계에서 일어난 상실의 경험을 적습니다. 죽음, 이혼, 결별 등 현재 상태를 적으면 됩니다. 그 관계에서 떠오르는 일 중 긍정적인 것은 선 위쪽에, 부정적인 것은 선 아래쪽에 적습니다. 상실 그래프와 마찬가지로 상실의 강도에 따라 수직선의 길이를 달리 합니다. 모든 관계는 고유하므로 사건에 대한 판단 역시 전적으로 자기 기준에 맞춰 작성합니다. 남에게는 부정적인 일이지만 자신에게는 긍정적인 기억으로 남는 일도 있으니까요. 단 진실한 자세로 정직하고 정확하게 기록하고, 선 위쪽과 아래쪽에 최소한 각각 두 가지씩은 적는 게 좋습니다.

이제 짝을 만나 서로에게 관계 그래프를 보여 주며 이야기를 합니다. 네 번째 만남과 같은 방식으로 진행합니다. "대학 신입생 수련회에서 남편을 처음 만났어요. 장기자랑을 할 때 우스꽝스러웠던 모습이 아직도 생생해요." 이런 식으로 관계의 첫 번째 기억을 언급하며 이야기를 시작합니다. 그래프상의 사건들을 하나씩 살펴보면서 그 사람과의 관계에서 있었던 일들을 간간이 덧붙이기도 합니다. 다른 관계로 이야기가 넘어가지 않게 주의하고 전체 이야기가 30분을 넘지 않게 합니다.

≫ 혼자 할 경우: 차분하게 자신의 관계 그래프를 작성한 뒤 정리해 봅니다.

여섯 번째 만남은 관계 그래프에서 찾은 것들을 정리하는 과정입니다. 여기에는 총 세 가지가 포함됩니다. 첫째는 자신이 한 일이나 하지 않은 일로 인해 상대에게 상처를 입힌 잘못을 '사과하기'입니다. 자책이 목적이 아닙니다. 과거의 일을 정리하기 위해 사과할 내용을 적어 봅니다. 두 번째는 '용서하기'입니다. 잘못을 묵과하는 게 아니라 행동으로 옮긴 용서를 통해 스스로 자유로워지는 게 목적입니다. 세 번째는 평생 응어리처럼 고여 있던 말을 찾아내 털어 놓는 것입니다. 누군가와의 관계에서 감정적으로 마무리되지 못한 부분 중에 사과하거나 용서하는 것과는 다른 '중요한 감정적 표현'이 있습니다. 가령 "당신을 사랑했어, 미워했어, 고마웠어, 원망스러웠어, 대견했어." 등 수많은 내용이 여기에 해당됩니다.

이상 세 가지는 상실감을 치유하는 데 필요한 중요 요소입니다. 이제 관계 그래프의 사건 하나하나를 보면서 세 가지 요소를 대입해 봅니다. 선 위에 적힌 일은 '사과하기'나 '중요한 감정적 표현'일 테고, 선 아래 적힌 일은 '용서하기'나 '중요한 감정적 표현'일 겁니다. 그래프상의 여러 사건들은 세 가지 요소 중 적어도 하나 이상에 해당되겠죠.

이제 짝과 만나서 앞서 작성한 관계 그래프와 이번에 작성한 상실감 치유 요소에 대해 이야기를 나눕니다. 짝과 이야기를 나눌 때 주의할 점은 앞선 만남과 동일합니다. '사과하기', '용서하기', '중요한 감정적 표현'의 내용을 정리한 목록을 짝에게 들려줍니다. 미리 각 요소를 문장으로 정리해 둔 것을 얘기하면 됩니다. 예를 들어 "통화하기 귀찮다고 다른 일로 둘러대고 전화를 일찍 끊었던 것을 사과하고 싶어요.", "언니가 나를 혼자 두고 그렇게 가버린 걸 용서할게.", "내가 너를 얼마나 자랑스러워하는지 말해 주고 싶어."라고요.

≫ **혼자 할 경우:** 관계 그래프를 보면서 상실감 치유의 세 가지 요소를 대입해 각각의 경우에 해당되는 내용을 문장으로 정리해 목록으로 작성합니다. 작성 후에 또 생각나는 게 있으면 더 적어 봅니다.

지금까지 나온 실천 방법을 따랐다면 상실감을 정리할 행동을 취할 준비가 된 것입니다. 감정의 마무리 과정을 수행하려면 편지 형식의 정리글을 작성해야 합니다. 최소 1시간 이상 시간을 들여 혼자 '정리 편지'를 씁니다. 관계 그래프와 앞서 말한 세 가지 요소를 적은 목록을 앞에 두고 글을 씁니다. 분량은 2~3장 정도가 좋습니다. 다음을 참고하면 도움이 될 것입니다.

언니에게, (상대를 기억하는 방식을 가장 잘 나타내는 이름이나 호칭을 씁니다.)
나는 우리 관계를 쭉 돌이켜 봤어. 그랬더니 언니한테 하고 싶은 말이 생각났어.

언니, ~에 대해 사과할게.
언니, ~에 대해 사과할게.
언니, ~에 대해 사과할게.
(이 부분에서는 미처 전하지 못했던 내용을 세 가지 이상 정리할 수 있겠죠. 같은 범주로 묶으면 좋습니다.)

언니, ~에 대해 용서할게.
언니, ~에 대해 용서할게.
언니, ~에 대해 용서할게.
(이 부분에서도 미처 전하지 못했던 내용을 세 가지 이상 정리할 수 있겠죠. 같은 범주로 묶으면 좋습니다.)

언니, 나는 언니가 ~에 대해 알아줬으면 좋겠어. (중요한 감정적 표현)
언니, 나는 언니가 ~에 대해 알아줬으면 좋겠어. (중요한 감정적 표현)
언니, 나는 언니가 ~에 대해 알아줬으면 좋겠어. (중요한 감정적 표현)
(이 부분에서도 미처 전하지 못했던 내용을 세 가지 이상 정리할 수 있겠죠. 같은 범주로 묶

으면 좋습니다.)

상실감 치유의 핵심은 마무리하기입니다. 정리 편지를 끝맺을 때 "안녕."이라는 말을 써서 확실히 마무리해야 합니다. "사랑해. 보고 싶어. 안녕, 언니." 이렇게 해도 좋고, 사랑한다거나 그립다는 표현이 진심이 아니라면 굳이 하지 않아도 됩니다. 대신 "이제 글을 마쳐야겠네. 그리고 고통스러운 과거는 놓아줘야겠어. 그럼 안녕, 언니."라고 하면 됩니다. 각 관계에 맞는 맺음말을 써도 좋지만 "안녕."이라는 작별 인사를 꼭 해야 합니다.

마지막 만남에서는 각자의 정리 편지를 읽습니다. 지금까지 실천한 내용을 최종적으로 정리하는 것이므로 이 과정이 중요합니다. 누군가가 이 마무리를 확인할 필요가 있습니다. 편지 내용을 듣는 사람은 글에 반응은 보일 수 있으나 말은 하지 않습니다. 듣는 도중에 나타나는 감정적 반응을 억누를 필요는 없습니다. 짝이 마지막에 "안녕."이라고 말하면 바로 안아 주세요. 다 듣고 나서 분석하거나 판단하는 발언은 필요 없습니다.

정리 편지를 읽는 사람은 자기 옆에 휴지를 두고 편안한 자세를 잡습니다. 잠시 눈을 감고 마음속으로 편지의 대상을 떠올립니다. 이제 눈을 뜨고 편지를 읽어 나갑니다. 감정이 느껴지면 느껴지는 대로 계속 편지를 읽습니다. 감정이 담긴 단어를 입 밖으로 내뱉어야 합니다. 편지 내용을 다 읽고 이제 "안녕."이라는 말만 남았으면 눈을 감고 또다시 편지의 대상을 떠올리면서 작별 인사를 합니다. "안녕."이라고 반드시 소리 내서 말합니다. 다 끝나면 짝과 포옹을 하고 감정을 있는 그대로 느낍니다. 눈물이 계속 날 수도 있고 가슴에 통증이 느껴질 수도 있습니다. 이럴 때는 감정을 억누르지 않습니다.

≫ 혼자 할 경우: 지금까지 혼자 과정을 수행해 왔더라도 마지막으로 정리 편지를 들어줄 믿을 만한 사람을 찾아봅니다. 친구, 가족, 상담 전문가, 목사, 사제 등 상실감 치유 과정에 대한 설명을 듣고 이해해 줄 사람이면 됩니다. 비밀을 꼭 지킬 수 있는 사람이어야겠죠. 만약 그런 사람을 찾을 수 없다면 고인의 유품이나 사진을 두고, 혹은 묘지나 추모공원에 가서 혼자 편지를 읽어도 됩니다. 이런 경우 편지를 읽을 때 녹음을 해 두고 편지는 간직합니다.

*존 제임스 외, 장석훈 옮김, 《슬픔이 내게 말을 거네》, 북하우스, 2004 참조

아이의 상실감 치유 방법

241쪽 사연을 기준으로 작성되었으며, 이하 내용에 나오는 '딸'은 '아이'로 '아빠'는 '고인'으로 적용해 보아도 좋습니다.

우선 딸이 아빠와의 관계를 돌아보게 해야 합니다. 긍정적이고 부정적인 일들을 돌아보며 후회나 아쉬움이 느껴지는 일들을 찾아보는 겁니다. 예전에 달리했더라면, 더 잘했더라면, 더 많이 했더라면 좋았을 일들과 이제는 실현하지 못할 미래의 희망과 꿈과 기대를 인식하는 과정입니다.

아이 스스로 감정을 찾아낼 수 있게 '감정 에너지 점검표' 작업을 함께 할 수 있습니다. 좋은 기억, 나쁜 기억, 별다른 감정 없이 떠올리는 기억 등 다양한 사건들을 통해 아빠와의 관계에서 긍정적이거나 부정적인 감정의 기억을 돌아보는 목록을 만드는 것입니다. 표를 들고 딸과 이야기하기 어색하다면 표를 다 작성하고 몇 번 읽은 뒤 내려놓고 딸아이와 자연스럽게 이야기를 해도 됩니다(그 전에 엄마로서 가장 중요한 일은 딸의 아빠인 당신의 남편에 대한 자신의 감정을 솔직히 드러내는 겁니다. 그래야만 딸아이도 아빠와의 관계를 진실되게 표현할 수 있는 용기를 얻습니다).

나이가 어리다면 목록의 여러 항목을 기억해 내는 데 부모의 도움이 필요할 테고, 큰아이들은 스스로 목록을 읽어보고 생각할 수 있습니다. 그럴 때는 잠시 혼자만의 시간을 갖게 한 후 다시 아이와 이야기를 나눕니다. 혹시 부모가 아닌 다른 사람과 이야기하고 싶어 하면 그렇게 하도록 합니다. 무엇보다도 모든 과정은 아이의 감정 속도에 맞춰 진행되어야 합니다. 딸이 올바른 선택을 하도록 도와주고 옆에서 언제든 필요한 도움을 주는 것이 엄마의 역할입니다.

다음의 표는 어디까지나 한 가지 예일 뿐입니다. 딸아이가 아빠와의 관계를 돌아보는 데 도움이 되는 하나의 길잡이로 활용하기 바랍니다. 목록 내용 중에서 해당하는 것이 있다면 밑줄 부분에 체크해 보세요. 필요한 내용은 얼마든지 추가해도 됩니다. 이 목록을 들고 아이와 대화를 나눕니다. 끝에다 메모할 공간을 마련해 두어 딸에게 목록을 주고 직접 메모를 하게 해도 좋습니다.

감정 에너지 점검표

_____ 만남이나 최초의 인식

_____ 아이를 돌봐 주었는지

_____ 벌을 받았거나 용서받은 일

_____ 선물을 받거나 받지 못한 경우

_____ 냄새(술 냄새, 향수 냄새, 약 냄새, 담배 냄새 등)가 났는지

_____ 엄마와 아빠가 싸우는 모습

_____ 함께 지내고 이야기하기가 쉽고 편했는지

_____ 무서웠는지

_____ 아프게 하거나 괴롭히거나 당황하게 만든 일이 있는지

_____ 아빠의 성향이 긍정적인지 부정적인지

▶ 아빠가 출장을 자주 다닌 경우

_____ 아빠와 자주 떨어져 있어서 좋았는지 싫었는지

_____ 떨어져 있을 때 통화를 자주 했는지

_____ 전화 통화가 좋았는지 싫었는지

_____ 선물을 자주 사줬는지

_____ 아빠가 중요한 행사에 빠졌는지

▶ 아빠가 병을 앓은 경우

_____ 아프다는 사실을 처음 알았을 때, 그에 대한 반응

_____ 아이가 관찰한 엄마나 다른 가족의 반응

_____ 아빠의 투병에 대해 엄마가 어떤 감정을 토로했는지

_____ 아이가 이야기를 나눌 다른 상대가 있었는지

_____ 아빠가 집에서 치료를 받았는지, 병원에 입원했는지

_____ 아빠가 죽을지도 모른다는 사실에 대해 딸이 대화를 나눌 상대가 있었는지

_____ 아이가 별로 원하지 않는데도 억지로 문병을 가거나 전화를 해야 했는지

▶ 죽음이 임박했을 때

_____ 아이가 기억하고 있는 마지막 며칠의 상황과 사건

_____ 위의 상황에 대한 감정적 반응(또는 아무 반응도 보이지 않았는지)

_____ 아이가 간호나 호스피스 과정에 참여했는지, 이 경우 아이에게 선택권이 있었는지

_____ 아이가 앞으로 일어날 일에 대해 대화를 나눌 상대가 있었는지

_____ 아이가 부모의 감정을 위로하려 했는지

▶ 마지막 날 또는 갑작스러운 죽음의 경우

_____ 멀리 떨어져 있을 경우 전화로 연락을 받았는지

_____ 아이에게 누가 어떻게 그 사실을 전달했는지

_____ 아이가 받은 감정적 영향

_____ 엄마가 아이 앞에서 자신의 감정을 드러내고 표현했는지

_____ 집이나 병원에서 아이가 임종을 지켰는지

_____ 기억하고 있는 마지막 대화(전화 또는 직접 대면)

_____ 고인이 의식 불명일 때 아이가 무슨 말을 했는지

_____ 이 일에 대해 아이가 터놓고 대화를 나눌 상대가 있었는지

_____ 장례식, 화장(매장), 추도식

_____ 아이가 위의 의식에 참여했는지 하지 않았는지, 아이에게 선택권이 있었는지 없었는지

_____ 아이가 감정적인 반응을 보였는지 보이지 않았는지(어른들이 '강해져야 한다'라는 통념에 따라 행동한다면 아이들이 따라하는 경우가 많다.)

▶ 죽음 이후의 특별한 날

_____ 명절, 생일, 특별한 날이 있었는지

_____ 학교 행사, 운동회가 있었는지

▶ 메모

_____

_____

_____

_____

_____

이렇게 아이와 대화를 나누면서 아빠와 관련된 중요한 사건과 감정을 기억할 수 있게 돕는 과정은 딸에게도 당신에게도 감정적으로 강력한 체험입니다. 하지만 이렇게 어떤 관계의 다양한 면을 복기하며 이야기하는 것만으로는 감정

적으로 마무리를 지을 수 없습니다.

관계를 돌이켜 보며 찾은 감정의 응어리를 정리하는 가장 좋은 방법은 '정리 편지'(262~266쪽 참조)를 쓰는 것입니다. 아이에게 '사과하기', '용서하기', '중요한 감정적 표현' 그리고 '좋은 기억'이 담긴 특별한 편지를 쓰게 해서 고인에게 작별 인사를 할 수 있게 하는 방법입니다. 죽음으로 인해 물리적인 관계가 끝났지만 감정적인 부분까지 마무리하면 고인과의 물리적인 관계에 확실히 작별을 고할 수 있습니다.

"아빠, 내가 아빠 전화 받기 싫어서 엄마한테 나 잔다고 말해달라고 한 거 미안해."(사과하기), "아빠가 출장 가서 나 재롱잔치 못 보러 온 거 용서할게. 우리 가족을 위해 일하러 간 거였잖아."(용서하기), "아빠가 길에서 어떤 할머니를 도와줬잖아. 그래서 아빠가 자랑스러웠어."(중요한 감정적 표현), "아빠가 늦게 퇴근하고 내 방에 왔는데 내가 자는 줄 알고 조심조심 내 이불 덮어 주고 '사랑해, 우리 딸' 이렇게 말해줬어. 고마워."(좋은 기억)

아이가 이런 내용을 담아 정리 편지를 쓸 겁니다. 아마 편지를 쓰면서 울기도 하겠죠. 마지막에는 "잘 가, 아빠." 또는 "아빠, 안녕히 가세요." 같은 맺음말이 분명히 들어가야 합니다.

편지를 다 쓰면 아이에게 큰 소리로 편지를 읽어 달라고 부탁하세요. 편지를 읽기 전에 잠시 눈을 감고 아빠의 모습을 그려 보라고 합니다. 조금 떨어진 곳에서 아이가 편지 읽는 것을 귀 기울여 들어 줍니다. 마지막으로 "안녕."이라는 작별 인사를 한 뒤에는 엄마가 아이를 꼭 안아줍니다. 작별 인사를 했다고 해서 아빠를 영영 '잃은' 것은 아님을 확인시켜 줍니다.

딸이 아빠와의 관계를 돌아보고 정리 편지를 쓰고 그 편지를 읽는 것은 아빠에 대한 그리움이나 슬픔을 다 떨치기 위함이 아니라 마음의 응어리를 풀고 이제 아빠가 없는 현실에 적응하는 법을 배우는 것입니다. 이와 같은 방식으로 할머니와의 관계도 감정적으로 정리할 수 있습니다. 모든 관계는 고유하므로 정리 과정 역시 따로 차근차근 진행되어야 합니다.

*존 제임스 외, 홍현숙 옮김, 《우리 아이가 슬퍼할 때》, 북하우스, 2004, 참조

적용해 보기

상실감에 빠진 사람을 도와주는 방법

✧ 슬픔을 유발하는 상실의 경험에는 다음의 사례가 포함된다.

– 사별

– 이혼

– 은퇴

– 이사

– 반려 동물의 죽음

– 경제적 변화(재산이 늘어나거나 줄어드는 경우)

– 건강을 잃음

– 법적인 문제

– 자녀의 출가

– 중독에서 벗어남

– 취학

✧ 상실감에 관한 무형의 사례는 다음과 같다.

– 신뢰 상실

– 안전감 상실

– 통제 상실

– 믿음 상실

– 임신 능력 상실

✧ 본인 혹은 누군가가 상실감을 완전히 정리하지 못했는지 어떻게 알 수 있을까?[*]

− 세상을 떠난 사람을 생각하거나 이야기하기를 꺼리는 경우, 또는 상실에 대한 감정을 표현하지 않으려고 하는 경우가 있다.

− 좋은 기억이 고통스럽게 변한다면 아직 해결되지 못한 상실감에 시달리고 있을 가능성이 있다.

− 사별이든 이별이든 누군가와의 관계에서 유독 긍정적인 측면만 얘기하고 싶다면 아직 해결되지 못한 부분이 있다.

− 사별이든 이별이든 누군가와의 관계에서 유독 부정적인 측면만 얘기하고 싶다면 아직 해결되지 못한 부분이 있다.

− 해결되지 못한 상실감은 관계에 대한 생각, 감정과 연관된 두려움의 근원이 될 수 있다.

✧ '상실감에 빠진 사람들이 자주 쓰는 말 중에 '죄책감'이 있다.

내담자: 제 아들이 스스로 목숨을 끊었어요. 저는 너무 죄책감을 느껴요.

상담사: 아들한테 해를 끼칠 의도로 무슨 일이든 한 적 있습니까?

내담자: 아뇨. (거의 대부분 이런 답변이 나온다)

상담사: 죄책감의 사전적 정의는 해를 끼칠 의도가 있다는 의미입니다. 하지만 당신은 아들에게 해를 입힐 의도가 전혀 없었기 때문에 더 이상 '죄책감'이라는 단어는 쓰지 않으셔도 됩니다. 아들의 죽음 때문에 당신은 이미 크나큰 고통을 겪고 있을 겁니다. 그러니 당신의 감정을 곡해하는 잘못된 표현을 써서 자꾸 스스로를 괴롭힐 필요가 없습니다.

내담자: 정말이에요? 그런 식으로 생각해 본 적은 한 번도 없었어요.

---

[*]James John W. and Friedmand, Russell P. 《The Grief Recovery Handbook, 20th Anniversary Expanded Edition》, Harper−Collins, 2009

상담사: 예전 일을 떠올리며 다르게 했더라면, 더 잘했더라면, 더 많이 했더라면 하고 후회하는 게 있습니까?

내담자: 그럼요, 물론이죠.

✤ 상실에 빠진 사람들이 공통적으로 털어놓는 불만

한 설문조사에서 상실의 슬픔을 겪는 사람들에게 물었다. 어떤 말이 도움이 되는지 답해 달라고 했더니 총 141개의 표현 가운데 고작 19개만이 도움이 된다는 결과가 나왔다.

다음의 예는 도움이 되지 않는 말들이다.

– 시간이 지나면 괜찮아질 거야.

– 어떤 심정인지 압니다.

– 아직도 그런 감정이면 안 돼.

– 좋은 쪽으로 생각하세요. 어쨌든 이제 그분들은 더 좋은 곳에 계시잖아요.

– 속상해 하지 마. 그 아이가 이제 더는 고통을 겪지 않으니까.

– 하느님을 원망하지 마세요.

– 자넨 젊잖나. 애는 다시 가지면 되지.

– 그냥 한 마리 강아지(고양이, 새 등등)였을 뿐이야.

✤ 상실의 슬픔을 겪는 이에게 도움이 되는 것

– "네가 어떤 기분일지 상상이 안 돼." 또는 "네가 얼마나 고통스러웠을지(하늘이 무너지는 기분이었을지, 가슴이 찢어졌을지) 짐작도 못하겠어."

모든 관계는 각자 고유한 의미를 지닌다. 그러므로 슬픔을 겪는 사람들도 모두 자기만의 사연을 품고 자기만의 슬픔을 느낀다. 그들이 어떤 감정을 느끼고 있는지 알 수 없기 때문에 이 말은 슬픔에 빠진 사람들의 기분을 절대 상하게 하지 않는 진실한 뜻으로 전달된다.

– "어떤 심정이실지 짐작도 못하겠습니다. 저희 어머니가 돌아가셨을 때 저는 마음이 이랬던 것 같습니다."

– 머리가 아니라 마음으로 경청한다. 아무런 판단도 비판도 분석도 하지 말고 상대방이 모든 감정을 표현하게 해 준다.

– "무슨 일이 있었던 거야(어떻게 된 일이야)?"라고 묻는다. 대부분의 사람들은 이 질문을 하지 않으려고 할 것이다. 그러나 많은 이들이 마치 아무 일도 없었던 듯 피해 버리기 때문에 상실을 겪은 당사자들은 고립감을 느끼는 경우가 많다.

– 상대방이 얘기하는 동안 머릿속으로 이야기의 흐름을 잘 따라간다. 이야기가 진행되는 동안 그 순간에 잘 집중한다. 한 순간이라도 놓치면 당신은 슬픔을 이야기하기에는 별로 안전하지 않은 상대가 되고 만다.

– "공감한다."라는 말은 곧 상대방의 이야기를 듣는 도중 눈물이 터진다면 울어도 괜찮다는 뜻이다. 우리는 다른 사람의 이야기를 경청하는 동안에도 감정을 느낄 수 있는 똑같은 사람이다. 이렇게 하면 슬픈 감정을 함께 나눠도 된다는 상호 신뢰의 분위기가 확립된다.

시간이 약은 아니다. 행동이 약이다

"사랑하는 사람의 죽음을 극복하려면 2년, 부모님의 죽음을 극복하려면 5년이 걸리고, 자식의 죽음은 절대 극복하지 못한다는 말을 들었어요. 정말인가요?"

우선 '극복'이라는 말이 틀렸음을 밝히지 않고서는 이 질문에 답할 수 없다. 죽은 자식, 돌아가신 부모님, 세상을 떠난 배우자나 형제자매, 소중한 관계였던 어느 누구든 우리는 절대 잊지 못한다. 또 다른 문제는 세상을 떠난 사람과 어떤 관계였는지에 따라 애도의 기간이 임의로 정해진다는 것이다.

이처럼 시간을 바탕으로 한 기준은 고인과의 관계에서 비롯된 감정을 비논리적이고 위험한 방식으로 비교한다. 모든 관계는 다 같을 수 없기 때문에 자신에게 중요한 누군가의 죽음을 다른 상실의 경험(다른 사람이든 자기 자신이든)과 비교하는 것은 도움이 되지 않는다.

상실감에 시달리는 사람들이 접하는 수많은 정보 중에는 명백하게 잘못된 것들이 많다. 사별을 겪은 직후 그들이 전해 듣는 보편적인 말은 이러하다. 사별로 인한 고통의 치유는 전적으로 시간에 달려 있으며 어떤 경우에는 치유 자체가 불가능하다는 것이다.

시간이 감정의 상처를 치유한다는 잘못된 가정은 널리 퍼져 있다. 따라서 우리는 슬픔에 빠진 사람들에게 제약이 되는 잘못된 통념 여섯 가지에 이를 포함시켰다. 이렇게 생각해 보자. 자동차 타이어에 바람이 빠져 있는 것을 보았다. 아무것도 안하고 타이어에 바람이 다시 채워지길 마냥 기다릴 텐가? 당연히 아니다. 시간은 타이어에 바람을 채워 넣어 주지 않는다. 바람 빠진 타이어를 손보거나 교체하는 행동만이 차를 다시 달릴 수 있게 해 준다.

슬픔도 마찬가지다. 시간으로는 바람 빠진 타이어를 어떻게 할 수 없듯, 시간이 상심한 마음에게 해 주는 일은 아무것도 없다. 따라서 고인과의 관계에서 해결되지 않고 남은 부분을 마무리 짓고, 다시 자기 삶의 여정으로 돌아갈 수 있게 도와주는 올바른 행동을 해야 한다.

시간은 감정의 상처를 치유해 주지 않는다

슬픔에 빠진 사람들은 사별의 충격으로 마음이 어지러운 상태이므로 조언을 분석하거나 심사숙고할 여력이 없다. 정확하고 유익한 정보 없이는 시간이 약이라는 통념에 매달릴 수밖에 없다. 달리 붙들 게 아무것도 없기 때문이다.

시간이 감정의 상처를 치유해 준다는 생각은 틀렸을 뿐 아니라 위험하다. 세상을 떠난 사람과의 관계에서 해결되지 못한 부분을 찾고, 해결하는 데 도움이 될 방법을 배울 기회조차 놓치게 만들기 때문이다.

시간이 약이라는 잘못된 통념은 왜 사라지지 않을까?

시간이 약이라는 잘못된 통념은 부분적으로 현실에 기반하고 있다. 상처를 치유하려면 사소하지만 올바른 방식을 선택해 시간을 두고 실행한 다음, 사별이 자신에게 남긴 감정의 응어리를 해결해야 비로소 감정적 고통이 정리된다.

'시간이 상처를 치유한다'라는 말과 '올바른 행동을 한 결과 시간이 지나면서 상처가 치유된다'라는 말 사이에는 엄청난 차이가 있다.

진실의 한 측면이 때로는 그릇된 생각을 양산해 진실을 덮어 버리는 경우를 생각해 보자. 인생에서 중요한 사람이 세상을 떠나면 우리는 견디기 어려운 감정의 무게를 경험한다. 때론 도저히 감당할 수 없을 만큼 고통이 커서 마음과 머리가 마비된다. 우리는 이것을 '감정 노보카인(감정 마취제)'이라고 부른다. 이는 사람들이 겪고 있는 상황을 이해하는 데 도움을 주고자 만든 비유적 표현이다.

마음과 머리가 마비된다 하더라도 시간이 지나면 대부분의 사람은 사별한 현실에 적응한다. 그렇게 되면 차츰 고통이 줄어들 것이다. 사람들은 고통이 줄어든 것이 시간이 흐른 결과라고 이해한다. 그렇게 믿으라고 배웠기 때문이다. 사실은 그렇지 않다. 시간이 상처를 치유한다는 믿음은 변화된 환경에 적응하려는 자연스러운 생존 능력이 불러일으킨 착각이다.

대부분의 사람들이 중요한 누군가가 죽은 후 새로운 현실에 순응하는 방법을 찾았다 하더라도, 이는 고인과 마무리되지 못한 부분을 완결 지은 것이 아니다. 이것이 바로 수많은 사람들이 사별 후 수개월, 수년이 지났음에도 고통이 악화된다고 느끼는 이유이다. 그들에게 시간은 친구가 아니라 적이다.

자신에게 중요한 사람의 죽음으로 얻은 충격에 대처하는 비결은 시간이 할 수 없는 것을 시간이 해결해 주길 기다리는 것이 아니다. 그 죽음이 남긴 응어리를 해결할 수 있는 방법을 찾아 실행하는 것이다.

울음이란 I

거의 모든 사람들이 우는 것을 궁금해하고 혼란스러워한다. 얼만큼 울어야 할까? 막상 울기 시작하면 그칠 수는 있을까? 과연 울긴 울어야 할까? 울고 또 울었지만 여전히 기분이 나아지진 않는다. 나한테 무슨 문제가 있나? 울음에는 남자와 여자의 차이가 있을까? 우리는 울음과 관련해 1편과 2편으로 나눠 여러 질문을 다룰 것이다. 앞으로 다룰 내용이 마치 자기 이야기인 것 같아도 너무 놀라지 말길 바란다.

상실감 치유 연구소로 오는 전화는 대개 이런 말로 시작한다.

"저희 엄마가 몇 달 전에 돌아가셨어요. 남아 있는 아버지가 너무 걱정되네요."

아버지를 걱정하는 자녀가 하는 말이다. 그 다음 이어지는 말로 짐작하기론, 자녀는 아버지가 분명 아내의 죽음으로 큰 타격을 받았다고 믿고 있는데 '아직' 울지 않아서 걱정하는 모양이다. 애도에는 반드시 울음이 수반된다고 확신하는 자녀의 입장을 설명하기 위해 '아직'이라는 단어를 집어넣었다.

자녀들은 아버지가 우는 모습을 아직 본 적이 없다. 그렇다고 아버지가 남몰래 울지 않았다는 뜻은 아니다. 울었든 울지 않았든 아버지는 말하지 않았고 앞으로도 하지 않을 것이다. 자녀는 선의에서 우러난 걱정을 한다. 슬픔과 울음 사이에는 절대적이고 직접적인 상관관계가 있다고 믿기 때문이다. 자녀에게 아버지가 상심했다고 생각하는지 물으면 열이면 열 그렇다고 대답한다. 그러면 우리가 묻는다. "슬플 때는 울어야 한다고 어디에 적혀 있나요?" 곤란하게 하려고 다그치며 묻는 게 아니다. 자녀가 슬픈 감정과 눈물이 동반되어야 한다는 지독한 오해 아래에서 괴로워하고 있음을 설명하기 위함이다.

우리가 직접 만나거나 전화 통화를 하면서 상대방에게 하는 질문 몇 가지를 예로 들겠다. "혹시 아는 사람 중에 눈물이 마를 날이 없지만 변화나 성숙의 기미가 전혀 보이지 않는 사람이 있나요?", "뭔가를 얻기 위한 속임수로 눈물을 이용하는 사람을 압니까?" 그들은 두 질문에 그렇다고 대답할 가능성이 높다. 두 질문은 우는 것 자체가 죽음이나 이혼, 여타 상실의 경험에서 비롯된 고통을 완결 짓는 것이 아니라는 사실을 설명하기 위해 만들었다. 아무리 좋게 보려 해도 울음은 단기적인 에너지 해소 방법으로서 상실로 생긴 감정의 일부를 일시적으로 덜어 줄 뿐이다. 똑같은 상실의 경험 앞에서 수년간 우는 사람들도 있다. 그저 우는 것은 고인이나 이혼한 배우자와의 관계에서 감정적으로 불완전한 부분을 마무리 짓는 데 도움이 되지 않는다.

사회가 발전함에 따라 감정을 공개적으로 드러내는 데 적잖은 변화가 생겼다. 오늘날에는 남자다움의 전형을 보여 주는 프로 운동선수가 은퇴 기자회견에서 눈물을 흘리는 모습을 보는 것이 전혀 뜻밖의 일이 아니다. 30~40년 전만 해도 그런 장면은 상상하기 힘들었다. 아버지 세대에는 감정을 공공연하게 드러내는 것이 요즘과 달랐을 것이다. 어머니라 하더라도 젊은 세대에 비하면 슬픔이나 고통, 부정적인 감정을 거리낌 없이 표현하는 데 익숙하지 않다. 우리는 자신의 감정적 가치 체계를 다른 사람에게 적용하는 우를 범하지 않게 주의해야 한다. 부모님 세대에게 배웠을지라도 감정의 관점은 각자 다르기에 이상하게 보일 수 있다.

울음이란 II

1편에서는 사람들이 슬픔을 표현하는 방식에 개인적인 생각과 신념을 결부시키는 것이 위험하고 역효과를 낳을 수 있다는 의견에 집중했다. 어떤 이들이 어마어마한 감정의 깊이를 보여 주되 절대 눈물을 비치지 않는가 하면, 또 다른 이들은 내내 울긴 하는데 고통이 완전히 없는 것 같지도 않고 장기적으로 득을 보는 것 같지도 않다는 사실을 정리한 내용이었다. 2편에서는 개인과 관계의 고유성, 성별 문제는 물론 우는 것이 정확히 어떤 기능을 하는지, 어떤 역할을 하는지도 살펴볼 것이다.

우리가 알고 있는 연구 결과에 따르면, 슬퍼서 흘리는 눈물과 기뻐서 흘리는 눈물은 화학적 구성이 다르다. 눈물은 눈을 씻어 내는 중요한 기능을 수행하기도 한다. 우리는 여성이 남성보다 평균적으로 다섯 배 더 많이 운다는 연구 결과를 확인했다. 우리는 다섯 배라는 비율상의 생리학적 근거가 있는지 찾아내는 과정에서 벽에 부딪혔다.

성별에 따른 신체적 차이를 뒷받침하는 타당한 결과를 찾을 수 없어 직접 조사에 나섰다. 수집한 자료들은 입증되지 않은 결과이긴 하지만 진실을 반영한다고 믿는다. 우리는 유아를 돌보는 간호사들에게 물어보았다. 그들이 들려 준 내용은 한결같았다. 아주 어린 젖먹이 아기들이 우는 상황이나 빈도수는 성별에 좌우되지 않는다는 것이다.

어린 남자 아기와 여자 아기는 똑같이 운다. 각각의 아기들 사이에는 분명 성향의 차이가 있다. 어떤 아기들은 다른 아기들보다 더 많이 운다. 그 이유는 성별이 아니라 개인적 특성에 있다. 우리는 조사 범위를 신생아에 제한하지 않았다. 다섯 살까지의 어린이들을 상대하는 전문가들에게도 동일한 답변을 들었다. 다섯 살부터는 성별 차이에서 비롯되는 태도와 신념이 확대되기 시작한다. 연구를 논리적으로 확장한 결과 성별이 아니라 사회화가 울음의 태도와 표현에 차이를 낳는 핵심이었다는 결론에 도달했다.

우는 것에 관해서 남성과 여성 사이에 선천적인 생리학적 차이가 없다고 하더라도, 우리는 여전히 상실을 치유하는 데 울음이 어떤 목적이나 가치를 지니는지 묻는다. 울음은 자신에게 중요한 의미를 띠는 사람이나 물건을 떠올리게 하는 대상과 결부된 감정적 에너지를 신체적으로 표출하는 것이다. 실제로 상실감 치유 세미나를 진행하는 동안 누군가가 울기 시작하면 우리는 그 사람을 부드럽게 달래며 "계속 울어도 괜찮으니 얘기해 보세요."라고 권한다. 감정은 슬퍼하는 사람들의 눈물 속에 있는 게 아니라 그들이 하는 말 속에 들어 있다.

흥미로운 관찰 결과가 있다. 생각과 감정이 말로 표현되면서 대체로 눈물은 자취를 감추고, 전달되는 감정의 깊이는 눈물만 흘렸을 때보다 훨씬 더 깊어졌다. 1편에는 어머니를 여읜 성인 자녀의 사연이 나왔다. 어머니가 돌아가신 이후 아버지의 반응을 염려한 내용이었다. 아버지가 '아직' 운 적이 없었다는 사실이 걱정스러워서였다. 우리는 그에게 아버지가 상심했다고 생각하느냐고 물었고, 그렇다는 답이 돌아왔다. 아버지의 신체 언어와 어조와 여러 다른 요소를 관찰해 봤다는 자녀들의 답변을 듣고 짐작하건대, 그들은 아버지가 배우자의 죽음으로 엄청난 충격을 받았다고 생각한 것이다. 사실 아버지 입장에서는 우는 일이 이례적이고 이상할 뿐 아니라 아마 불편하기도 했을 것이다. 게다가 솔직히 말하면 우는 일이 아버지에게 실질적인 도움이 안 될 수도 있다.

이와는 반대의 경우로, 툭하면 울음을 터뜨리는 사람들에게 속지 말아야 한다. 역설적으로 들리겠지만, 사람들은 더 이상 감정을 느끼지 않기 위해 울음을 이용할 수 있다. 눈물은 상실로 인한 진짜 고통에 집중하지 못하게 주의를 빼앗기도 한다.

사별, 이혼, 그 밖의 모든 상실의 경험에서 비롯된 말할 수 없는 고통에서 벗어나기 위해서는 "우리 각자는 고유하고 우리가 맺고 있는 각각의 관계도 고유하다."라고 이해해야 한다. 우리는 자신과 연관된 관계를 하나하나 살피며 감정적으로 정리되지 못한 부분을 찾아 마무리 지어야 한다. 감정 표현에서 개인의 신념 체계는 고유하며 개별적이다. 어쩌면 우리는 자신의 신념이 무엇인지 의식적으로 자각하지 못할 수도 있다. 남녀노소를 불문하고 모두에게 당부할 말이 있다.

"자녀든 부모든 다른 사람에게 감정적으로 옳은 것이 무엇인지 결정짓게 하지 말라. 자신한테 무엇이 옳은지는 오직 스스로 결정해야 한다."

혹시나 이 글을 보고 우리가 우는 것에 반대한다는 뜻으로 해석하는 일은 없길 바란다. 사실 우리가 하는 일은 오히려 눈물을 유도한다. 친구들은 가끔 우리와 함께 식사를 하는 사람은 왜 하나같이 우냐고 의아해한다. 우리는 우는 것에 찬성하지도 반대하지도 않는다. 그저 감정의 고통을 치유하는 데 찬성할 뿐이다. 그리고 고통으로 변해 버리지 않을 애정 어린 추억의 편에 설 뿐이다. 상실의 경험으로 자신의 삶이 꿈꾸었던 바와 극적으로 달라졌다 하더라도 의미 있고 가치 있는 삶을 살아갈 수 있게 북돋아 주고 싶은 바람이다.

죽음을 대하는 정상적이고 자연스러운 반응

슬픔이란 중요한 누군가를 떠나보내고 나타나는 정상적이고 자연스러운 감정 반응이다. 그리고 이 슬픔은 광범위하게 나타나는데 통상적인 여덟 가지 반응은 다음과 같다.

1. 무감각
2. 집중력 저하
3. 우는 것 또는 울지 않는 것
4. 기력 저하(임상우울증과 혼동하지 말 것)
5. 불안정한 수면 패턴
6. 꿈이나 악몽
7. 불규칙한 식습관
8. 감정 기복

이 글을 읽고 있는 당신에게는 중요한 사람을 떠나보내고 느끼는 감정과 머릿속 생각을 정리하기 위한 길잡이가 필요할 것이다. 혹은 주변에 사별을 겪은 사람이 있어 그를 염려하는 마음으로 이 글을 읽을지도 모른다. 그가 무엇을 겪고 있는지, 도움이 될 어떤 말을 하고 무슨 일을 할수 있는지 알고 싶어서 말이다.

생소한 상황에서의 혼란

사별을 겪은 후 느끼는 슬픔은 정상적이고 자연스러운 감정 반응이다.

하지만 우리는 사별을 경험할 일이 아주 많지는 않다. 더군다나 슬픔은 우리 사회에서 공개적으로 논의되는 대화 주제도 아닐뿐더러, 우리가 접하는 슬픔에 관한 수많은 정보는 정확하지도 않고 도움이 되지 않는다.

이러한 이유로 슬픔을 겪고 있는 사람들은 죽음에 대한 자신의 반응을 혼란스러워하는 경우가 많다. 이럴 때는 정상적이고 자연스러운 반응의 범위를 인식하고 있으면 도움이 된다. 그래야 자신의 반응이 이상하거나 비정상적이지 않다고 이해할 수 있다. 다른 누군가를 걱정하고 그가 행복하길 바라는 사람 역시 정상적인 반응의 범위를 알 필요가 있다. 그렇게 하면 자신이 마음을 쓰는 사람을 잘못된 방향으로 이끌거나 혹시 상처를 줄 수 있는 생각을 본의 아니게 주입할 일이 없다.

앞으로 다룰 내용은 긍정적으로든 부정적으로든 자신에게 중요한 사람이 죽은 뒤 가장 흔하게 나타나는 여덟 가지 반응이다.

1. 무감각

무감각한 상태는 사별 직후 며칠 또는 몇 주간 경험하는 가장 일반적인 반응이다. 이것은 사별 후 겪은 엄청난 강도의 감정에서 자신을 지키려는 신체적 보호 방식이다. 무감각이 사별의 어마어마한 충격을 막아주는 정상적이고 건전한 보호막이라는 점을 이해하길 바란다. 이런 무감각을 '감정 노보카인'으로 일컬을 때가 많다. 무감각이 정상적이고 전형적인 반응이긴 하지만 이를 인식하고 있지 않으면 자기한테 뭔가 문제가 있거나 자신이 미쳤다고 생각하는 경우도 있다. 물론 사실은 전혀 그렇지 않다.

사별의 슬픔에 빠진 사람이 경험하는 무감각은 고인이 갑작스럽게 세상을 떠났든 오랜 투병끝에 생을 마감했든 상관없이 나타난다. 이와 관련하여 쇼크에 대한 몇 가지 내용을 알아보자.

쇼크의 정의는 다음과 같다.

"심각한 신체적 또는 감정적 외상을 일시적으로 나타내는 강력한 생리적 반응으로, 극심한 혈압 감소와 생명 활동 기능 저하가 주요 특징으로 나타난다."

쇼크는 갑작스러운 변사가 일어났을 때 생기는 심각한 응급 상황으로써 완전한 의학적 반응으로 나타나는 경우는 극히 드물다. 쇼크는 대체로 일시적인 상태이므로 무감각처럼 몇 주 내지 몇 달 혹은 그 이상 지속되는 상태와는 상당히 다르다. 예기치 못한 갑작스러운 죽음을 전하는 충격적인 소식을 듣는다고 해서 갑자기 의학적으로 쇼크 상태에 들어가진 않는다. 이 경우는 일반적인 사례가 아님을 알고 있는 게 중요하다.

쇼크는 이따금 오용되는 단어 중 하나이며, 충격을 받은 후 느끼는 일반적인 감정과 쇼크라고 불리는 심각한 의학적 상태가 혼동되곤 한다.

2. 집중력 저하

대부분의 사람들은 초반의 무감각 상태가 차츰 사그라진 후 아주 간단한 일에도 집중하지 못하고 힘들어한다. 모든 정상적인 반응 가운데 집중력 저하는 가장 보편적인 특징이며, 슬픔에 빠진 수많은 이들에게 영향을 미치는 현상이다. 방에 있다가 할 일이 있어서 다른 방으로 가야겠다고 마음먹은 후 막상 그곳에 가면 자기가 뭘 하려고 했는지 전혀 감을 못 잡는 일이 비일비재하다. 그러니 그런 일이 벌어지더라도 놀라지 말길 바란다. 사별을 겪은 상황에서 나타나는 지극히 정상적인 반응이다.

집중하는 데 곤란을 겪는 시기가 얼마나 지속되느냐는 사람마다 다르므로 정확한 기간을 제시할 수는 없다. 누군가는 며칠 또는 몇 주간, 다른 누군가는 몇 개월간 그럴 수 있다. 집중력 저하가 나타나는 기간은 여러 요소와 연관되어 있다. 이에 해당하는 한 가지 요소는 바로 애도하는 사람의 성격이다. 또 다른 요소는 사별로 인해 감정적으로 정리되지 못하고 남아 있던 부분을 찾아내 마무리 지을 수 있는 능력이 얼마나 되느냐이다.

상실감 치유 방법을 따르면 슬픔을 구별하는 데 도움을 받을 수 있다. 이제 막 사별을 겪고 나타나는 '정제되지 않은 슬픔'과 모든 관계가 물리적으로 종료된 후 겪는 '해결되지 않은 슬픔'의 차이를 구별할 수 있다는 뜻이다.

마지막으로 집중력 저하와 관련된 얘기를 하나 더 하자면, 책을 읽기가 힘들게 느껴진다는 점이다. 아마 같은 단락을 계속 읽고 있는 자신을 발견하게 될지도 모른다. 혹시 그런 일이 생긴다면 어디까지나 정상적이고 자연스러운 반응임을 알았으면 한다. 잠시 동안 책을 내려놓아도 괜찮다.

3. 우는 것 또는 울지 않는 것

우는 것은 소중한 사람의 죽음을 겪고 나타나는 지극히 정상적인 반응이다. 그러나 자신이 너무 많이 울고 있다고 실감할 때도 있고, 또 어느 순간 눈물이 마르고 별로 절절한 느낌이 들지 않을 때도 있다. 그렇다 해도 너무 걱정할 필요 없다. 어떤 사람들은 자신이 잠시라도 울음을 그치면 그게 세상을 떠난 사람을 사랑하지 않았다는 뜻이라고 생각하기도 한다. 하지만 그렇지 않다. 감정은 소모적이므로 때로는 마음과 몸을 쉴 필요가 있다.

어떤 이들은 전혀 울지 않는다. 울지 않았기 때문에 마치 고인을 사랑하지 않았거나 마음을 쓰지 않았던 듯 자기한테 무슨 문제가 있는지 염려하며 전전긍긍한다. 이 또한 잘못된 생각이다. 이는 일종의 무감각 상태이다. 그리고 운다고 손가락질 받을지도 모른다는 두려움 때문에 슬픈 감정을 억눌렀던 오랜 습관이 낳은 부산물이기도 하다.

4. 기력 저하(임상우울증과 혼동하지 말 것)

슬픔에 빠진 사람들을 대할 때 가장 큰 문제는 그들이 느끼는 감정을 설명하려고 '우울depressed'이나 '우울증depression'이라는 단어를 잘못 사용하는 것이다. 임상 용어의 'depression'은 슬픔과 관련해서 단어가 뜻하는 바와 다른 의미를 가지는 게 문제이다. 울적한 기분을 표현하는 것과 병리학적 진단 용어로 쓰이는 것은 다르다.

그 차이를 이해하는 가장 좋은 방법은 'depress'의 실질적 정의를 살펴보는 것이다. 이 단어는 "가속 페달을 밟다(누르다)"에서처럼 '누르다'라는 뜻이다. 슬픔이 감정과 신체적 에너지를 누르는 것은 사실이다. 슬픔은 모든 것을 소진시키고 에너지를 앗아갈 수 있다.

자신이 어떤 기분인지 설명하면서 우울이라는 단어 대신 기력이 저하된 상태라고 말한다면 슬픔이 몸과 마음과 영혼을 짓누르고 있을 때 우울증을 앓고 있다는 잘못된 생각을 없앨 수 있다(주의: 만약 자신이 정상적인 슬픔의 범위를 벗어났다는 생각이 든다면 정신과나 치료 전문가를 찾아가 도움을 받아야 한다).

5. 불안정한 수면 패턴

많은 사람들이 사별을 겪은 후 수면 습관과 패턴이 크게 변했다고 말한다. 세상을 떠난 사람과 함께 살던 이들은 그 사람이 자기 일상에 지속적으로 관여했기 때문에 사별 후 큰 영향을 받는 게 당연하다. 그렇다고 소중했던 사람과 멀리 떨어져 살았다고 해서 충격이 크지 않다는 뜻은 아니다. 다시 한 번 말하지만 일상생활의 많은 부분이 불안정하게 느껴지는 것 역시 정상적이고 자연스러운 반응이며, 그중에서 수면 문제는 가장 흔하게 나타난다. 하루 일과가 끝나고 주변이 고요해질 때, 종종 혼자 있을 때 꼬박꼬박 쉽게 잠드는 건 아니다. 그리고 잠이 든다고 해도 늘 평온한 휴식이 되지 않는다.

6. 꿈이나 악몽

사별 후 꿈을 엄청 많이 꾼다고 말하는 이들이 있는가 하면, 평소에는 꿈을 기억하는데 이제는 꿈이 하나도 기억나지 않아 걱정하는 이들도 있다. 그리고 고인과 연관된 악몽을 꾼다고 말하는 이들도 있다. 이런 반응이 두렵고 불편할 수는 있지만 이 역시 정상 범위에 속하는 현상이다. 잠을 한숨도 못 자는 사람도 있고, 좀처럼 침대 밖으로 나오지 못하는 사람도 있다. 또는 이 두 극단을 오가는 사람도 있다. 편치 않고 다소 무섭기까지 한 현실이지만, 대부분의 경우 사별 후의 현실에 적응하면서 평소 수면 습관을 되찾는다.

7. 불규칙한 식습관

거듭 얘기하지만 슬픔은 일상생활의 많은 부분을 깨뜨린다. 극단적인 수면 패턴의 변화로 누군가는 아예 음식을 거들떠도 안 보는 반면, 다른 누군가는 먹는 걸 도저히 멈출 수 없다. 그리고 많은 이들이 두 극단 사이를 오간다. 이 역시 정상적이고 자연스러운 반응이라 할지라도 참으로 혼란스러운 일이다. 수면 습관과 마찬가지로 고인의 부재에 적응하면 식습관도 원래대로 돌아갈 것이다.

수면과 식습관 문제 모두 인내심을 가져야 하며, 예전 패턴으로 돌아가려고 성급히 행동하지 말아야 한다. 건강의 관점에서 두 가지 문제에 신중을 기하고, 혹시 꽤 오랜 시간이 흘러 감당할 수 없을 정도라면 병원에 가거나 정신 건강 전문가를 찾아보길 바란다.

8. 감정 기복

상실감에 빠진 사람들은 자기에게 중요한 사람이 죽고 난 후 며칠, 몇 주, 몇 달이 지나는 동안 생전 경험한 적 없는 감정의 롤러코스터를 타는 기분을 느낄 때가 많다. 고인과의 관계가 끊임없이 떠오르면서 하루 종일 머리와 마음속에서 그 사람과 함께하던 장면이 재현되는 기분이 든다. 이것은 머리와 마음이 의식적으로 그 관계를 인식하는지와 상관없이 나타난다. 사실 상실감에 빠진 사람들이 집중하는 데 어려움을 겪는 이유가 여기에 있기도 하다.

그 사람과의 관계에서 좋은 면, 그리 좋지 않은 면, 때로는 나쁜 면까지 모든 일을 되돌아보게 되므로 감정이란 감정은 죄다 촉발된다. 사랑하는 사람이 떠났다는 사실을 인지하며 느끼는 달랠 길 없는 슬픔부터 미소가 지어지는 행복한 추억까지 여러 감정을 넘나든다. 이것 역시 정상적이고 자연스러운 반응 안에 포함된 현상이다.

여기에 언급된 다른 반응과 마찬가지로 자기에게 어떤 현상이 나타난다면 부디 스스로에게 관대하길 바란다. 그리고 스스로 느끼기에 정상 범주를 넘어서거나 많이 괴로운 것 같으면 정신 건강 전문가를 만나보라.

우리 각자는 고유한 존재이며 모든 관계 역시 고유하다. 우리는 슬픔이 가져다준 크나큰 변화를 개별적으로 경험한다. 따라서 다른 누군가가 나의 슬픔을 재단하지 않게 한다. 슬픔에는 단계가 없으며 모든 사람들에게 정확하게 적용할 수 있는 기간도 없다.

고통스러운 장면에 사로잡히다

고인의 모습이나 고통스러운 마지막 장면이 계속 되풀이되는 문제는 상실감에 시달리는 많은 사람들에게 흔히 나타난다. 꿈이나 악몽으로 그 장면이 불쑥 나타나든, 깨어 있을 때 고인을 떠올리게 하는 대상 때문에 어떤 형상이 떠오르든 이것은 소름 끼칠 만큼 무서운 경험이다. 그런 기억 때문에 고통스러운 것도 모자라 내가 사랑했던 그 사람을 생각하고 떠올리는 것 자체를 두려워하는 경우도 많다. 떠올릴 수 있는 게 끔찍한 마지막 모습뿐인 것 같아서 그렇다.

이와 관련한 또 다른 문제가 있다. 그 사람을 기억하고 있는 유일한 모습이 생의 마지막 순간에 맞은 끔찍한 최후일 뿐일 때 그렇다. 함께 평생을 보냈던 수천수만 가지의 다른 모습들은 흐려지거나 아예 사라지기까지 하는 것 같다. 당사자라면 이미 알고 있다시피 생각하지 않으려고 노력해 봤자 별 소득이 없다. 마지막 모습이 매우 강력하기 때문에 어떤 의미에서는 마치 뇌 속에 단단히 박힌 듯 느껴질 것이다.

오랜 시간 동안 고통스러운 기억 속에 갇혀 지낸 사람들에게 도움을 주면서 우리는 고통스러운 장면이 뒤로 물러나고 고인과의 관계 전반을 채우고 있는 수많은 모습들이 제자리를 찾을 수 있는 방법을 개발했다. 아래 내용은 그 방법을 정리한 것이다.

고통스러운 장면이 머릿속에 박혀 있다면

세상에서 가장 고통스러운 경험 중 한 가지는 사랑하는 사람이 끔찍한 죽음을 맞는 것이다. 그 일이 벌어진 순간 혹은 직후 장면을 목격한 경우가 있다. 또는 그 장면이 찍힌 사진을 봤거나 상상이 만든 그림을 머릿속에 담아 두었을 수도 있다. 어떤 경우든 수많은 이들에게 그 형상은 마치 절대 사라지지 않을 것처럼 지속된다는 느낌을 준다. 사랑하는 사람이 불치병으로 고통스러워하면서 생의 마지막 몇 시간, 며칠, 몇 주를 보내던 참혹한 모습을 기억하는 이들도 있다. 어떤 질병은 끔찍하리만큼 사람의 외양을 심하게 바꾸기도 한다. 내가 평생 알았던 그 사람을 거의 알아보지 못하는 상황이 생길 정도다.

대부분의 사람들은 슬픔에 빠진 친구를 돕고 싶은 마음에 그 생각은 하지 말라고 말할 것이다. 하지만 이는 거의 불가능한 일이다. 생각하지 않으려고 애쓰기보다는 그 모습과 장면이 정말 끔찍하고 고통스럽다고 인정하는 게 더 도움이 된다. 그리고 고인과의 관계에서 마지막 장면 말고도 수많은 기억이 있다고 서서히 생각을 일깨워야 한다.

딜런 토마스의 시에 나오듯 우리는 '깊은 잠에 빠져든 것처럼 부드럽게' 죽음을 맞이하는 것은 아니다. 한 여자가 남편이 병원에서 보낸 마지막 밤을 눈앞에 그려 내듯 자세히 이야기하고 있다. 우리는 "참으로 끔찍한 마지막 모습을 보셨군요."라고 말하며 이렇게 묻는다. "남편분을 처음 만났던 순간을 기억하세요?" 그녀는 그렇다고 답한다. 그러면 우리는 "그날 남편분이 어떤 모습이었는지 말씀해 주시겠어요?"라고 말한다. 그러면 그녀는 그날의 기억을 들려주기 시작한다.

우리 머릿속에는 사랑하는 사람의 수만 가지 모습이 들어 있다. 그 안에는 더없이 멋지고 행복한 모습도 있고, 부정적이고 슬픈 모습도 있다. 경우에 따라 끔찍한 사고나 질병으로 그 사람의 모습이 바뀐 탓에 마지막 기억이 몹시 고통스럽기도 하다. 이미 본 것이나 상상한 것을 기억 속에서 지우라고 말하는 건 비현실적이다. 전혀 즐겁지 않은 마지막 장면이 마음을 얼마나 불편하게 만드는지 인정해야 한다. 그래야 추억이 깃든 다른 장면들도 전부 떠올리고 기억할 수 있다. 다시 한 번 말하지만 마지막 장면이 불쑥 튀어나올 때마다 있는 그대로 인정해야 한다.

고통스러운 장면을 받아들이고 다른 장면을 기억해 내는 건 고통스러운 모습을 부인하거나 축소하려는 게 아니다. 슬픔에 빠진 사람이 자기가 무슨 일을 겪고 있는지 말할 수 있게 격려하고 힘을 주면 고통스러운 기억은 더 빨리 사그라진다. 단순히 고인의 마지막 모습이 아니라 그 사람과의 관계 전체를 돌아볼 공간이 더 많아지는 것이다.

사람들은 우리에게 "슬픔에 빠진 사람들을 매일 만나고 슬픔에 관련된 일을 하면 우울하지 않나요?"라고 질문하곤 합니다. 대부분의 사람들이 치유가 빠진 슬픔만을 생각할 테니 그렇게 여길 만도 합니다. 우리가 끊임없이 감정적 고통만을 이야기하는 사람들의 사연을 듣는 줄 알지요.

사실은 전혀 그렇지 않습니다. 애달픈 사연을 많이 듣기는 하지만, 우리가 하는 일의 대부분은 슬픔에 빠진 사람과 처음 만나 대화할 때조차도 그들이 느끼는 감정이 정상적이고 자연스러우며 이상하지 않다는 점을 이해할 수 있게 도와주는 것입니다.

이와 같은 만남은 단순히 그들이 우리와 같은 낯선 이에게 감정을 분출하는 과정으로만 진행되는 것은 아닙니다. 우리가 세상을 떠난 사람과 그들 사이에 감정적으로 마무리되지 못한 모든 부분을 찾아내 완성할 수 있는 유용한 정보를 전달하고, 그들이 그 정보를 얻는 과정을 통해 상호 작용이 이루어 집니다. 이 책에서도 이와 관련한 내용이 그대로 혹은 조금 변형되어 수차례 나왔습니다. 여기서 한 번 더 언급하는 이유는 우리가 사람들에게 치유가 가능하다는 희망을 주고자 소통하려고 애쓰고 있으며, 이것이 바로 그들에게 전달하려는 핵심이기 때문입니다.

희망을 이야기하는 것은 우리가 누군가와 처음 만난 후 얻고 싶은 바람직한 결과이기도 합니다. 우리를 찾아온 수많은 사람들은 현재와 다른 기분을 느낀다거나 더 나은 감정 상태를 가질 수 있다는 희망을 거의 잃은 것처럼 보입니다. '거의'라고 말한 이유는 그들이 완전히 포기했다면 상실감 치유 연구소에 연락하지도 않았을 것이기 때문입니다.

우리의 전화 내용을 누군가 한 번이라도 들어본다면 10~15분 이내에 놀랄 만한 변화가 일어나는 것을 확인할 수 있습니다. 처음 통화가 시작될 때는 상대방의 말을 거의 알아듣지 못하는 경우가 많습니다. 그나마 들리는 소리는 기운 없는 맥이 빠진 음성입니다. 그런데 우리가 이야기를 하고 귀 기울이기 시작하면 순식간에 상대방에게 변화가 생겨납니다. 그들은 자기 이야기를 귀담아 들어준다는 기분을 느끼면서 우리가 하는 말이 지금껏 다른 사람들이 해 주던 말과 다르다는 사실을 깨닫습니다.

통화가 끝날 때쯤이면 목소리가 한층 높아지고 대화 속에 기운이 돌아온 게 느껴집니다. 뿐만 아니라 그들 안에는 변화가 생길 수 있다는 희망이 솟아납니다. 그러면 우리가 할 일의 전반부가 끝난 셈이죠.

그렇기 때문에 사람들이 우리가 하는 일이 우울하지 않느냐고 물으면 "아뇨. 기운이 나는데요."라고 답합니다. 슬픔에 빠진 사람들과 나누는 대화는 대부분 톤이 높은 목소리로 마무리됩니다. 이럴 때면 말할 수 없는 큰 보답을 받는 기분이 듭니다.

부디 이 책을 통해 상실의 경험 앞에서 혼자만 그런 생각을 하고 그런 기분을 느끼는 게 아니라는 사실을 확인하셨으면 합니다. 이와 더불어 상실을 치유하는 데 도움이 되는 소중한 정보도 얻어 가셨으면 좋겠습니다. 그래서 책을 다 읽고 덮을 즈음 자신의 미래에 대한 희망을 품게 되길 바랍니다.

마음을 담아,
러셀과 존

작가 그리고 상담심리사로 살면서, 나는 언제나 사람들의 마음에 자리 잡은 심연의 그림자와 싸우고 있었다. 그 그림자는 쉽게 잡히지도 않았고 구체적으로 그리기 어려울 때도 많았다. 사람들은 다른 사람에게 쉽게 말하기도 어렵고 혼자서 해결하기 어려운 고통 속에서 상담실을 찾아왔다. 상담실에는 언제나 자신에게 소중한 무언가를 상실했거나 상실할 위기로 고통스러워하는 마음이 들어차 있었다. 그들의 이야기는 달랐지만 원하는 것은 같았다. 변화하고 싶고 치유되고 싶다는 것.

내가 하는 일은 마음의 이야기를 듣고 받아쓰고 그 이야기에 담긴 의미와 진실을 가장 치유적인 방식으로 되돌려 주는 것이다. 하지만 변화는 쉽지 않았고 치유로 가는 길은 언제나 멀고도 험했다. 그 길은 이정표가 드문 비포장도로와 같았고, 누군가 이미 걸어간 길이라고 하더라도 소용이 없을 때도 많았다. 상담실에 온 사람들의 손목을 붙잡고 함께 가면서 나는 자주 길을 잃었고 무엇이 뿌리이고 무엇이 잔가지인지를 파악하기 위해 끊임없이 고민해야 했다.

마음의 고통이 하는 일은 때로는 분명하고 거침없고 무지막지했지만 또 때로는 너무도 미묘하고 아무렇지도 않은 듯 스쳐가 버리기도 했기에 난 언제나 온 몸으로 들어야 했다. 깊은 진심이 담기지 않은 희망고문이 아닌, 당장은 불편하더라도 유통기한이 더 긴 진실이 필요할 때도 많았기에 나는 '잘 될 것이다'라는 위로도 아껴서 썼다. 그 과정 속에서 나는 자주 고통으로 닫혀 버린 마음의 문고리를 찾지 못해 허둥댔고, 타인의 고통을 나의 고통으로 느껴보는 것과 동시에 그 고통의 테두리 밖으로 나가 손 내미는 것을 해야 했기에 상담실에서 이루어지는 모든 만남이 어려웠다.

하지만 어렵다고 해도 그 과정이 불가능한 적은 없었다. 그리고 방황하며 더 나은 마음의 답을 구하는 과정에서 얼마나 중요한 의미가 담겨 있는 지에 대한 응답을 들을 수 있었다. 또 사람과 사람이 고통을 연료로 얼마나 깊이 연결될 수 있는지와 그 연결성을 기반으로 자기 안의 더 나은 나를 발견해나가는 시간의 아름다움을 목격할 수 있었다. 마음의 고통에 직면한 사람들이 고통을 넘어서서 자신의 삶을 살기 위해 분투하는 모습에는 언제나 아름다움이 깃들어 있었다. 그래서 나는 마음의 고통을 마주하고 함께 고통의 시간을 지나가는 이 일을 할 수 있게 된 것을 큰 축복이라 여겼다.

그럼에도 가끔 '내가 잘 가고 있는 것인지? 이 모든 과정이 어떤 의미인지?'를 되물으며 흔들릴 때가 있었다. 그럴 때면 나 역시 이 모든 변화와 치유 과정의 의미를 믿고 변함없이 함께 버틸 수 있도록 나를 붙잡아 주고 내 의혹에 응답해 줄 누군가를 기다리곤 했다. 그런 기다림에 대한 응답이었는지 어느 날 나는 상담실로 가는 길에 메일 한 통을 받았다.

2년 전에 출간했던 책을 읽은 독자로부터 온 메일이었다. 그분은 생후 100일 때부터 홀로 자신을 키워 주신 할머니를 3년 전에 떠나보내고 고통의 시간을 보냈다고 했다. 그러면서 3년이라는 시간을 건너오고도 여전히 고통스러운 자신의 마음을 한편으로는 받아들이지 못한 채 아파도 아프지 말아야 한다고 생각한다고 했다. 종교적인 신념도, 친구들의 걱정과 위로, 애정 어린 질책도 상실감을 온전히 붙잡아 주지는 못했다고 했다. 그런데 그때 "여전히 애도 중이라도 그래도 괜찮다. 아파도 괜찮다."라고 말하는 글귀를 읽으며 하염없이 눈물을 흘렸다고 했다. 그렇게 한 줄 읽고 울고 또 한 줄 읽고 우는 과정을 통해 할머니를 얼마나 사랑했는지, 할머니가 얼마나 자신에게 소중한 존재였는지를 느끼며 자신의 마음을 만났다고 했다. 그리고 앞으로는 얼마의 시간이 흐르는지 의식하지 않고, 자신이 느끼는 그만큼 충분히 애도하며, 어쨌든 자신의 삶을 살 것이라고 전했다.

그 메일을 읽으며 나도 함께 울었다. 한 번도 만나본 적 없는 누군가의 말과 글이 이렇게 큰 울림으로 전해져 공명할 수 있다는 것을 몇 번 경험했음에도 마치 처음처럼 다시 한 번 전율했다. 그리고 나 또한 '괜찮다'라는 위로를 돌려받았다. 상실의 고통을 말하는 타인의 이야기가 메아리가 되어 돌아오는 공감의 순간은 유한한 시간의 줄 위를 살고 있는 우리모두에게 필요하다. 우리는 서로를 위로하고 위로받을 수 있는 마음으로 하나가 되기 때문이다.

'마지막'은 언제나 두렵고 아쉬운 것이지만 끝끝내 오고야 마는 것이다. 그렇기에 우리는 마지막을 지나가며 웅크리고 훌쩍이고 한숨 쉬는 타인의 고통과 자주 마주한다. 우리는 절망과 두려움에 지기 보다는 마지막에 대한 두려움을 삶에 대한 용기와 사랑, 희망으로 매 순간 전환한덕분에 삶을 이만큼 살 수 있었다.

이 책은 그런 우리 마음의 공명과 의미, 희망을 담은 러브레터다. 또한이 책은 상실로 인해 마음이 무너져 내리는 것 같아도 결코 완전히 무너져 내려 무의미로 치닫게 되지 않을 것을 생생히 보여 주는 증명서이기도 하다.

내 앞에 놓인 상실의 시간을 건너가기 위해 앞으로도 얼마나 많은 눈물이 필요할지, 대체 내가 그 사람 없이 남은 삶을 어떻게 살아야 할지 그 어떤 것에도 마음을 둘 수 없는 순간, 그 마음을 가만히 안아주는 타인과 그 역시 사랑했던 존재를 상실한 적이 있음을 이야기하는 마음의 편지들이 여기에 담겨 있다. 저자들은 상실의 아픔과 상처, 고통에 눌려 얼어붙지 않고 자기 마음의 보폭에 맞춰 천천히 나아가면 된다고, 그래도 괜찮다고, 우리가 아픈 건 사랑한 적이 있기 때문이라고 진심으로 말해 주고 있다.

이 책에 수록된 모든 사연들은 사실 남의 이야기이다. 하지만 우리는 결국 내 이야기가 아니었던 이야기가 사실은 내 이야기로 겹쳐진다는 것을 알게 될 것이다. 아무리 서로 다른 것 같아도, 타인의 고통이 나와 무관해 보여도, 사실은 우리 모두 연결된 존재들이기 때문이다.

그러니 당신, 오늘은 이 책을 읽으며 누군가를 잃어 아픈 가슴을 붙잡고 있다고 해도 내일은 그 가슴으로 다른 이의 마음을 안아 줄 날이 올 것임을 조금 더 믿기를 바란다. 오늘 흘린 눈물이 내일은 누군가의 아픔에 공감하고 그를 향해 손을 뻗을 수 있는 용기와 의지의 반짝임으로 전환될 수 있다는 희망을 품기를 바란다. 부디 삶의 모든 과정 속에서 일어나는 만남과 헤어짐, 시작과 끝이 우리를 변화와 성장으로 이끄는 원동력이 되어 주기를 이 책과 함께 기도해본다.

2015년 8월
상담심리사 선안남 dream

몇 년 전 한 친구가 세상을 떠나고 비슷한 시기에 외할머니와 외할아버지가 차례로 돌아가신 즈음, 사별과 관련된 책을 찾아 번역했다. 그건 내 방식의 조사弔辭였고 비슷한 슬픔을 겪은 낯모를 이들을 위한 내 나름의 부족한 위무였다. 작년에 우린 믿기 힘든 참사를 겪으며 "생때같은 목숨도 하루아침에 간데없는 세상"《나의 가장 나종 지니인 것》, 박완서과 맞닥뜨렸다. 창졸간에 300여 명의 자식과 아비와 어미와 선생님과 친구와 동료를 잃었을 때도 내가 할 수 있는 일은 별로 없었다. 개인적으로든 사회적으로든 상실이라는 충격파를 맞으면 한동안 멍하니 있다가도 이런저런 책을 찾기 시작한다. 오래진 않지만 몇 년째 번역가로 살면서, 외국 책을 우리말로 옮기는 일 외에 '어떤' 책을 찾아 소개하면 좋을지 고민하는 시간도 함께 늘어간다.《내 슬픔에 답해 주세요》는 그렇게 만난 책이다.

죽음과 이별이 남겨 놓은 슬픔 앞에 어떻게 대처해야 할지, 이 상황을 어떻게 지나가야 할지 갈피를 못 잡고 있는 동안 한없이 자기 안에 침잠하다가도 어느 순간 누군가에게 속내를 털어놓고 싶은 마음이 간절할 때도 있다. 그런 개개인의 이야기가 한 공간에 모이기 시작했고 두 저자는 각각의 사연에 진심을 담아 실질적인 도움을 줄 수 있는 답글을 달았다. 사례를 하나하나 살피다 보면 나의 사연, 남의 사연이 따로 없을 만큼 바로 가까이에서 접할 수 있는 현실이라는 생각이 든다.

영화 〈인사이드 아웃〉에서 '기쁨'은 '슬픔'이 자꾸 사고를 친다고 판단하자 '슬픔'의 주변에 자그마한 원을 하나 그려 놓고 여기서 나오지 말라고 타이른다. 어느새 슬픔은 우리에게 그런 존재가 되었다. 어디 내놓기

남사스럽고 막상 내놓으려 해도 혹시 사고라도 칠까 자꾸 단속하기에 바쁘다. 하지만 영화는 우리에게 슬픔의 가치를 찬찬히 알려 주며 한 인간의 성숙과 슬픔의 상관관계를 설득력 있게 그려 낸다.

이 책 역시 각자가 지닌 슬픔의 본모습을 보게 하고 슬픔이 있어야 할 자리를 알려 주며 꺼내어 마주봐야 할 대상이라고 말한다. 미처 알아보지 못했거나 감추었던 슬픔을 찾아내, 응어리를 털어내고 더께를 벗겨낸다. 그리고 개인에게 닥친 상실의 경험은 누구의 것과도 등가로 둘 수 없다고 말한다. 언뜻 닮아 보이는 슬픔은 있으나 각각의 슬픔은 그 자체로 유일무이하다.

어떻게 보면 이 책은 가장 독한 홀로서기를 독려하는 이야기이기도 하다. 각자 고유한 상실의 영역에서 비틀대는 이들에게 슬픔과 독대해 끝장을 보라는 말처럼 들리기도 한다. 물론 그 과정에서 누군가의 도움은 받을 수 있지만 어쨌든 자신의 슬픔을 인정하고 소화하는 것은 전적으로 자기 몫이다.

슬픔 앞에 주저앉은 이들에게 손을 내밀어 일으켜 세우는 이 책이 진짜로 누군가의 마음에 가닿기를, 각자의 슬픔에 답해 주는 목소리로 찾아가기를 바라는 마음 간절하다. 전문가의 좋은 글로 책을 보듬어 준 상담심리사 선안남 님과 머리부터 발끝까지 이 책의 매무새를 정성스레 다듬어 준 청아출판사 편집팀에 감사의 말을 전한다.

2015년 8월
정미현

· 옮긴이 정미현

강원도 정선에서 태어났다. 연세대학교에서 신학을, 한양대학교에서 연극영화학을 공부했고, 뉴질랜드 이든즈 칼리지에서 TESOL 과정을 마쳤다. 오래전 한동안 교계신문사 기자와 연극배우로 살다가 지금은 해외의 좋은 책을 찾아 소개하고 우리말로 옮기는 일을 하고 있다. 옮긴 책으로는 《모든 슬픔에는 끝이 있다》, 《결혼해도 괜찮을까》, 《야생 생존 매뉴얼》, 《인생은 멋진 거야》, 《여행지에서만 보이는 것들》, 《중년 연습》, 《성서의 이야기 기술》(공역) 등이 있다.

· 감수 선안남, 글 쓰는 상담심리사

이화여대 영문학과와 같은 대학 대학원 상담심리학과 석사 과정을 졸업했다. 정확한 공감의 말과 다정한 위로의 글이 가진 단단한 치유의 힘을 믿기에 우리 마음에 대한 책들을 꾸준히 출간해 왔고, 모든 사람의 마음속에 담긴 행복의 씨앗을 발견하는 상담을 지향하며 상담실을 운영하고 있다. 소중한 사람을 상실하는 보편적이고도 특별한 마음의 고통을 함께해 온 저자들의 노력에 영감을 받아 이 책의 감수자로 기꺼이 참여하게 되었다.

내 슬픔에 답해 주세요

초판 1쇄 인쇄 · 2015. 8. 4.
초판 1쇄 발행 · 2015. 8. 10.

지은이 · 존 제임스, 러셀 프리드먼
옮긴이 · 정미현
감 수 · 선안남
발행인 · 이상용 이성훈
발행처 · 청아출판사
출판등록 · 1979. 11. 13. 제9-84호
주소 · 경기도 파주시 회동길 363-15
대표전화 · 031-955-6031 팩시밀리 · 031-955-6036
E-mail · chungabook@naver.com

ISBN 978-89-368-1070-2 03180

이 도서의 국립중앙도서관 출판예정도서목록(CIP)은 서지정보유통지원시스템 홈페이지(http://seoji.nl.go.kr)와 국가자료공동목록시스템(http://www.nl.go.kr/kolisnet)에서 이용하실 수 있습니다. (CIP제어번호: CIP2015020455)